新潮文庫

商う狼

江戸商人 杉本茂十郎

永井紗耶子著

新潮社版

11673

目次

商う狼

江戸商人 杉本茂十郎

今間《コノコロ》甲斐ノ山奥大坂ノ杉本ニ毛充狼ト云《イフ》獣アラハル、
其《ソノ》声メウガ〳〵（冥加）トホユル、一ト度コレヲ聞ク人、
皆アホウトナル、此《コ》ノ毒ヲ解スモノ徳本ノ外ナシ

桂雲院三作『感腹新話』巻十二

序

その化け物の名は「毛充狼《もうじゅうろう》」という。体は強くしなやかな狼《おおかみ》。手足は狐狸《こり》の如《ごと》く、人を蹴落《けお》とす鋭い爪《つめ》を持つ。尾は蝮《まむし》の姿で二枚の舌をちらつかせて、毒牙《どくが》を剝《む》く。そして顔は、精悍《せいかん》な人の男。額には「老、寺、町、勘」の四字の護符を頂いている。その歪《いびつ》な化け物は、メウガメウガと鳴き声を上げながら、文化文政の江戸の町を駆けていた。

「毛充狼について知りたい」

頭上から降って来る声を受けながら、一人の老爺《ろうや》はただひれ伏し、己《おのれ》の皺《しわ》だらけの手と畳の目をじっと見つめていた。

天保十二年。三田の水野家中屋敷。広間の開け放たれた縁からは、新緑を渡る心地よい初夏の風が舞い込み、どこかで甲高く鳥が鳴いている。

「面《おもて》を上げよ」

　声に命じられるまま、老爺はゆっくりと顔を上げた。皺が刻まれた細面の品の良い顔立ちに、白髪の町人髷《まげ》。黒紋付を纏《まと》った男は、名を堤弥三郎《つつみやさぶろう》という。この年、七十二歳である。

　そして視線の先にいるのは、屋敷の主《あるじ》である老中、水野忠邦《ただくに》。四十八歳で、老中首座として幕府の実権を握っていた。

　老中首座と老いた町人。身分の違う二人は、広間において遠く向き合っていた。

「もそっと近う」

　忠邦が言うと、傍に控えていた家老が腰を上げてそれをとどめようとする。しかし、

「良い。もそっと近う」

　重ねて言われて、弥三郎は一つ深く頭を下げるとゆっくりと膝《ひざ》を進めていった。

　開け放たれた縁の反対には、老松の生い茂る様が描かれた見事な襖絵《ふすまえ》があった。その老松の枝を辿《たど》るように膝を進めていくと、どこからともなく沈香《じんこう》が香る。

　上段の近くまで寄り、改めて頭を下げた弥三郎はゆっくりと顔を上げ、目の前の老中を見上げた。色白の穏やかな面差しに、聡明《そうめい》さを宿している。

　初めて姿を見たのはこの御仁が寺社奉行になったばかりの頃、二十年余りも前であ

ったか。

そう思いながら、弥三郎は口を開いた。

「この度は、お召しに与《あずか》りまして恐悦至極に存じ奉《たてまつ》りまする。この老いぼれには身に余ることと、畏《おそ》れ入りまする」

「謙遜《けんそん》は却《かえ》って無礼であるぞ。その方が先の老中、松平定信《さだのぶ》公の元、改革に尽力したことは重々に存じておる」

「随分と遠い昔のお話をなさる」

弥三郎は苦笑した。

穏やかな好々爺《こうこうや》にも見えるこの男は、かつて松平定信の手掛けた寛政の改革の要《かなめ》の一つである棄捐令《きえんれい》で、札差《ふださし》と大商人を相手に大鉈《おおなた》を揮《ふる》う役目を担《にな》っていた。その後、勘定所御用達《かんじょうしょごようたし》となり、大藩の御用を受ける札差として、江戸市中においても大きな力を持つ商人の一人となった。

「その堤弥三郎に、改めて問いたい。毛充狼とは何者であったのか」

弥三郎はその問いかけに、暫《しば》しの沈黙の後、ふと笑みを零《こぼ》した。

「毛充狼とは……いつぞや市井《しせい》で戯画や戯文《ざれぶみ》にて書かれておりました、妖《あやかし》の如き獣の名でございます」

「そうではない。その獣、毛充狼と呼ばれた男……かの杉本茂十郎《もじゅうろう》のことを問うておるのだ」

弥三郎はその名を聞いて、微《かす》かに目を見開いた。そして目を閉じる。

「それもまた、古いお話でございますなあ……あれが江戸から姿を消して、最早《もはや》二十年余りの歳月が流れました」

弥三郎はゆっくりと目を開けて、忠邦をひたと見据えた。

「では、憚《はばか》りながら私からもお尋ね申し上げます。何故《なにゆえ》に今、毛充狼のことをお知りになりたいのでございましょう。確か、御殿様にもお目にかかったことがあったろうと存じますが」

「確かに会ったことはある。しかし今、改めて政《まつりごと》を為《な》すに当たり、江戸市中を見回せば、そこここにあの獣の爪痕《つめあと》が残る。されど、何を為した者であったのかを尋ねるも、誰も答えることができぬ。あれは賄賂《わいろ》商人、山師、不届き者、金の亡者《もうじゃ》……次から次へと湧《わ》いて出るのは悪口雑言。果たしてそれは真《まこと》であるのか。であるならば、何故にこの江戸の市中にはあの者の爪痕がかように残っているのか」

並べ立てられた言葉を聞きながら、弥三郎は苦笑する。

これをあの男、杉本茂十郎が聞いたならば何と言うだろう。

「面白いじゃありませんか」

不敵な笑みを浮かべながらそう言うのかもしれない。

「毛充狼のことを、またこうして語ることになろうとは……」

毛充狼こと杉本茂十郎。

山深い甲斐《かい》から江戸へ来て、奉公人として勤めていた飛脚《ひきゃく》問屋に婿入《むこい》りした一商人であった。それがいつしか、御店《おたな》の主という枠に収まらなくなっていった。

飛脚の運賃を値上げするようにお上に直談判《じかだんぱん》をして新たな法を整えると、次には江戸二千人の商人を束ねる十組問屋《とくみどいや》の争い事の仲裁に成功した。次いでその十組問屋の頭取となり、流通の要となる菱垣廻船《ひがきかいせん》の再建を行い、更に町の橋の架け替え、修復を行う三橋会所《さんきょうかいしょ》頭取として手腕を揮うと共に、町年寄次席として政にも携わるようになっていった。

茂十郎の下に、江戸商人たちから集められた冥加金《みょうがきん》は一国の蔵をも超えており、その金を求めて町人のみならず武家も頭を下げる。幕閣にもその名を知られ、老中、寺社奉行、町奉行、勘定奉行もその後ろ盾となっていた。

正に茂十郎の算盤《そろばん》を弾《はじ》く指先一つで、千両、万両の金が右から左へと動いていた。

「およそ江戸に入る人、物、金はあの男の前を素通りすることは叶《かな》わない。そう言っても過言ではありませんでした」

その圧倒的な力を前に、恐れを抱き、苛立《いらだ》ちや怒りを覚える者もいた。そしていつしか茂十郎の名をとって「毛充狼」と呼ばれるようになり、歪な獣の戯画が出回るようになっていったのだ。

しかし弥三郎の脳裏にある茂十郎は獣の姿などではない。三十年以上前、若き日の闊達《かったつ》としたあの男の姿がはっきりと蘇《よみがえ》る。

身の丈六尺、武士のように鍛えられた大柄な体軀《たいく》で、目鼻立ちのはっきりとした精悍な顔立ち。吼《ほ》えるように怒り、時に子どものように大声で笑い、人知れず声を殺して泣いた。そして静かな声でこう言った。

「いざとなればね、金は刀よりも強いんですよ」

お上の役人たちを相手に一歩も怯《ひる》むことなく立ち向かいながら、江戸の町をひた走っていた。

その日々を思い出すと、弥三郎は今も言い得ぬ懐《なつ》かしさと苦さを覚える。

弥三郎は皺だらけの手を、膝の上でぐっと握りしめる。

「瞬《また》く間に江戸商人の頂へと駆けのぼった茂十郎は、表舞台に躍り出てから十三年余りで、突如としてお上に全《すべ》ての力を奪われて失脚しました。それは、御殿様とてよくよくご存知のことかと」

弥三郎は己の声にどこか棘《とげ》が混じるのを覚えた。忠邦は、眉《まゆ》を寄せて頷《うなず》いた。

「無論。しかしその仔細《しさい》については知る由《よし》もない。奉行所のお裁きの折、その方《ほう》が茂十郎に代わってお裁きを聞いたとか。それは、その方が誰よりあの男の近くにいたからであろう。さすれば何故にあの男はそこまでの力を持ち、そして消えたのか。委細、見聞きしているであろう」

弥三郎はぐっと唇を噛《か》みしめて俯《うつむ》く。その時また空高く鳥の鳴く声が響いた。その声を聞きながら、弥三郎はゆっくりと息をした。

「何故……と、問われましても、この非才の身には具《つぶさ》には分かりません。無論、あの男にも野心もございましたでしょうが、それだけではございますまい。川に揺蕩《たゆた》う小舟のように、流れ流れてたどり着いたとしか申せません」

尚《なお》も問いたげな忠邦の視線の先で、大きく吐息した。

「さすれば、僭越《せんえつ》ではございますが、私があの男と出会った頃の昔語りを致しましょう。その頃は互いに三十路《みそじ》も半ばほどのこと。杉本茂十郎は屋号の大坂屋茂兵衛《もへえ》と名乗っておりました……」

弥三郎は記憶の糸を手繰《たぐ》りながら訥々《とつとつ》と語り始めた。

一　駆ける

堤弥三郎が「毛充狼」こと、大坂屋茂兵衛と初めて出会ったのは、文化三年の秋であった。

弥三郎はその時三十七歳。既に、勘定所御用達《ごようたし》の札差として名を馳《は》せる羽振りの良い旦那《だんな》の一人で、商いにおいては剛腕とさえ言われていたが、見目は色白細面の優《やさ》男《おとこ》といった風情《ふぜい》である。

その日、弥三郎は日本橋川沿いの小網町《こあみちょう》の「魚躍楼」という料亭にいた。老舗大店《しにせおおだな》の旦那衆が会合と称してしばしば宴会を催す名店である。その二階にある三十畳の広間に集っていたのは弥三郎を入れて十人。いずれも江戸最大の問屋仲間である十組問屋に名を連ねる大店ばかりである。

末席に居心地悪く腰を下ろした弥三郎は、喧騒《けんそう》に顔を背けて窓の外を眺める。川向うに建ち並ぶ蔵の合間から、日本橋の明かりがぼんやりと見える。川風が秋の気配を含んでひんやりと吹き込んでくるのが心地よい。一つ息をついてから改めて座敷に目をやり、居並ぶ面々を確かめる。最奥で床の間を背に脇息《きょうそく》に凭《もた》れているのは、糸物問屋の嶋屋長右衛門。先ほどから布袋《ほてい》のような大きな腹を摩《さす》りながら酒を飲んで、既に赤ら顔である。他にも、袋物、呉服、木綿と、糸や布に纏《まつ》わる商いの主《あるじ》たちがずらりと膳《ぜん》を並べている。

「ささ、弥三郎さんもどうぞ」

隣に座って酒を勧めて来たのは、弥三郎より幾分年若い男である。名を三作《さんさく》と言い、老舗木綿問屋大和屋の甥《おい》で、店の世話役を務めている。三十路を過ぎているのだが、顔立ちが幼いせいか貫禄《かんろく》が出ないのが悩みの種らしい。

「流石《さすが》は魚躍楼、美味《うま》そうですよ。ほら」

三作は軽い調子で膳を示す。

輪島塗に金蒔絵《きんまきえ》の施された膳の上には、鮪《まぐろ》や鮃《ひらめ》の刺身のほかに、秋ならではの菊花和《あ》えや、椎茸《しいたけ》と秋刀魚《さんま》の焼き物が並ぶ。伊万里《いまり》の蓋物《ふたもの》を開けると、真鱈《まだら》と豆腐の煮物が入っていた。香りだけでも食欲をそそる。

今日は嶋屋の振舞いだと聞いていたので有難く頂戴《ちょうだい》しようかと思いつつも、居並ぶ顔がどこか強張《こわば》っているように思われた。

「ところで、今日の趣向は何だい」

三作に尋ねた。元はといえばこの三作がこの宴席に弥三郎を招いたのだ。三作はその顔に意地の悪い笑みを浮かべてみせた。

「おや、お知らせしませんでしたか。今日はこれから、あの大坂屋茂兵衛が来るんですよ」

「大坂屋茂兵衛」

弥三郎はその名を確かめるように口にした。

このところ話題となっている定飛脚《じょうびきゃく》問屋大坂屋九代目の主の名である。ここに居合わせる者の顔つきを見る限り、どうやら歓待の宴《うたげ》というわけではないようだ。何せこれからやって来る大坂屋の為の膳が支度されていないのだ。

このお歴々に睨《にら》まれたのでは、さぞや商いは難しかろう。ここへどんな顔をしてやって来るものかと、まだ見ぬ大坂屋茂兵衛に哀れみをもって待っていた。

「おいでになりました」

仲居の声がして、皆が一斉に襖《ふすま》の方を向いた。

そこには、粋《いき》な縞紋《しまもん》の紬《つむぎ》に大坂屋の「(大)」の紋が付いた黒羽織を着た男が深々と頭を下げて座っていた。

「お招きに与《あずか》りました、九代目大坂屋茂兵衛でございます」

よく通る声である。それからゆっくりと顔を上げた。目鼻立ちのはっきりした眉《まゆ》の濃い、さながら役者のような男ぶりである。背筋の伸びた様も凛々《りり》しく、名乗りさえも芝居の一場面を見ているようであった。

暫《しば》くの間があって、座敷の最奥に座る嶋屋は反《そ》り返って咳払《せきばら》いをした。

「大坂屋、お前様は今日、何故《なにゆえ》ここに呼ばれたか分かるか」

威嚇《いかく》するように重々しく宣《のたま》う。大坂屋茂兵衛はにっこりと微笑《ほほえ》んだ。

「さあ、拝見したところ私の膳がございませんので、おや、今日は私こそが酒の肴《さかな》であったのかと思ったところでございます」

あからさまな嫌がらせに怯《ひる》むどころか図星を指した茂兵衛の態度に、嶋屋は不快気に顔を顰《しか》める。

「まさか長居をする気があるとは思わなかった。すぐに支度をさせよう」

廊下に控えていた仲居は、慌《あわ》てた様子で奥へ行き、他の客よりも幾分品数の少ない急ごしらえの膳を一つ茂兵衛の前に置いた。

この日、大坂屋茂兵衛が不穏な宴に招かれた理由は、ここに居並ぶ旦那衆にとって甚《はなは》だ有難くない「飛脚定法《じょうほう》」を茂兵衛がお上に提出したことにあった。

飛脚とは言わずと知れた、足で走り、時に馬を使い、文《ふみ》や為替や荷を運んで手間賃を頂く商売である。御用達の品はもちろん、旦那衆の商う品々も運んでいる浅からぬ間柄である。

飛脚の中でも大坂屋は定飛脚問屋であった。定飛脚とは、江戸から上方への荷を運ぶのが主な役目であり、その荷は町方のものだけではなく、武家のものも含まれた。大名御用を請け負う定飛脚は会符《えふ》を発行され、優先的に継ぎ送りができる特権が与えられていた。そのため大坂屋は江戸市中の飛脚問屋の中でも強い力を持っていた。

その大坂屋が、江戸市中の飛脚問屋六軒と共にお上に願い出た「飛脚定法」とは、飛脚運賃に関する取り決めである。

ここ数年、客である問屋からの要望に応じて値下げしているうちに値崩れが止まらず、遂《つい》には潰《つぶ》れる飛脚問屋が出て来た。このままでは飛脚という商いそのものが崩壊すると考え、飛脚問屋同士で協議の上、定法を立てた。そしてこの度、奉行はその訴えを認めた。

となると、面白くないのは飛脚を使っている商人たちである。飛脚によって運ばれるものは、金や為替、書状などのほかに米や糸の値の報《しら》せなどもある。また、馬荷を使って生糸や生糸商品、木綿や染料となる紅花、楮《こうぞ》や和紙なども運ぶ。それらの運賃が値上げとなれば、木綿問屋や糸物問屋、紙問屋には大きな痛手となるのだ。嶋屋をはじめとした御店がここに集い、大坂屋を囲んでいるのは無理からぬことである。

「話は至極容易《たやす》いことだ。飛脚定法を取り下げよ」

嶋屋の口ぶりは打診ではなく、命令であった。それを聞いた茂兵衛は、わざとらしく驚いたように目を見開き、ついで、かかか、と声を立てて笑った。

「それは致しかねますなあ。既にお上からもお許しを頂いております。もし御不満とあれば、もう一度改めて嶋屋様はじめ皆々様がお上に訴えて下さい。尤《もっと》も、覆《くつがえ》るとも思えませんが」

「思い上がりも甚だしい」

嶋屋は恫喝《どうかつ》するように声を荒らげた。

「飛脚が、飛脚だけで商いできると思うのか。我らの荷があって初めて成り立つものを」

「それはお互い様でございましょう。運ばれなければ商いはできない。物を運ぶにはそれ相応の手間がかかる。手間がかかれば金がかかる。商いのいろはのいでございますよ。それを外して算段なさるのが、そもそもの誤りでございましょう」

嶋屋のみならず、居合わせた者全《すべ》てに聞こえるように、揺るぎなく大坂屋は語る。その堂々たる様と、赤ら顔の嶋屋とでは、いずれにその理があるのかは、明白に見えた。

しかし、このまま飛脚の運賃が上げられれば、商いにとっての打撃は少なくない。それぞれの店主がその脳裏で算盤《そろばん》を弾《はじ》きながら、嶋屋の顔色を窺《うかが》い、同時に大坂屋の様子を盗み見る。

忙《せわ》しなく動く旦那衆の目玉を見ながら、弥三郎は、これはさながら新旧の狭間《はざま》を見るようだと思った。

嶋屋のその有様は、正に旧来の老舗の態度そのものである。代々世襲で受け継がれ、御用商人として江戸城をはじめ大国の江戸屋敷に出入りして信用を得ている。それを誇りとして、己の財力を蓄えて十組問屋に名を連ねる。

一方の大坂屋茂兵衛はというと、元は甲斐の生まれで一介の奉公人であった。大坂屋の娘婿《むこ》として商いを手掛け、後を継いで九代目となった。はじめのうちこそその見目と若さを娘に気に入られただけだと噂《うわさ》されていたが、なかなかどうして、商人としての手腕も大したものだと評判を得ていた。代々続いてきた老舗の暖簾《のれん》を引き継いでこそいるが、生まれ育ちのせいか、ここに居並ぶ老舗の旦那たちとは考え方も振舞いも違う。十組問屋に対して畏《おそ》れを抱く様子もなく、ひれ伏す気などまるでない。何せお上に対しても、自《おの》ずから法の整備を取り付けているのだ。

その手腕は、目覚ましくも恐ろしい。

弥三郎もまた、跡取りとして店を継いだ一人であり、己の御店を守ることを主に商売をしている。その身からすると、茂兵衛の苛烈《かれつ》さや荒々しさは、こちらの立場を脅《おびや》かされるのではないかという恐れを抱かせた。

嶋屋もまた、そうした恐れを抱いているのであろう。しかしそれを表に出すのは己の矜持《きょうじ》が許さないのか、ただ苛立《いらだ》ちだけを満面に浮かべ、大坂屋に向かって指を指した。

「それならば大坂屋。此度《こたび》の定法に加わった飛脚問屋を退け、十組のうちで勝手に飛脚問屋を抱えることとてできるのだぞ」

確かに十組問屋の力をもってすれば、この六軒以外の飛脚問屋を抱え込むこともできるのではないか……と、居並ぶ大店たちの間の風向きが変わろうとした。その時、大坂屋茂兵衛は大口を開けて、ははは、と座敷を揺らすほどの大音声《だいおんじょう》で笑うと、次の瞬間ぐっと正面を睨む。

「やれるものならやってみやがれ」

低く太い声で啖呵《たんか》を切った。

そして目の前に置かれた膳をついと横に退けると、どんと畳を鳴らして片膝《かたひざ》を立てて真正面の嶋屋を見据え、次いで居並ぶ面々の顔を確かめるようにゆっくりと視線を巡らせる。

「大店の旦那衆はご存知ないやもしれませんが、飛脚はものじゃござんせん。手前の足で走っているんでございますよ。皆々様の大事な荷を肩に載せ、関所を越えて真《ま》っ直《す》ぐにね。荷を担《かつ》いで走ったことがございますか。私はありますよ。しかし素人《しろうと》がそうそう飛脚のようには走れない。一里走れば息は上がり、荷は倍の重さに感じる。その連中の技に報いる金が払えないなら、どの道、十組の中でやったって、同じことですよ」

茂兵衛の啖呵に嶋屋は面食らった様子であったが、すぐさま今度は怒りに顔を赤くした。

「お前さんには主としての品がない。金、金、金と意地汚い話ばかりだ。商いとはいえ、人は金だけで動くわけではあるまい。江戸の大店の品を運ぶその矜持はどうした」

「矜持で飯が食えますかい。金ですよ。しかも余計に金を寄越せと言っているんじゃない。お前様方の荷やら文やら、きちんと預かり届けるその対価を払えと言っているんです。それを汚いというのなら、ろくに金も払わず、人の労をただで横取りして金を稼ごうっていう皆々様の方がよほど汚い。十組なんぞは肥溜《こえだ》めですな」

さすがにこれまで黙っていた面々も、ムッとした様子を見せたが、その次の瞬間には茂兵衛は居住まいを正して背筋を伸ばす。

「ご無礼を」

丁寧に頭を下げた。言い返す言葉を失った旦那衆の小さなざわめきが座敷に広がる。

さながら大坂屋茂兵衛一人の声音《こわね》と所作に、この場の全てが操られているようであった。

茂兵衛は一つ大きく息をすると、今度は打って変わって静かな声で語り掛けるように話す。

「仰《おお》せの通り、十組問屋で飛脚を立てて頂いても構いません。されど私どもの定法は下げませんよ。となれば、そちらに飛脚が集まりましょうか。また、安く走る飛脚がいたとして、その連中が、荷やら金やら盗んで走って行ってしまえばどうなさるのか……何せ、足は速いし体は強い。御蔭《おかげ》で私も、腕っぷしはなかなか強くなって参りましてね」

袖《そで》を捲《まく》って現れた腕は、さながら浅草寺《せんそうじ》の仁王像もかくやという有様である。

「それからもう一つ。もしもそちらで飛脚を立てられるのであれば、駿河《するが》の潤井《うるい》川《がわ》のことでございます。あちらに橋を架けましたのは、此度、定法の立ち上げに尽力しました飛脚六問屋でございます。その橋を使わないで頂きたい」

居合わせた旦那衆は顔を見合わせてざわついた。橋は街道の要衝である。その一つが使えないとなると、それは飛脚の運賃を少し上乗せするよりも遥《はる》かに大打撃である。

そのざわめきを満足そうに聞いていた茂兵衛は、更に言葉を継いだ。

「無論、そちらの十組問屋の御力を以《もっ》てすれば、あっという間に新たな橋は架かるかもしれません。しかし、それには金が要ります。飛脚を集め、橋を架け、新たな飛脚問屋に鞍替《くらが》えするとなると、いずれも何とも金のかかること。いっそ定法に則《のっと》って、私どもにお支払い頂く方が安上がりということもございましょう」

軽い口調でそう言ってざわめく面々の顔を眺めてから、ついと手をついた。

「皆々様がこれまで江戸の商いに尽力して参られたこと、この大坂屋も重々承知してございます。しかし大坂屋をはじめ飛脚問屋もまた、この江戸の弥栄《いやさか》のため足を使って働いて参りました。さすれば此度の定法の件、我らの命を懸けたお願いでございます。ご快諾頂きますことを平にお願い申し上げます」

つい先ほど、呟呵を切っていた男とは思えぬ、慇懃《いんぎん》な様子で額を畳にこすりつけんばかりに頭を下げた。たっぷりと間をとって頭を上げた茂兵衛は、その場の十人を一人一人確かめるようにじっと顔を見て会釈《えしゃく》をする。

そしてずらした膳をもとに戻すと、さっと箸《はし》を取り、輪島塗の飯椀《めしわん》に盛られた栗おこわを、さながら一膳めしやの茶飯を掻《か》きこむように食べ始めた。そして焼き物の椎茸を口に放り込み、ごくりと飲み込むようにして平らげてしまう。旦那衆が呆気《あっけ》に取られて見守っているが、その視線を気にする様子もない。そして膳の上に置かれた朱塗りの杯《さかずき》を手に取った。

「おや、空ですね」

茂兵衛は笑みを浮かべたままで杯を掲げる。居並ぶ旦那衆は互いに目で牽制《けんせい》し合い、この茂兵衛の杯に誰が酒を注《つ》ぐのかを窺っている。

これは下手をすると夜明けまで膠着《こうちゃく》してしまう。弥三郎は末席にいることから、これが己の役目であろうと嘆息した。銚子《ちょうし》を手にしてずいと膝を進め、茂兵衛の杯に酒を注ぐ。茂兵衛は殊更《ことさら》に恭《うやうや》しく杯を掲げた。

「ありがたく」

その杯をぐっと飲みほして、満面の笑みを浮かべた。

「さすれば私はこれにて失礼を致します。御膳とお酒をご相伴に与りまして。さすがは皆さまご贔屓《ひいき》の店。美味いものですなあ。有難うございました」

無作法な食べようを忘れるほど丁寧に深々と頭を下げると、ざっと勢いをつけて立ち上がる。踵《きびす》を返して部屋を出ていく様はさながら花道を去っていく役者のようで、いっそ附け打ちの音がないのが物足りない。

茂兵衛が部屋を出て行ってからも、暫く誰も口を開こうとはしなかった。そして、その張り詰めた空気の中で、皆の視線がゆっくりと上座の嶋屋へと移っていった。嶋屋もまた茂兵衛の去った方を見つめていたが、はたと我に返ると、

「何だ、あの無礼な男は」

赤ら顔を更に赤くして、怒声を上げた。

居合わせた他の者たちが、まあまあと嶋屋を宥《なだ》め、予《あらかじ》め頼んでいたらしい芸者たちを呼び入れたことで、三味線の音や笑い声が響き始め、いつもの宴席になっていった。

弥三郎の隣に座る三作はその喧騒の中で笑っている。

「お歴々は大分お怒りですね」

その口ぶりは愉快そうである。この三作は、商人としてはなかなかの手腕を持ちながら、ここに居合わせる老舗大店旦那衆の間では遊び人として軽んじられている。し

かしそんな扱いにも表立って逆らうこともない。だからこそ、茂兵衛の遠慮のない振舞いは面白くて仕方ない様子である。

「面白いじゃありませんか。まさに、弁舌爽快にして、談説流るるが如《ごと》く……という男ですねえ」

三作は謡《うた》うように評した。弥三郎はそれに頷《うなず》きながら己の杯をゆっくりと干した。老舗大店の旦那衆の矜持は、この十組問屋を支える柱でもある。しかしそれだけでは商売は成り立たない。これからはこの大坂屋茂兵衛のように、十組問屋に噛《か》みついてくる者が現れて来るやもしれない。新参者と見下すのは容易いが、これが一つの変化の始まりなのではないだろうか。

正に新旧の潮目に立ち会ったような、奇妙な高揚感が弥三郎の中にあった。

しかし、己もまた旧閥の中で育ってきた身としては、あの男を手放しで歓迎はできない。

「あの男は厄介だ」

弥三郎は小さな声で呟《つぶや》いた。

＊

弥三郎の住まいは、三田のなだらかな坂の上にあった。

　文化四年の正月、御用先へのあいさつ回りを終えた弥三郎は家路を歩いていた。昨夜に降った淡雪は昼には跡形もなく消えていたが、澄んだ冷たい風が身に沁《し》みる。

　堤弥三郎の父は、武家の出で賄《まかない》組頭の役人であった。その妹の嫁ぎ先である札差、伊勢屋が跡取りに恵まれなかったため、次男の弥三郎が幼くして養子に入った。その後、若くして伊勢屋を継いだ弥三郎は、棄捐令《きえんれい》を実行するために猿屋町《さるやちょう》会所に名を連ねるに当たり、旧姓である堤を名乗るようになった。その折に役宅として、実父の家も近い三田の屋敷を賜った。以来、実父や実兄、養父らと共に三田に住まっていた。

　門をくぐると菰《こも》を巻かれた松を横目に玄関に入る。

「お帰りなさいませ」

　出迎えたのは、妻のお百合《ゆり》である。

　妻のお百合は弥三郎よりも四つほど年かさで、札差大店大口屋の娘。かつては紀州の江戸屋敷で奥勤めをしていたこともある。弥三郎が十五、お百合が十九の時に婚礼をした。当初は弥三郎の方が背も低い頼りない少年でしかなく、お百合はお百合で気位が高い。婚礼をしたものの、三年は同じ屋敷の中で別々に暮らしていたのだが、ようやっと弥三郎が十八になり、お百合の背丈を抜いて、初めてまともに話ができるようになるという有様であった。

今では二人の娘にも恵まれ、夫婦仲はまあまあといったところであった。

「旦那様に御客人が参られました」

お百合は淡々とした口ぶりで言う。

「おや、何方《どなた》かな」

「萬町《よろずちょう》の大坂屋茂兵衛さんという方です」

弥三郎は驚いて目を見張る。

「大坂屋さんが……」

飛脚定法の一件で一躍脚光を浴びた大坂屋茂兵衛は、昨今では江戸市中のあちこちの集まりに顔を出すようになっていた。

昨年末、さる大店の主に招かれた茶会に大坂屋茂兵衛が来ていた。

「堤弥三郎様」

帰り際《ぎわ》に声を掛けられた。あの魚躍楼で会って以来で話をしたこともないのに、名を覚えられていたことに驚きもあった。しかし、弥三郎にしてみるとそれは嬉《うれ》しさよりも、戸惑いであった。何せこの男は十組問屋を向こうに回した曲者《くせもの》である。あまり近しくしているのを他の旦那衆に見られるのも芳《かんば》しくない。

そう思い、ほどほどに挨拶《あいさつ》をして別れようとしたのだが、茂兵衛は離れようとしない。

「以前より、お前様とは是非一度お話をしたいと思っていたのです」

「さようでございますか」

答えながらも、少し距離を置いて茂兵衛を見た。弥三郎も小柄ではないがこうして面と向かうと、茂兵衛は見上げるようである。何とも言えぬ居心地の悪さを覚え、弥三郎は愛想よく笑みを浮かべた。

「今日は忙しないものですからまたいずれ、拙宅にお運び下さい」

世辞で言ってその場を後にした。

お運び下さいと、挨拶代わりに言ったことは数多《あまた》ある。しかしすぐさま訪れて来る人はそうそういるものではない。

「まさか、本当に来るとはな……」

唸《うな》るように呟いた弥三郎を見て、お百合は訝《いぶか》しそうに眉を寄せた。

「私、詳しくは存じませんが、定飛脚の大店の主としては人品疑わしく、とりあえず縁側に通しております」

弥三郎は苦笑する。お百合という人は、大店生まれで幼い時分からお嬢様として育てられ、奥勤めでは御武家の中で礼儀を躾《しつ》けられてきたせいか、人への評価が辛く警戒心が強い。慎重に振舞うべき御用達の女房としては望ましいが、時に行きすぎることもある。

そのお百合からすると、確かに大坂屋茂兵衛は代々つづく老舗の御曹司《おんぞうし》たちに比べ、やや粗野に見えるのかもしれないと思い、可笑《おか》しく思えた。

「恐らくはご本人だろう。お茶は出したかい」

「ええ、それはお出ししましたが……旦那様の他の朋輩《ほうばい》とは、少し違いますね」

「ああ、朋輩というほどの間柄ではないからね」

弥三郎はそう答えつつ下男の持って来た盥《たらい》で足を洗って、屋敷へ上がる。

座敷の縁側を覗《のぞ》くと、縁側に腰かけて茶を啜《すす》りながら、のんびりとした様子で空を眺めている大坂屋茂兵衛の姿があった。

「大坂屋さん」

弥三郎が声を掛けると、茂兵衛は、ああ、と声を上げた。

「これは弥三郎さん、お言葉に甘えてご挨拶に伺ってしまいました」

人懐《なつ》こい笑顔を浮かべる。どうやらお百合の応対に気を悪くした風もないので安堵《あんど》した。

「お寒いでしょうからこちらへお上がり下さい。御用先に挨拶に回っておりましたので」

弥三郎に招かれて座敷へ上がった茂兵衛は、ついとその視線を床の間の掛軸へ向けた。

「これはまた……誰の御作ですか」

「兄が昨今、買い求めたものを譲り受けました。谷文晁《ぶんちょう》という人のものだと聞いております」

父の後を継いで役人をしている兄、三五郎《さんごろう》は、趣味人として名が通っており、絵師や学者、連歌師や戯作者《げさくしゃ》との交遊が広い。弥三郎の隣に住まいしているが、そこでしばしば連歌の会などを催している。

「はあ……絵や歌、茶の湯に芝居、色々なものに造詣《ぞうけい》が深くていらっしゃる。私はとんだ無粋者で」

　茂兵衛はそう言って頭を掻いた。

　先日の茶会の折にも、不器用な手つきで茶碗を回していた。その様を、居合わせた他の旦那が嘲《あざけ》るように忍び笑いしているのを見て、弥三郎は嫌気を覚えた。弥三郎自身、一通り作法の心得はあるし、そうした場においての振舞いで人の人品を測ることがないではない。しかし作法を知らぬ者を嘲笑《あざわら》うのは、ひどく下卑たことに思われた。

　弥三郎は茂兵衛に座布団《ざぶとん》を勧める。

「粋も無粋もございません。単に長らく好き好んでいただけのことです。卑下なさることでもありますまい」

　茂兵衛はその言葉にふっと笑みを零《こぼ》す。

「やはり、お伺いして良かった」

　そして座布団に腰を下ろすと、改めて女中が運んできた茶に手を伸ばす。

「江戸に出て来てからは大分経《た》ちますが、何せ、はじめはただの奉公人ですし、飛脚相手の商売ですからね、いわゆる粋な趣味とは縁遠くて」

「大坂屋さんは、甲斐の御生まれでしたか」

「ええ。農家で十三人兄弟の末っ子です。家は兄が継いでいて、私なぞは早々に奉公に出ておりました」

「江戸に参られたのは御幾つの時で」

「十八です。遅かったんですよ」

江戸には方々から縁を頼って奉公に上がって来る者がいる。小僧奉公などとなれば、十二、三歳から店に入るのが多い。確かに、十八から江戸に上がって来るのは珍しい。

弥三郎はそう思いながらも問いかけることはせず、ただ愛想笑いを浮かべて首を傾《かし》げた。

「それにしても急なお越しで驚きました。予め言っていただけたらおもてなしもできましたのに」

するとすると茂兵衛は、ははは、と快活に笑った。

「そんなことをしたら、いずれまた、と、断られると思いましてね」

図星を指されて弥三郎はぐっと言葉に詰まり、ごまかすように視線を逸《そ》らして茶を啜る。その弥三郎の様子を茂兵衛は面白そうに眺めて、同じように茶を啜った。

暫くの沈黙が続き、弥三郎は思わず吐息する。明け透けな物言いをするこの男に対するには、それこそ本音で話すしかないと思った。

「しかし、何故そうまでして私と話したいなどと思われたのです。親しい間柄というわけでもございませんし、商いで何かしらの利得があるとも思えません」

弥三郎は札差、茂兵衛は飛脚問屋。無論、商いの上で無関係とは言わないが、直に取引をしているわけではない。確かに、双方共に紀州の御用を承っているが、そんな商人はこの江戸にはいくらもいるだろう。

「先日、魚躍楼で酌をして下さったでしょう」

それだけか、と思いながら、弥三郎は眉を寄せる。

「それだけじゃありませんよ。私は出世したいと思いましてね。同世代での出世頭といえば、堤弥三郎様をおいて他にありますまい」

「出世などと……さほどのものではございませんよ」

「何をおっしゃいますやら。私が奉公人として燻《くすぶ》っている時に、年もさほど変わらぬお前様は、華々しく勘定所御用達となられた。堤弥三郎という名を聞いて歯嚙《はが》みしながら、この男といつか並んでみたいと思っていたものです」

「いつのことを仰せですか」

「棄捐令で手腕を揮《ふる》うその様は、猿屋町の獄卒《ごくそつ》とあだ名されたと聞いています」

茂兵衛は弥三郎のことを窺うように眺めやる。弥三郎は、久々に聞きたくもないあだ名を聞いたものだと苦笑した。

十八年前、時の老中松平定信の命によって棄捐令が発せられた。棄捐令は、多大な借金を抱えて身動きが取れなくなっている旗本、御家人の救済として、札差の債権を放棄させるお上の命令だ。札差にとって理不尽この上ないこの政策を実行すれば商人たちからの反発は免れない。そこで、猿屋町会所では羽振りの良い大店から上納金を回収し、それを元手に札差から債権を買い取ることで札差の打撃を減らすことを決めた。商人からの反発を抑えながら旗本、御家人らをも救うというものであった。しかし当然ながら、上納金を回収される商店からは煙たがられることになる。

それでもお上の命に従い冷徹に金の回収をする弥三郎に対して、「猿屋町の獄卒」というあだ名が付けられた。結果として手腕を認められ、勘定所御用達の他、紀州をはじめとした大藩からも御用を賜る名うての札差となった。弥三郎に対して、大店の中には今でも「お上に媚《こ》びた札差」と忌《い》み嫌う者もいる。

「確かに出世と言えば出世でしょうが、妬《ねた》み嫉《そね》みも人一倍買うものです。有難いばかりでは済まない」

弥三郎は自戒を込めてそう言うが、茂兵衛はそれでも気にする様子はない。

「いやあ……それでも眩《まばゆ》いものです。ぜひお近づきになり、そのお話を聞いてみたいと思うのもさほどおかしなことではありますまい」

確かにそれはそうかもしれない。しかしそれならば、弥三郎にとっては甚だ不可解なことがある。

「ならば、十組問屋相手に喧嘩《けんか》をふっかける飛脚定法を打ち立てたのは、なかなか悪手だったのではございませんか」

江戸二千人の商人を束ねる十組問屋に、その組外にある飛脚問屋の主が楯突《たてつ》いたのだ。それは江戸市中でも話題になり、ともすれば大坂屋茂兵衛は十組問屋の力で潰されるのではないかという噂も実《まこと》しやかに流れていた。

「まあ、それはよく言われますけどね。道理を曲げてまで出世したいとは、一欠片《ひとかけら》も思っちゃいません。手前の道理を通すなら、目の前の岩にもぶつからなければ。どの道、出世どころか、手前が野垂れ死ぬだけで……」

すると茂兵衛はぐいと弥三郎の方に身を乗り出した。

「私が大坂屋に婿入りした奉公人というのはご存知でしょう」

「ええ、無論、存じ上げています」

大坂屋は先々代である七代目が早世し、その弟である八代目が旦那を務めていた。そこに奉公していたのが茂兵衛である。商いの手腕を見込み、七代目の忘れ形見である娘、お八尾《やお》の婿にと望まれて縁組をした。しかしそれからほどなくして八代目が世を去り、茂兵衛が九代目大坂屋となったというのは、広く知られた話であった。

「世間様では、甲斐の山奥から来た奉公人が、定飛脚問屋のお嬢さんを上手《うま》く口説いて当主に収まったと、揶揄《からか》い半分に言われましたよ。私も方々で嫌味交じりに言われる言葉に、ありがとうございますと応じていましたが、そうそう上手い話なんてものはありません。何せ、私が継いだ当時の大坂屋は、まあ……火の車というやつで」

九代目として店を継いだ茂兵衛がまず直面したのは、負債だらけの大福帳であった。飛脚問屋としての仕事は絶えずあるというのに、まるで帳尻《ちょうじり》が合わない。

「一体、なんでこんなに負債があるのか」

番頭に問いただして出て来たのは、

「紀州への付け届けでございます」

という答えであった。

定飛脚問屋は御用を巡ってしばしば競合し、大名家への付け届けは慣例となっていた。紀州は御三家ということもあり、その御用を受けることは大坂屋の悲願であった。そのため紀州の屋敷に繋《つな》いでくれる縁故を頼り、日参して頼み込んでいたのだが、度々付け届けを求められた。

「紀州の御用を受けられれば、いずれは全て挽回《ばんかい》できるから」

先々代がそう言い、先代もその言葉を信じてせっせと付け届けを行っていた。しかしなかなか実現できない。どうしたものかと思っていたところ、これまで縁故のあった紀州の役人が御国へ帰ることになった。改めて別の縁故を頼ったところ、今度の役人は付け届けなど求めず、あっさりと大坂屋に御用を申し付けた。

要は、前職が付け届けを己の懐《ふところ》に入れるために、勿体《もったい》つけていただけだったのだ。

しかし、そんなことを言っていても仕方がない。御用があればいずれは帳尻が合うはずだと言っている矢先に先代は亡《な》くなった。

渡された負債だらけの大福帳を見て青ざめた茂兵衛であったが、それからは紀州の御用はもちろん大名家や大店との取引も増やしてなんとか店を回していた。だが、それでも負債は全く埋まらない。

「何が起きているのか」

調べてみれば簡単なことで、取引をする商店との値段交渉で押し切られ、値が下げられているのだ。

「それでは商いにならない。飛脚たちを養えない。値引きは突っぱねろ」

奉公人にそう言ったところで、旦那になりたての茂兵衛の言うことなど聞こうはずがない。

「確かに旦那様の仰《おっしゃ》る通りですが、そんなことをしていれば、他の飛脚問屋に客を取られて終わりですよ」

それならば、飛脚ではない商いをしてみてはどうかと、郷里の甲斐に頼んで、繰綿《くりわた》や材木を江戸の商店に仲介する商いに手を出した。結果それは頓挫《とんざ》して、更に負債を増やすことになってしまった。

「まあ……お蔭で御店の奉公人たちには愛想を尽かされそうになり、つくづく手前の愚鈍さにも腹が立ちました。でも、そこで考えたんですよ。そもそも、金って何なのか……」

そこまで言って茂兵衛はふと、顔を上げて弥三郎を見た。

「弥三郎さんは、棄捐令の折に、それこそ金の取り立てをしたでしょう。金って何だと思いますか」

弥三郎はその漠とした問いに首を傾げ、口を噤《つぐ》む。

札差として金を扱う商いをしている以上、金とは切っても切れぬ縁である。棄捐令で大店に金を出すように求めた時などは、罵声《ばせい》と共に塩を撒《ま》かれたことも、茶を掛けられたこともある。

それでも勤められたのは、偏《ひとえ》にそれが私欲によるものではなく、天下の役目と腹を括《くく》れたからだ。

札差として金を貸し、その利子を回収して生計を立てている。無論、己の暮らし向きを豊かにすることを望んでいるが、度を越せばそれは強欲となる。貯《た》め込むだけで流さなければ、どこかが困窮する。だからこそ、己はこの役目にあたるのだと、自らに言い聞かせていた。

「金は、然《しか》るべく流さなければならない。そう思っていますよ」

弥三郎の言葉に、茂兵衛はふっと笑った。

「やはり気が合いそうだ」

そして小さな落雁《らくがん》を一つ口に放り込み、粗野な素振りで茶で流し込むと、やや高揚した様子で口を開く。

「江戸のお人は、金の話を忌み嫌う。そんなに金が嫌いなのに、貯め込むことには余念がない。町人も武家も、商人を強欲だと謗《そし》る。しかしお武家は上納金は欲しがる。何とも歪《いびつ》でおかしな話だ。商人が商いをして金が正しく世の中を回っていれば、暮らし向きは豊かになり、商人は天下に資する役目を担《にな》う。そのことを忘れてそれぞれが諍《いさか》い合えば、互いにつぶし合うことになりかねない。そう思いませんか」

「それが、お前様が飛脚定法を出した理由ですか」

「はい。正しく金が払われれば、私たち飛脚だって十組問屋だって、それを取り巻く人々もみな豊かになれる。それが道理というものでしょう」

確かにそうかもしれない。しかし今や大店たちが大きな利権を手にして、互いに牽制し合いながら幕府や大国の御用に血道を上げている。そこへ道理を通したいと言われたところで、反発の力は大きいだろう。

「それで、飛脚定法は上手くいっているのですか」

すると茂兵衛は首を傾げて頭を掻いた。

「それがね……やはり十組問屋の旦那衆の中には、渋い顔をされている方もいるようで。みながすんなり定法通りに金を払って下さるようになるか、不安ではありますね。しかし法はこちらにあるので」

弥三郎は眉を寄せる。

この男は厄介だ。

確かに道理は通っている。しかしそれだけでは世の中は動かない。余計な軋轢《あつれき》を生み、もめ事の火種になりかねない。

「道理があっても通らないこともある。法よりも商人同士の仕来《しきた》りが優先されることもある。それはお分かりか」

弥三郎はつい、説教するような口ぶりになった。その口調の前で、茂兵衛もまた教えを乞《こ》う小僧のように背筋を伸ばして向き直る。

「分かっているつもりです……というよりも、少しずつ思い知らされているところです」

「お前様がもしも、道理を通したいというのならば、道理を振りかざし、法を味方につけるだけではいけない。根回しをして、味方を増やさなければならない」

弥三郎は何故、この厄介な男にこんなことを切々と語らなければならないのだと自問しつつ、目の前の茂兵衛を見やる。茂兵衛は視線を弥三郎から逸らすことなく、真っすぐに見据えて座っている。弥三郎は一つ息をついて問いかけた。

「飛脚定法の一件、町年寄の樽屋与左衛門《たるやよざえもん》様にお話ししているのですか」

江戸の政《まつりごと》の一切を取り仕切る町年寄は、謂《い》わば町人と幕府の架け橋である。

「ああ、はい。奉行所のご裁可の折に、樽屋様にもお会いしていますので、ご存知です」

「聞き方が悪かったようです。樽屋様と懇意にされていますか」

「懇意というほどのことではございません。ただご挨拶は致しましたよ」

なるほど、と弥三郎は得心した。

先だっての茶会において、茂兵衛夫婦の仲人《なこうど》だった釘鉄銅物問屋の主、森田屋次郎《じろ》兵衛《べえ》が、太った体で忙しなく立ち回り、汗をかきながらこの男を方々に紹介していたことを思い出す。

およそ人脈というものに無頓着なのだろう。森田屋もそれを案じて、ああした会に連れ出したといったところか。

弥三郎は、若くして札差として一線に立ち、勘定所御用達となっていたことから、練達の人々と渡り合うためには、根回し、仕来り、人脈がいかに大きな武器になるかを知っている。しかし同時に、腹を割って話せる者はいかに少なく限られるかも知っている。

この男は端《はな》から明け透けで本音で話す。それはおよそ暗躍などするには向かぬ性質だ。甚だ危うい。がその分、複雑怪奇な商人たちの思惑の中に飲み込まれないのかもしれない。弥三郎はこの男がどこか羨《うらや》ましくも思えた。

しかし、ここから先に進む以上は、それなりに立ち回りができなければ瞬《また》く間に潰されていくだけだろう。

「お前様を一度、樽屋様とお引き合わせしましょう。これから先、江戸で御店《おたな》の主としてやっていくのであれば、樽屋様と懇意にしておくのが良いでしょう」

茂兵衛は弥三郎のその言葉を聞いて、はあ、と気のない返事をした。

「いやあ、今日はただ弥三郎さんと親しくなりたいと思って来ただけでしたが、思いがけず樽屋様とのご縁を繫いで下さると言われたので。私のことを買って下さっているということですか」

「いや……」

弥三郎は咄嗟《とっさ》に否定して、首を傾げる。

厄介で、面倒な男だと思う。だが同時に面白く、筋の通った男だと思う。相反する思いが弥三郎の中にあった。

「まあ……お前様の言い分は、分からぬではないと思っただけのこと」

やや腰の引けた答えをして、弥三郎は渋い顔をして茶を啜る。茂兵衛はその弥三郎の様子を見ながら、

「嬉しいですねえ」

と笑った。

＊

町年寄樽屋与左衛門は、かつて弥三郎と共に猿屋町会所において棄捐令に尽力した一人である。尤も、その当時、二十歳になったばかりの弥三郎にとって、親ほど年が離れていた樽屋は、手腕の確かさと、お上からの信用の厚さで信頼できる人物であった。

町年寄という役職は、町人であって町人ではない。そもそもの根源は武士である。樽屋の祖先である樽三四郎は徳川家康と共に戦場を馳《は》せ、その功を認められ町の政を任された。同じく町年寄の家には、奈良屋と喜多村《きたむら》がある。いずれも代々受け継がれており、当代樽屋は十二代目に当たる。

当代樽屋与左衛門は還暦を迎えており、趣味人としても名高い。若い時分にはそれこそ、吉原に深川にと遊びに余念のない人であったが、それは今もあまり変わりない。樽屋について町人に問うたならば、「粋《いき》な人」という評判であった。

この日も、樽屋は芝居見物だと聞きつけ、弥三郎は茂兵衛を伴って出かけた。

二月の市村座は満員御礼。芝居見物の人々が続々と押し寄せるその最中、弥三郎と茂兵衛もまた、桟敷席《さじき》へと入り込む。

「ほら、あそこにおいでですよ」

弥三郎が指す先へ、茂兵衛も視線を向ける。丁度真向かいの桟敷席で、白髪の男が、美しい芸者を連れて入ってきたのが、薄暗い芝居小屋の中でもはっきりと見えた。女は男にしなだれかかり、何やら耳打ちをしては顔を見合わせ、くすくすと忍び笑いをしている。

「聞きしに勝る色男といったところですな」

茂兵衛はその様子を眺めて、にやりと笑う。

しばらくして拍子木の音と共に幕が開く。桟敷も枡《ます》も熱気が増す。

「音羽屋《おとわ》」

大向うの声が響き、舞台上では話題の立役、尾上《おのえ》栄三郎が武者姿で見得を切る。この日の演目は「壮《わかざかり》平家物語」で、尾上栄三郎は源氏方の武将、川越太郎重頼《しげより》を演じていた。

芝居が終わり、客がはけていく頃合いを見計らい、弥三郎は芝居小屋の男に手間賃を渡すと、樽屋がいる向かいの桟敷へ案内を頼んだ。

細い通路を通って樽屋の桟敷の背後で、

「御免下さいませ、樽屋様」

と、声を掛けた。

女と声を潜めて何かを話していた樽屋が、その声に話を止めた。

「どちらさんだい」

「堤弥三郎でございます」

「ああ、弥三郎」

そう言って簾《すだれ》を上げて中へと手招きをする。

「先ほど芝居見物をしておりましたところ、御姿をお見掛けしたのでご挨拶を」

「そうかい。これはね、柳橋《やなぎばし》の春千代っていうんだが、先ごろ私が世話してね。踊りの師匠をしているのさ」

春千代は細い首をゆらりと揺らし、すっと頭を下げる。

つい先だっては、樽屋は深川の竹助という辰巳《たつみ》芸者を囲ったと聞いていたし、その前には、吉原の花魁《おいらん》の夕霧という妓《ぎ》を大枚はたいて落籍《ひか》したとか。ざっと知っているだけでも四、五人は妾《めかけ》がおり、そのいずれにも住まいを与えている。弥三郎が出会った頃から女好きは知られていたのだが、還暦を過ぎて尚、盛んだというのは巷間《こうかん》でも噂になるほどである。

樽屋はついと弥三郎の後ろに続く茂兵衛の姿を見た。

「それで、偶々《たまたま》見かけたって言うのは随分と見え透いているなあ。そちらさんの御用かい」

茂兵衛は膝を進めて樽屋に頭を下げる。

「大坂屋茂兵衛でございます」

「相変わらず大きな男だねえ。弥三郎が世話狂言の二枚目なら、お前さんは荒事の武者といったところか。何とも奇妙な二人連れだ」

弥三郎と茂兵衛を見比べて、かかか、と陽気に笑う。弥三郎は茂兵衛を前に押し出して自分は後ろに下がった。樽屋はしみじみと茂兵衛を見た。

「飛脚定法の時に、奉行所で顔を合わせて以来かね。ここ最近もよくお前さんの名を耳にするよ」

「悪名でなければいいのですが」

「お前さんが悪玉か、善玉か、そいつを見極めようって、みんなで腹の探り合いさ」

「不徳の致すところですなあ。しかしそんなに悪くもないと思いますよ。隈取《くまどり》も青くはございますまい」

歌舞伎になぞらえて、茂兵衛は己の顔を手のひらで一撫《ひとな》でしてみせた。

その時、

「失礼致します」

涼やかな声と共に、先ほど舞台上で勇ましい武者姿を披露していた尾上栄三郎が、爽《さわ》やかな着流し姿で現れた。大柄であるが、どこか柔らかさもある色男である。

「まあ……」

春千代が甲高い声を上げて喜ぶ。樽屋は栄三郎を見ると、うん、と頷いた。

「また腕を上げたねえ。いい声だった」

そう言って流れるように懐から袱紗《ふくさ》を取り出すと、それを栄三郎に差し出した。栄三郎は恭しく押し頂くと、祝儀《しゅうぎ》を受け取り袱紗を畳んで返す。

「ご贔屓《ひいき》頂きまして、有難うございます」

「この春千代がお前さんの芝居が好きでね。席を用意しているから、後で芝居茶屋へおいで」

「はい。よしなに」

そう言って膝を引きながら、弥三郎と茂兵衛にも改めて頭を下げると、そのまま座を下がった。茂兵衛はその栄三郎の後ろ姿を見送って嘆息する。

「いやあ……私も樽屋様のように、粋に祝儀の一つも渡したいものですなあ」

「今日は初めから渡すと言ってあったのだよ。後で茶屋に誘いたいと、これが言うからな」

春千代の手を握り、微笑みかける。そして茂兵衛に視線を向ける。

「お前さん、芝居は好きなのかい」

「はい。奉公人として江戸に上りましてから、芝居小屋には何度も足を運んでおります」

「贔屓は誰だい」

「役者というよりも、芝居そのものが好きで。とりわけ曾我《そが》物がかかれば、いつも足を運んでおります」

「曾我物」は曾我十郎祐成《すけなり》と五郎時致《ときむね》の兄弟が、源頼朝が行った富士の裾野《すその》の巻狩で、父の敵《かたき》である工藤祐経《すけつね》を討つ人気の仇討《あだうち》物語である。毎年、いずれの芝居小屋でも掛かっており、江戸の町人の中でその物語を知らない者はいない。

「俗物ですので、人気の演目、人気の役者を見てしまう。それでも芝居は楽しいもので」

茂兵衛は衒《てら》いもなく言って、ははは、と快活に笑った。樽屋はその様子を見て、少し笑みを漏らした。

「それで、話があるんだろう」

茂兵衛は弥三郎と顔を見合わせた。弥三郎はちらと春千代を見やる。流石《さすが》は売れっ子芸者だったこともあり、すぐに場を読んだ。

「旦那様《だんな》。私、先に茶屋に行っております」

左前に裾を摘まむと、桟敷を出て行った。樽屋はその後ろ姿を愛《め》でるように眺めやり、満足そうに微笑んでから、弥三郎と茂兵衛に向き直った。

「それにしても弥三郎、お前さんが人を私に引き合わせるなんて珍しいこともあるもんだ」

「致し方なく」

弥三郎が苦笑しながら答える。すると茂兵衛はついと膝を進めた。

「何分、私は奉公人上がりで御店の養子に入りまして、早々に主が亡くなったものですから、主としての振舞いを習う暇もございませんでした。お蔭《かげ》で、江戸市中の旦那衆からは、無作法だ、もの知らずだと叱《しか》られておりまして。色々とご教示頂きたく、弥三郎さんを兄分と慕って付きまといましたところ、こうしてお引き合わせを頂いた次第でございまして」

茂兵衛は屈託なく笑い、改めて樽屋に頭を下げる。樽屋は、ははは、と声を上げて笑った。

「まあ、お前さんが他の旦那衆と毛色が違うのは先刻承知だよ。江戸の旦那衆は江戸育ちも多いからね。作法だ仕来りだと色々と面倒が多い。それに新参者を嫌うところもあるし、変化も嫌う。そこへお前さんはいきなり、飛脚定法という大岩を投げ込んだ。お蔭であちこち波紋が広がったものだよ」

「大岩を投げ込んだつもりはございません。ほんの小さな石ころくらいなものでございましょう」

するとの樽屋は苦笑した。

「いやいや……なかなか曲者だ」

そしてふと弥三郎を見やる。

「弥三郎は、砂糖問屋の一件は聞いているかい」

「何やらきな臭い厄介事があるとか、菱垣廻船問屋の井上屋さんから聞いておりますが……」

「いよいよ、奉行所に砂糖問屋株の設立を願い出ようって話が動いているらしい」

「砂糖の騒動」は、江戸の商人たちの間ではここ最近しばしば話題に上っている。事は、江戸商人の要《かなめ》ともいえる菱垣廻船問屋を巻き込む一大事であった。

砂糖は従来、異国から輸入される薬種《やくしゅ》として扱われていた。しかし、讃岐《さぬき》の和三盆《わさんぼん》や奄美《あまみ》の黒砂糖など、少しずつ国内でも作られるようになってきた。そして近年はその量が増大してきたのだ。これまで薬種問屋で扱われてきた砂糖だが、それは既に日々の暮らしに欠かせぬものになってきた。かつては上《うえ》つ方のみが使う贅沢《ぜいたく》品であったが、今や町の小料理屋の煮しめにもたっぷりの砂糖が使われる。市場が急激に大きくなっていた。

となると、砂糖のみを専門に取り扱いたいと望む問屋が現れた。そしてこれまで十組問屋の中に組み込まれていた薬種問屋から独立し、砂糖問屋として株仲間を立ち上げることを望む声が上がり始めた。

江戸の問屋二千人を抱える大組織、十組問屋にとっては、甚だ面白くない。しかもそれ以上に問題となったのが、砂糖問屋が望む砂糖の輸送方法である。

砂糖を菱垣廻船ではなく、樽廻船《たるかいせん》で運ぶというのである。

菱垣廻船は、江戸開闢《かいびゃく》以前から使われていた弁財船《べざいせん》の別称で、船体に「菱《ひし》」文様が施されているのは御用達の証《あかし》だ。大きなものでは千石もの品を積載し、江戸と大坂の間を行き来していた。しかしその大きさから、水主《かこ》の数も多くいるのはもちろん、修復に金も手間もかかる。そのため最盛期には百六十艘《そう》を数えたが、今は三十八艘にまで数を減らしていた。

一方の樽廻船は、その名の通り酒樽を運ぶために造られた。菱垣廻船と積載量は殆《ほとん》ど変わらぬが一つの船に一つの品だけに限って運ぶことで運賃を安くしており、次第にその数を増やしてきた。

二種の最大の差は、何と言っても速さである。一度に積載する品数こそ少ないが、船そのものの数が多い樽廻船は、圧倒的に往来が多い。となれば、問屋が樽廻船を使いたがるのは当然のことと言える。しかしそうはいかない事情があった。

「十組はそもそも、菱垣廻船ありきである」

それが菱垣廻船問屋たちの言い分である。

十組問屋は、御用達の菱垣廻船に品物を積むことを許された商人たちの組合である。それは江戸、大坂に流通する品物に対してお上が目を光らせるという意味もあった。そのため、この十組問屋において最大の力を持っているのが菱垣廻船問屋なのだ。

樽廻船に荷を載せたい問屋は、十組問屋から離脱するのが習わしであり、酒問屋はそのために十組の外にある。

砂糖問屋は樽廻船を選ぶことで伝統ある十組問屋と菱垣廻船に背を向けようというのだ。

この動きは、砂糖問屋だけの話ではない。

表立って反旗を翻《ひるがえ》してはいないが、内々に一部の品を樽廻船で運んでいる問屋は多い。もしこれで砂糖問屋が菱垣廻船問屋と縁切りできることとなれば、その流れは一気に加速してしまう。

「これがまかり通るようになれば、江戸の商いは立ち行かなくなる」

確かに、菱垣廻船問屋をはじめ、十組問屋に名を連ねる旦那衆はそう言う。

菱垣廻船問屋そのものが傾きかけているのは事実であるが、流通が無法地帯となれば、市場の混乱は避けられない。江戸のみならず、大坂においても混乱が広がるだろう。

となると、次第によっては、菱垣廻船と砂糖だけでは収まらなくなる。

「縁切りまでせずとも、これまで通り菱垣廻船を使い、一部をこっそり樽廻船に載せれば良いだろう」

事の大きさ故《ゆえ》に、砂糖問屋の中にも表立って訴え出ずに落としどころを探る声が強かった。

しかし、ここへ来て急に縁切りの気運が高まっている。

「その理由が分かるかい」

樽屋は弥三郎と茂兵衛に問いかけた。二人は顔を見合わせた。すると樽屋は己の帯に差していた柿渋の扇子を取り出し、ついと茂兵衛の肩を叩《たた》いた。

「お前さんのせいだよ」

「おや、私ですか」

茂兵衛はとぼけた様子で首を傾げる。弥三郎は、なるほど、と頷《うなず》いた。

二千人を束ねる十組問屋に逆らうことは、江戸商人にとっては死活問題である。そのために今日ここに至るまで十組問屋は絶大な力をもって江戸に君臨してきた。それにも拘《かかわ》らず、大坂屋が率いる飛脚問屋が真っ向から噛《か》みつくような定法をお上に出してそれが裁可された。仕掛人であるところの大坂屋茂兵衛は、甲斐から出て来た一介の奉公人から入り婿《むこ》で伸《の》し上がった店主である。それは、江戸商人たちにとって衝撃であった。

飛脚定法のことが砂糖問屋を大きく後押ししているのは確かだろう。大坂屋茂兵衛のせいと言えなくもない。

「しかし飛脚は飛脚、砂糖は砂糖。一緒にされちゃあ困ります。尤《もっと》も、分からないではありません。十組問屋の旦那衆はなかなか手強《てごわ》い方々ですが、居丈高に出られると噛みつきたくなるのもまた、人の性《さが》ってものじゃございませんか」

「なるほどねえ」

樽屋は含み笑いを見せて、じっと茂兵衛の顔を見つめる。その視線の先で茂兵衛は狼狽《うろた》える様子もなく、人懐こい笑みを浮かべる。

「それだけじゃありません。世の流れが変わり目を迎えているとも言えますよ。十組問屋の仕組みが百年続いているって話ですけどね。長く続けば正しいってわけじゃありますまい。長けりゃ正しいって言うのなら、私たちは未《いま》だに鎌倉殿を仰いでいるはずでしょう。でも実際はそうじゃない」

「なるほど、鎌倉幕府が終わったように、十組問屋が終わるって言うのかい。そいつはなかなか、不穏な物言いだ」

「いえ、変わり目を捉《とら》え損ねないことも大事だってお話で。戯言《ざれごと》ですので、聞き流して下さい」

茂兵衛は、丁寧に指を揃《そろ》えて床につき、深々と頭を下げた。弥三郎は樽屋と茂兵衛のやりとりを見つめ、じわりと冷や汗をかく。

町の政を司《つかさど》る樽屋を味方につけようという腹積もりであったのに、茂兵衛はというと、相変わらず明け透けに物を言う。樽屋と十組問屋は共に江戸の市中を栄えさせてきた。その樽屋を前にして、十組問屋が変わり目などと口にするのは、好ましくない。

樽屋はゆっくりと口の端《は》を上げて笑う。

「弥三郎、この男は面白いね」

弥三郎は小声で、はい、と頷く。

「恐れ入ります」

茂兵衛は悪びれることなく微笑《ほほえ》む。樽屋は腕を組みながら茂兵衛を見た。

「なるほど、お前さんが大店《おおだな》の旦那衆に嫌われるのも分かるなあ……ところで、飛脚定法の具合はどうだい」

「一応は、法通りに払って下さる御店も増えておりますが、渋られるところもございます。なかなか難しいものです」

「まあ、飛脚定法は私も目を通したが、およそお前さんの言っていることは道理だ。十組問屋の連中もそれは分かっているし、多少の飛脚運賃を変えたくらいでは、大店は潰《つぶ》れるわけでもあるまい。ただ、十組問屋として、外様《とざま》のお前さんに面目を潰されたと感じている。それがどうにも悔しいのさ。その辺の兼ね合いをきっちりつければ難しいことはない」

そう言うと、樽屋は己の羽織の紐《ひも》を結び直して整えた。

「こうして弥三郎に引き合わされたのも何かの縁だ。今後も、私にできることならしてやるよ。できないことはしてやらん。それでいいかい」

樽屋の言葉に茂兵衛は顔を上げた。

「心強いお言葉をありがとうございます。精進させていただきますので、以後よしなにお頼み申し上げます」

さながら芝居の台詞《せりふ》のように、節をつけた言い回しで、大仰に両手をついて頭を下げた。樽屋はその茂兵衛の頭を見下ろし、その傍らの弥三郎を見た。

「弥三郎、お前さん、厄介な男にとり憑《つ》かれたもんだ」

「はい」

弥三郎は思わず、力強く返事をした。樽屋はまた笑い、そしてゆっくりと立ち上がった。

「また、改めて二人で屋敷に来るといい。全く、今日はいい女と尾上栄三郎の芝居を見に来たはずが、大坂屋茂兵衛というとんでもない男の大見得を見せられてしまったなあ」

樽屋は笑いながら、桟敷を出る。弥三郎はそれを見送って席を立った。薄暗い階段に差し掛かると、樽屋は後からついてくる弥三郎を見て、茂兵衛が桟敷に残っているのを確かめる。そしてついと弥三郎の傍らに寄って声を潜めた。

「肩入れしすぎなさんな。言い分は尤もだし、面白い。しかし、一緒になってしくじるなよ」

「しかと、心得てございます」

樽屋は弥三郎の肩をトントンと叩いて、そのまま階下へと下りて行った。

弥三郎は再び茂兵衛がいる桟敷へと戻ると、茂兵衛はにやりと笑う。

「食えないお人だ、樽屋与左衛門」

弥三郎への耳うちを聞いていたのかと思うような口ぶりで、そのまま大きく伸びをする。そののびのびとした様子に弥三郎は苛立《いらだ》った。

「お前様は本当に樽屋様の言ったことが分かっているんですか」

「ええ。どうやら私は十組の旦那衆に煙たがられているらしいってことと、身に覚えのない砂糖のことまで、私が槍玉《やりだま》にあげられているってことですな」

「そうだ。この江戸で商いをするならば、十組と上手くやっていった方がいい。そのためには、それ相応に根回しや仕来りを……」

「ええ、ええ。つまりは頭の悪い連中が大勢いるから、黙らせることができるかどうかが腕の見せ所ってことでしょう」

どうしてそう明け透けな言いようをするのかと思いながらも、的を射ているとも思った。

するとと茂兵衛は徐《おもむろ》に立ち上がり、そのまま下の花道を見下ろす。

「よっ、大坂屋」

大向うに声を掛けた。すると下で片づけをしていた小屋の連中がこちらを見上げる。

「すまないね、手前の屋号を言ってみたくて」

茂兵衛がそう言って手を振ると、小屋の面々は笑った。

「分かりますよ。なかなか気持ちいいもんでしょう」

「そうさな」

「よっ、大坂屋」

と小屋の連中に言われ、茂兵衛はさながら千両役者のように見得の真似事《まねごと》をしてみせた。

「遠からん者は音にも聞け、近くば寄って目にも見よ……ってな」

「何の戦が始まるんですか、物騒な……」

弥三郎が言うと、茂兵衛は弥三郎を振り返る。

「敵は十組問屋二千、こちらは兄者と二人でござんす」

「私がいつからお前様の兄になりましたか」

「曾我ものの真似ですから、兄弟じゃないと」

「私は十組と争ったりしません。全く……勘弁して下さいよ」

弥三郎は、仁王立ちする茂兵衛の後ろ姿を眺める。その背は堂々として揺るぎなく、或《あ》いはこの男とならば、何と戦をしても勝てるのではないかと思わせた。しかしすぐに夢想を振り切るように頭を振った。

「帰りましょう、大坂屋さん」

茂兵衛は振り返り、弥三郎の傍らに立った。

「よそよそしいですねえ……茂兵衛でいいですよ、兄さん」

隣に並ぶ大きな茂兵衛を見上げ、弥三郎は吐息する。

「そこまで近しくありませんよ」

そう言って桟敷を出ると、茂兵衛が後からついて来る。

とり憑かれた、という樽屋の言葉を思い出す。しかしそれがさほど居心地悪くない。

「頼りにしていますよ、兄さん」

弥三郎は後ろから聞こえる茂兵衛の声を聴きながらふと笑った。

＊

それからというもの、茂兵衛とは顔を合わせることが増えた。

弥三郎の兄、三五郎が開く連歌の会などにも顔を出し、拙《つたな》いながらも歌を詠《よ》み、集う旦那衆や、武家とも交遊を深めていった。

明け透けな物言いではあるが、明るく物怖《ものお》じしない人となりに、はじめのうちこそ警戒していた人々も、次第に打ち解けていった。

「大坂屋茂兵衛というと、あの飛脚定法の一件もあって、鉄火肌の厄介者と思っていたが、なかなかどうして面白い男だ」

というのが、昨今の巷間の評判である。

当初は距離を置こうとしていた弥三郎であったが、気づけば互いの家を行き来するような間柄になっており、弥三郎の妻、お百合も、

「変わり者ですが、面白い方ではあります」

と、態度を和《やわ》らげていた。

実際、茂兵衛という男は、茶の湯や芝居、歌といった文人趣味とは縁遠かったよう

だが、学究肌なところもあった。

「一応、心学《しんがく》の先生について学んでいたんですよ」

茂兵衛は語る。

甲斐でも豊かな農家に生まれ育った茂兵衛は、里にいた頃に心学を学んでいたのだという。

心学とは、いわば人の道を説く学問である。なかでも石田梅岩《ばいがん》という学者が唱えた石門《せきもん》心学は、商人たちの道を説く学問として知られていた。天明の飢饉《ききん》を経て荒廃していた世の中において、この心学は瞬く間に広まって行った。

世の秩序を重んじ、お上を立てるという従来の価値観の中にあって、商人が金を稼ぐこともまた世間に資することなのだと説いている。ともすると、金を稼ぐことを悪ととらえる世間の風潮に一石を投じる教えである。

茂兵衛は、心学者として名高い志村天目《てんもく》の元で学び、直々に「猛雅」という号までもらっている。そしてその志村天目の推挙によって、大坂屋へ奉公に上がることになったという。

「甲斐では、街道筋にある親族の商家で奉公していたのですが、やはり江戸で商いをしてみたいと思いまして」

茂兵衛はそうして、十八で江戸に出て来たのだ。

来し方を聞くにつけ、弥三郎は、江戸生まれ、江戸育ちで、幼い時分から苦労なく育ってきた己との違いを感じる。

当初、その違いに戸惑っていたが今はそれが面白さになり、むしろ得るものが多いと感じるようになっていた。


夏、七月の終わりのこと。

弥三郎は日本橋のさる御店を訪ねた帰り道、萬町へと向かった。ちょうど日の翳《かげ》り始めた時分、風鈴売りがそろそろ店じまいをしようと、涼やかな音を鳴らしながら、弥三郎の傍らを通り過ぎていく。蜩《ひぐらし》の鳴く声が方々から聞こえていた。

萬町にある大坂屋は、変わらず活気に溢《あふ》れており、人々が忙《せわ》しなく出入りしていた。ふと見ると、店先で茂兵衛は物乞いの男と話している。物乞いの中には、施しを求めて店先に座り込み、もらうまで動かない者もいる。その類《たぐい》に居座られているのかと思ったのだが、茂兵衛はその物乞いに竹皮包みの弁当をやる。物乞いの男はそれを受け取り、顔を見合わせて、ははは、と声を上げて笑った。そして茂兵衛に恭《うやうや》しく頭を下げて去っていく。

奇妙なものを見た。そう思いつつ近づくと、茂兵衛は弥三郎を見つけた。

「ああ、兄さん」

「物乞いかい」

「ええ。なんでも房総の生まれだそうですよ。博打《ばくち》ですった元大工だとか」

「身の上話を聞いていたのか」

「ええ。まだ三十そこそこといった年頃なので、事と次第によっては、働き口を探すこともできるかと思ったんですがね。夏の間は外でも寝られるから構ってくれるなと言われました」

ははは、と笑う。物乞い相手にそんなことを話す男はそうそういるものではない。茂兵衛はまるで気にする様子もない。

「ささ、中へどうぞ」

そう言って弥三郎を招き入れた。

奥の間に通された弥三郎は、茂兵衛と並んで縁側に座った。女中が徳利酒と、肴《さかな》を盆にのせて置いていく。鯖《さば》を塩で漬けた刺鯖に冷奴、枝豆に焼き茄子《なす》が並ぶ。

「どうぞ」

茂兵衛に差し出されて、弥三郎はそれを杯で受ける。

「最初にお会いした魚躍楼では、兄さんに酒を注《つ》いで頂きましたね」

茂兵衛に言われて、弥三郎は苦笑する。

「あの時は、私の他に誰が注いでも十組問屋に角が立つと思ったのでね。今ならば、お前さんの杯が空ならば誰彼ともなく注いでくれるよ」

「いやいや、もうあんな席は御免です。ああした料亭の飯は、美味《うま》いのか不味《まず》いのかよく分からない。こういう肴の方が好きですね」

奴を箸《はし》で摘まみながら笑う。

弥三郎と茂兵衛が酒を酌《く》み交わしていると、パタパタと足音がした。

「父様《ととさま》」

甲高い声がして、廊下から小さな男の子がひょっこりと顔を覗《のぞ》かせた。六歳になる茂兵衛の息子、栄太郎《えいたろう》であった。弥三郎とも何度も顔を合わせている気安さから、自分もこの席に混ざろうと思ったらしい。

「おう、栄坊、こっちへおいで」

弥三郎が手招きすると、栄太郎はひょいと弥三郎の脇《わき》に座る。弥三郎が頭を撫でてその手に枝豆を載せてやると、嬉《うれ》しそうに微笑んで立ち上がり、今度は茂兵衛の膝へと移った。

「やっぱり父様がいいかい」

栄太郎は照れ笑いをしながら、茂兵衛の胸に顔を埋める。

「男の子も可愛《かわい》いものだねえ」

弥三郎が言うと、茂兵衛が首を傾《かし》げた。

「兄さんのところは、娘さんが二人でしたか」

「ああ……上の娘はもう十四になる。大口屋の手代に、なかなかの算盤《そろばん》上手がいるそうなので、それを婿に取ろうという話もあってね」

「それは良い縁ですね」

「女房が大口屋に足を運び、品定めをしてきたというのでね。こういうことは、男親は役に立たない」

すると、廊下の方から衣擦《きぬず》れと共に足音がした。

「申し訳ございません、弥三郎様。栄太郎がお邪魔を」

現れたのは茂兵衛の女房、お八尾である。腕には二歳の娘、お文《ふみ》を抱いていた。質素な装《よそお》いに薄化粧ではあるが、品の良い美しさのある女である。確か、茂兵衛よりも十ほど若いと聞いていた。

「いやいや、構いませんよ。こちらこそ、まだ日も沈み切る前からお邪魔してお酒を頂戴《ちょうだい》しているのだから」

「ごゆっくりなさって下さい。ほら、栄太郎。こちらへおいで」

栄太郎はしばし茂兵衛の胸の中でぐずっている。それが茂兵衛には嬉しいらしい。

「ほら、母様が呼んでいるよ」

そう言いながらも、むしろ背を撫でて抱き留めている。

この男は、いざとなれば大店の旦那衆を相手に啖呵《たんか》も切る。しかし今の茂兵衛は、栄太郎に満面の笑みを見せる一人の父親だ。

「お前さんが出世したいと言ったのは、この坊のためでもあるんだね」

「そうですねえ……あの子に暖簾《のれん》を引き継ぐまでは、半端はできねえって覚悟を決めていますね」

弥三郎もまた、猿屋町の獄卒とまで言われても、娘たちの先行きの為《ため》になると信じて、何を置いても踏ん張ろうと思ってきた。そんな己の姿と今の茂兵衛が重なり身近にも感じられた。

弥三郎は、申し訳なさそうに佇《たたず》んでいるお八尾に目を向けた。

「お内儀《かみ》さん、お前様の連れ合いは、なかなかどうして怖い者知らずでございますな」

「まあ……お世話をおかけしております」

お八尾は、楚々《そそ》とした仕草で頭を下げる。

もしもこれがお百合であれば、それがどうしました、と、つんと答えそうだ。女房の気質もまるで違うと、弥三郎は可笑《おか》しく思った。

お八尾はなかなか動かない栄太郎に困惑しながら、

「あちらに豆菓子がありますよ。頂きましょう」

と言った。すると栄太郎はやおら顔を上げて茂兵衛の元を離れ、パタパタと母の元へ駆け寄った。お八尾は栄太郎の気が変わらぬうちにと、会釈《えしゃく》をして廊下を去っていく。

「豆菓子の方が引きがあるようで」

茂兵衛は栄太郎の後ろ姿を見送りながら笑った。

「よい坊だね。お八尾さんも良いお内儀《ないぎ》だ」

「はじめのうちは遠慮もあって、女房というよりお嬢様という感じでしたが、栄太郎が生まれてからは、夫婦らしくなりました。今は、立派な女将《おかみ》として、奉公人の世話もして、子らの母をして、私には過ぎた女房です」

大坂屋茂兵衛については、出世のために御店のお嬢さんに手を出して、無理やり婿に入り込んだという噂《うわさ》も耳にしていた。しかし今こうしてみると、茂兵衛なりに女房子を慈《いつく》しみ、家族のために努めようとしていることがよく分かる。

しばしの沈黙が二人の間に流れた。日が翳り、蜩の声が聞こえる。すると、ふと茂兵衛が口を開いた。

「兄さん、天明のあの頃は幾つでしたか」

「十三か……な」

「天明」と聞くと、弥三郎に苦い思いが蘇《よみがえ》る。

天明二年、稀《まれ》に見る凶作に見舞われて米価が高騰《こうとう》した。翌年には回復するだろうと思われたのだが、続く年には上州の浅間山が噴火した。その火山灰は江戸にまで暗雲をもたらし、夏でも綿入れを着ないと耐えられないほどの寒さに見舞われた。結果、その年も凶作となり更に米価は高騰。米の値に引きずられてその他の物の価格も値上がりした。

江戸では打ちこわしや盗人が増えていた。

「外へ出てはいけません。戸が叩かれても開けてはいけません」

母や乳母《うば》らに厳しく言われていた。それは、盗人のみならず、地方から流れて来た物乞いが、物持ちの家を回って米を分けてもらおうとしているからだと知った。二階の窓から覗き見ると、古い絵草紙で見た餓鬼のような有様の女が足を引きずるようにして彷徨《さまよ》いながら、あちこちの家の戸を叩いていた。こちらを振り返るのではないかと恐ろしくなり身を隠したこともある。ある夜には、寝ている間に激しく戸を叩かれ、父が呼び出された。聞けば蔵が壊されて、金品や備蓄していた米を奪われたということであった。

「口惜《くちお》しいが仕方ない」

父がそう言っていたのを覚えている。

当時は、そうした盗人たちが憎く、恐ろしく思えたものだ。

しかし後々、弥三郎は『後見草《のちみぐさ》』という書物によって、飢饉の全容を知った。医学書『解体新書』を著した杉田玄白《げんぱく》が書いたその本には、天明の飢饉の時の東北のことが書かれている。死んだ母の肉を食らった娘の話や、幼子を殺して家族で食ったという話。また、人の屍《しかばね》を解体して、獣の肉と偽って売り歩く男のことや、死者が出た家に肉を分けてくれと頼みに来る客人の話など。

そんな中にあって、弥三郎とその家族はおよそ飢えることはなかった。しかし屋敷の外では、それほどまでの地獄があったのだと思い知った。してみると、己は恵まれていたのだと思う。

「お前さんはどうだった」

弥三郎が問いかけると、茂兵衛は苦悶《くもん》の表情で絞り出すように口を開いた。

「私の家は甲斐の大きな農家ではありましたが、天明の頃はそれでも家族が食べるのがやっとという有様でしたね」

育ち盛りの子どもには、とても足りない薄い粥《かゆ》を啜《すす》る毎日。腹が減って動く気力もないまま部屋の隅で転がって、ただ時が過ぎるのを待っていた。大人たちも苛《や》立ち、家の中では言い争う声が聞こえる。耐えきれなくなって外に出ると、道端で痩せ細った人が行き倒れているのを見つけた。中には子どもの姿もあった。

「少し前まで一緒に田畑を駆け回って遊んでいた子も、痩せ細って死んでいきました。その弔《とむら》いさえろくにできない」

しかしそのことを悲しいと思うこともなく、空《むな》しさも感じない。ただ、己の命を守ることで精いっぱいだった。

「飢饉が過ぎて、はたと気づいた時に、怒濤《どとう》のように悲しさが襲って来ました。ああ、手前は、あの行き倒れた人々の分の飯も食らって、辛くも生き残った卑怯《ひきょう》者なんだ……そう、手前を責めました。それを忘れないようにしよう。そしてあの地獄には二度と戻りたくない。そう思ったんです」

生き残った卑怯者という言葉は、弥三郎自身にも刃《やいば》となって突き刺さる。茂兵衛は己の手のひらを見つめ、ぐっと握りしめる。

「飯を食うってことは、人の基《もとい》です。それができなきゃ後の全てがどうでもよくなる。飢えは人の心を蝕《むしば》む。それこそが地獄です」

弥三郎は深く頷く。あの時、蔵を壊していった人々は、飢えなければ日々を穏やかに暮らしていたはずであったろう。しかし、飢えによって暴徒へと化していったのだ。

「心底、恐ろしいと思ったよ。人々の群れが、己に向かってくるようで……」

弥三郎が苦い思いを呟《つぶや》く。茂兵衛は吐息と共に口を開いた。

「江戸はまだ、商人が多い町です。しかし鄙《ひな》ではそうはいかない。農民の方が数が多く、商人の力も弱い。叔母が、街道筋の木綿問屋に嫁いでいましてね。飢饉が少し落ち着いた時に訪ねたら、それはもう、ひどい有様でした」

蔵のみならず、店、家屋までもが壊され、着るものさえも強奪され、叔母一家は納屋《なや》で震えていた。何でも飢饉の間に暴徒が押し寄せ、米蔵を開けろと脅された。しかし元より木綿問屋で、さほどの米を抱えているはずもない。隠しているのだと誰かが叫び、家屋にまで踏み込まれた。

「商人なんざ、人の作ったもので稼ぐ盗人だ」

そう罵《ののし》られたという。

「父のような農民もまた商人を見下していて、あれらは業《ごう》が深いのだから仕方ないと言う。しかし飢饉が起きたのは商人が稼いだせいじゃない。とんだ逆恨みだ。それなのに役人もまた、商人は強欲だ、狡猾《こうかつ》だと言って、襲った者たちを捕らえることも裁くこともしない……要は、商人に恨みを向けさせて、役所の盾にしたんですよ」

そうした被害で潰れていった商店は街道筋に幾つもあった。叔母の店は幸い茂兵衛の実家が力を貸して建て直すことができたが、当面は、叔母をはじめ奉公人たちも気《き》鬱《うつ》の病にかかり、暫《しばら》くは商いを再開することもままならなかった。

「いざ飢饉が過ぎてみれば、木綿を売るには問屋の力が要る。そこで、私が叔母の店に奉公することになったのです。やがて心学に出会いました」

茂兵衛は、真っすぐに前栽《せんざい》を見つめながら、訥々《とつとつ》と言葉を続ける。

「畑を耕しているだけでは、金の意味も価値も分からない。だから、金を稼ぐということを悪《あ》し様《ざま》に言う。しかしこうして町に出ると、商いや金がいかに人の暮らしに大切かが分かる。畑を耕すだけでは人々は潤《うるお》わない。作物を売るための市場が要る。そこに運ぶ商人が要る。そしてそれを購《あがな》うための金がいる。当たり前のことなんですよ」

弥三郎は、初めて茂兵衛と出会ったあの魚躍楼でのことを思い出す。

「矜持《きょうじ》で飯が食えますかい」

そう言って、大店の旦那衆相手に啖呵を切った。その言葉は、茂兵衛自身の天明の記憶から出てきた言葉なのだと、改めて思い知る。

「兄さん、私はね、御店の旦那として奉公人に金を渡し、飢えさせないことが手前の役目だと思っているんです。そして同時に、私には叶《かな》えたいことがあるんですよ」

茂兵衛は傍らに置かれた焼き茄子を口に放り込み、ほろ酔いで満面の笑みを浮かべた。

「出世したいって話だろう」

「それもありますけど、それは手段にすぎません。私はね、商人としての誇りが欲しいんです」

弥三郎は意図を摑《つか》み損ねて首を傾げた。茂兵衛は杯をぐっと呷《あお》ると、弥三郎を真っすぐに見据えた。

「空《す》きっ腹を抱えて粋《いき》がるだけの矜持じゃない。金を稼ぐことは恥などではない。稼ぐことにも矜持はある。それが商人としての誇りだ。そう胸を張りたいんです」

茂兵衛は自らの言葉を確かめるように、頷く。

「農民や武士と同じく、商人もまた天下に役目を持っている。金を回しているのは商人に他ならない。そのことがいかに世の中において大切か。それを知らしめることができれば、もう二度と商人たちが、叔母の家のように、いざと言うときに民に襲われ、役人に棄《す》てられるようなことにはならない。私は商人という役目に誇りを持っている。その誇りをこそ、栄太郎に伝えたいし、他の商人たちにも持ってほしいんです」

そこまで言って、ははは、と陽気に笑う。弥三郎はその言葉を聞いて、何故《なぜ》か胸が熱くなるような心地がした。

弥三郎は武家に生まれた。縁戚《えんせき》にあたる商家に養子として出て、商人としてはその力を認められている。しかし一方でどこか、武家である父や兄に対して引け目にも似た思いがあった。金を扱う札差という商売に、後ろめたいような心地もしていた。しかし弥三郎自身の稼ぐ金で堤の家は保たれており、兄、三五郎の趣味の足しにもなっている。

「商人としての誇り……」

弥三郎は口に出してそう呟き、己の手元にある杯を呷った。酒は先ほどまでよりも、甘く美味く感じられた。

「そうですよ、兄さん。一緒にやっていきましょうよ」

茂兵衛はそう言って、弥三郎の杯に酒を注いだ。

すっかり日が落ち、夜が更《ふ》けて来た。

大坂屋を辞する時、茂兵衛は弥三郎を戸口まで見送りに出て来た。弥三郎は夜気の中で大きく伸びをした。

「久々に、美味《おい》しい酒だったなあ」

「私もです。また飲みましょう。そうだ、そろそろ富岡八幡宮の祭が近いですね。兄さんもいらっしゃいますか」

「そのつもりだよ。何せ、十二年ぶりだからね」

何でも十二年前に、富岡八幡宮の祭で大きな喧嘩《けんか》があったことから、祭が禁じられていた。ようやく御許しが出た祭礼とあり、大店の旦那衆も奉納をして、祭を盛り上げているところである。

「栄太郎も、祭と聞いて行きたがっていましてね。一緒に行ってやると言っていたんですよ」

「そりゃあいい。神輿《みこし》や山車《だし》も出るらしいから、栄坊も喜ぶだろう」

手代が渡した提灯《ちょうちん》を手に弥三郎は夕涼みしながら、ゆっくりとそぞろ歩きだす。

これまでの日々、与えられた札差の主《あるじ》という役目に邁進《まいしん》してきた。損の出ないよう、大店たちと上手《うま》く渡り合うよう、周りを見ながら歩いて来たけれど、はたと己の立ち位置を見失いそうになることもあった。

「商人としての誇りか」

茂兵衛の言葉を反芻《はんすう》する。それなりに誇りを持って歩んできたつもりでいたが、改めて口にすると、やはり胸が熱くなる。

「面白いなあ」

大坂屋茂兵衛との出会いは、弥三郎にとってかけがえのないものになっていた。

＊

堤弥三郎が茶店の床几《しょうぎ》に腰掛けていると、遠くから祭囃子《まつりばやし》が聞こえて来る。茶を啜り柿渋の扇子で顔を煽《あお》ぎながら、晴れた空を仰ぎ見た。

「いやあ、何とか晴れましたな」

ふと見ると、丸顔の釘鉄銅物問屋の森田屋が汗を懐紙で押さえつつ、ふうっと一つ息をつき、弥三郎の隣に腰を下ろした。

「全く……四日の延期ですからねえ」

弥三郎もそう言って、川向うへと目をやる。

八月十九日、この日は富岡八幡宮の祭の日であった。本来ならば八月十五日に催される予定であったが、ここ数日、雨が続いていたこともあり、四日も延期になったのだ。

「何せ、十二年ぶりだというから、町の連中も張り切っていたのに、ここへ来て雨に見舞われ、皆、しびれを切らしていたんですよ」

「しかしまあ……雨上がりのせいか、蒸し暑いですなあ」

時折、川から涼しい風が吹きつけるが、それにもまして日差しが強い。森田屋は寒い時でも汗をかいているのだが、とりわけ今日は暑いらしく、ふうふうと言いながら扇子をパタパタと動かしていた。

「全くでございますな」

茶店の親爺《おやじ》も明るく言う。

「親爺さんは、祭は行かないのかい」

「今朝、お参りに行ってきましたけどね。今日は稼がせてもらうつもりでさ」

商店主たちも祭のために奉納しているということもあり、何人かは早々から祭見物にかこつけて社《やしろ》近くで飲んでいると聞いている。

「弥三郎さんはいらっしゃらないんですか」

「ま、人出が少し落ち着いた夕刻にでも、ちらりと覗きに行きますよ。これから山車が出るでしょうから」

「そうですねえ」

森田屋もどうやら同じ肚《はら》でいるらしく、のんびりと座って道行く人を眺めている。

「おじさん」

声がして道の向こうから茂兵衛の息子、栄太郎が走ってくる。弥三郎はその小さな体を抱きとめた。

「おや、栄坊はこれから祭見物かな」

「うん」

「父様と母様はどうした」

「父様は来ないの」

栄太郎は心底残念そうにそう言って、口元を尖《とが》らせる。すぐ後ろからお八尾が、女中や小僧を連れて姿を見せた。

「まあ、弥三郎様、先日はどうも……」

楚々と頭を下げる。お八尾は夏らしい涼やかな青の絽《ろ》を纏《まと》い、髪には鼈甲《べっこう》の櫛《くし》を挿している。大店の女将らしい品のある装いである。

「お八尾さん、ご亭主はどうしなさった」

「出がけに来客がありましてね。栄太郎はもうすっかり支度をして父様と一緒に行くとぐずっていたのですが……」

弥三郎は、そうか、と言って傍らの栄太郎の頭を撫でる。

「父様もすぐに来るさ。縁日で何か買ってもらうといい」

「うん。大きな独楽《こま》を買ってくれるって。前のは小さいから」

栄太郎はそう言って自分の手のひらをうんと広げる。手が大きくなったのだと言いたいらしい。

「そうかい、良かったな」

と言うと嬉しそうに笑い、兵児帯《へこおび》を揺らしながら小僧たちの間に挟まって跳ねている。きっと茂兵衛自身が誰よりも早く、ここに来たがっているだろうと思いつつお八尾を見やる。

「それでお八尾さんだけで連れていらしたのかい」

「ええ……栄太郎だけならまだしも、小僧たちも連れて来ることになっていたので」

小僧たちは、十を幾つか越えたかどうかといった年頃。余程楽しみにしているのであろう、頰を赤くしてははしゃいだ様子で、あっちを見ては笑い、こっちを見ては目を丸くして、落ち着かない様子だ。

女中も十三、四の少女といった年頃だ。こちらもまた新しい藍染《あいぞ》めの浴衣《ゆかた》に、お八尾が見立てたのか、撫子《なでしこ》の簪《かんざし》をしている。慣れない簪が気になるのか、先ほどから何度も頭に手をやって、見目を気にする娘らしい素振りが見えた。

祭見物にはしゃぐ一行の様子を微笑ましく見ていたが、ふと下の娘、お文の姿がないことに気づいた。

「お文ちゃんはどうしました」

「さすがにお文は乳母に任せて置いてきました。この人込みですし、まだ祭を見ても、よく分かりますまいから……」

「それもそうだねえ。しかし、これだけの子ども連れだと大仕事だ。一緒に行ってやりたいところだが」

「いえいえ。大坂屋もすぐに後から参ります。何せ、私は子ども連れでこの調子ですからここまで来るにも、いつもの倍はかかりましたので」

そう言って子どもたちを見守るお八尾もまた、晴れやかな笑顔を見せた。

「茂兵衛を見かけたら、私からも早く追いつくように伝えましょう」

「はい。よろしくお願いします」

お八尾はそう言って、森田屋にも挨拶《あいさつ》をして通り過ぎていった。森田屋はそのお八尾を見送りながら、

「しっかりした女将さんになったものだなあ」

と言う。

「そう言えば森田屋さんは二人の仲人《なこうど》でいらした」

「ええ。その頃は何とも大人しいお嬢さんでしたからね。見目だけで、あの奉公人を選んでしまったんじゃないか。苦労するのではないかと案じていましたが、なかなかどうして……」

「今や、巷間《こうかん》でも話題の大坂屋茂兵衛でございますからねえ」

それからも、通りの人は引きも切らず、顔見知りが通るたびに世間話をしているうち、半刻《はんとき》あまりが過ぎていた。すると、そこへ大坂屋茂兵衛が通りかかった。

「おお、大坂屋さん」

森田屋が声を掛け、茂兵衛は足を止めた。

「森田屋さんと、兄さんも。こんなところで」

弥三郎は茂兵衛に向かって笑いかける。

「先ほど、栄坊が父様がいないと不貞腐《ふてくさ》れていましたよ」

「いやあ、参りましたよ。祭は一緒に行くと言ってしまったばかりに、朝から大騒ぎしていました」

「早く行ってやらないと」

そう言っている間に、茶屋を通りかかる人々が、茂兵衛の姿を見つける。

「おお、大坂屋さん。飛脚定法の話をぜひ、お聞きしたいものですなあ」

話題の大坂屋茂兵衛に巷《ちまた》で噂の話を聞こうと、人が集まり始めてしまった。茂兵衛は愛想よく応じながらも、ちらちらと道の先へと目をやる。お八尾と栄太郎の行く先が気になっているようであった。

弥三郎は立ち上がり、

「さてと、私はそろそろ行くよ。茂兵衛もどうですか」

と声を掛けた。

「兄さんがいらっしゃるなら、御伴仕《おともつかまつ》りますよ。それではみなさん、また」

茂兵衛は大仰なほどに弥三郎を立てて、その場を辞して並んで歩く。

「まるで私がお前さんを従えているかのようじゃないか」

弥三郎が茂兵衛の言いようを咎《とが》めると、茂兵衛は笑う。

「いいじゃありませんか。私が兄さんを立てていると知れたところで、お互い損はありません」

「都合よく持ち上げてくれるねえ」

このところ方々で二人が連れ立っていることから、飛脚定法も弥三郎の入れ知恵ではないかという、あらぬ噂もあるらしい。しかし、元より十組問屋から煙たがられていることもあり、弥三郎はその噂も放ってある。

一方で、十組問屋との付き合いで悩む御店から知恵を貸してほしいという話が持ち込まれることもあった。お門違いだとやんわりと拒んでいるが、それを通じて江戸市中の商人たちの動きもよく分かる。いずれにせよ、この大坂屋茂兵衛の近くにいることは、弥三郎にとって面白くなっていた。

活気溢れる町の中を並んで歩きながら、弥三郎は茂兵衛を見上げる。

「栄坊は随分とはしゃいでいたよ」

「そうですねえ。お文が生まれて母様もそちらに掛かりきり。私は私で、忙しくて構ってやれなかったので、久しぶりに喜んでいるんですよ」

やがて大川に架かる永代橋《えいたい》が見えてきた。その長大な橋は、常ならば大勢の人が行き来しているはずなのだが、そこに人の姿はない。訝《いぶか》しく思いながら歩みを進めると、橋の手前辺りから行列が続いていた。どういうわけか、人の流れが完全に止まっていた。

「一体、何ごとだろう」

弥三郎と茂兵衛は顔を見合わせた。

するとそこへ、甘酒売りの男が振分《ふりわけ》荷物を担《かつ》いで橋からこちらへ引き返してくる。

「おう、ちょいと」

茂兵衛が呼び止めると、甘酒売りは苦笑した。

「旦那、すみません。売り切れでさ」

「そいつは繁盛《はんじょう》でいいことだ。ところで、これは何の行列だい」

「橋止めでさ。何でもお偉いさんの船が、橋の下を通るとかで、かれこれ小半刻《こはんとき》はこうしてみんな待っているんで、いらいらしてってね。御蔭《おかげ》でよく売れました」

満面の笑みを浮かべた。甘酒売りが去っていくのを見てから、茂兵衛は、ふうっと息をついた。

「この日差しの中で待たされたのではたまったもんじゃねえなあ……」

「雨が上がって、久しぶりの晴天で喜んだのはいいが……それより、もしかしてお八尾さんたちも、この行列の中にいるかもしれないね」

「うちのが出て行ったのは、もう一刻《いっとき》は前ですよ。さすがにうちからここまで一刻もかかりますまい。とっくに八幡様に着いていると思いますが」

「いや、栄坊だけならまだしも、小僧たちも引き連れていたからね。私らだって、ここまでの道中、あちこちで声を掛けられて足止めを食っていたくらいだ。或いは……」

「なるほど」

茂兵衛はそう言うと行列から身を乗り出し、橋止めを待つ人々の行列を眺める。

「さすがにここからでは見えませんね」

茂兵衛は目を凝らしていたが、お八尾たちの姿を見つけることができない。

「どこかで落ち合うことになっているのかい」

「ええまあ、お神酒所《みきしょ》で」

「それじゃあ、そっちで落ち合うしかないねえ」

そんなことを話していると、行列がどよめいた。人々の指さす先を見ると、美しい船が、ゆっくりと川を上ってくる。三艘が連なっており、真ん中の一艘には、雅《みやび》やかな御簾《みす》がかかっていて、その端から華やかな着物の裾《すそ》が覗いている。

「これは立派な御座船《ござぶね》だ」

なかなかの身分の者が乗っているのだろう。見ると、三艘目の船の上に、見覚えのある侍の顔を見つけた。

「あれは、一橋民部卿《ひとつばしみんぶきょう》の御家中だ」

「一橋民部卿か。華やかなわけですねえ」

茂兵衛は嘆息する。

一橋民部卿は、将軍家斉《いえなり》の弟、斉敦《なりあつ》である。

一橋家は、それまで家斉の父である治済《はるさだ》を当主としていた。この治済は、家斉を将軍職に就けることに尽力した。その後、将軍の父である己にも大御所としての位を与えるように幕閣に詰め寄ったが、老中である松平定信が退け、それを契機に幕閣と将軍との間に溝《みぞ》が生まれたという。

弥三郎も勘定所御用で、度々、そうした話を耳にした。

「御用のために入用とのこと」

渋い顔をして勘定所の役人が言うときには、その金は将軍の父や兄弟の元に流れていく。それが当たり前のことであり、お上に近い商店主たちにとっては周知の話であった。

「御座船も、新しく造ったのだろうなあ」

弥三郎は、まだ木の香《か》が匂《にお》い立ちそうな真新しい船を眺めながらそう言った。

「一橋民部卿の御成〜り〜」

さながら芝居の台詞《せりふ》のように掛け声を掛けたのは、行列に並ぶ人々の誰かだ。恐らくは弥三郎のように、あの船に乗る侍が一橋民部卿の家臣であることに気づいた者がいたのだろう。この船が通り過ぎれば、待ちわびていた橋止めが終わるということも手伝って、人々は沸き立っていた。

船はほどなくして橋の下を潜《くぐ》り抜け、仙台堀へと滑って行く。

「あちら様も祭見物というところですかね。優雅でいいもんだ」

茂兵衛は再び嘆息した。

そして遂《つい》に、列が動いた。

わっという歓声と共に橋に人がなだれ込んだ。その足音が、橋から離れた弥三郎や茂兵衛のところまで響いてくるように思われた。二人は見るともなしに橋の様子を眺めていた。

その時である。

橋がさながら蛇のようにうねり、たわみ、次いで破裂するような音が響いた。

何が起きているのか瞬時には分からなかった。あっという間に次々に人が川へと落ち、水しぶきが高く上がる。叫び声が響く中、人の上に人が落ち、橋の下に積み重なっていく。

「な……」

目の前の光景をただ硬直して見つめていた。が、次々に上がる水しぶきの音に弥三郎ははたと我に返った。隣に佇む茂兵衛もまた目を見開いたまま青ざめて呻《うめ》いた。

「橋が、落ちた」

永代橋が落ちたのだ。

しかし橋に近い人々はそのことに気づかずに、尚《なお》も前へ進もうとする。結果、折れた橋から更に人々が落ちる。東から崩れた橋は、次第に西側へとその亀裂を広げていった。

すると茂兵衛は、弾《はじ》かれたように走り出す。

「茂兵衛」

ごった返す人々の群れに入るのは危ない。弥三郎はそう思ったが、茂兵衛はそれをすり抜けて走った。そして大きく手を振りながら叫ぶ。

「橋が落ちたぞ、止まれ」

茂兵衛の声につられるように、橋が落ちたことに気づいた者たちが叫び始めた。

「止まれ、引き返せ、橋が落ちた」

その言葉の意味が分からず、首を傾げる者もいる。しかし、次々に上がる叫び声に、尋常ではないものを感じた人々が、一斉にその場から逃げ始める。一方で、そのことに気付かずに、橋へ向かおうとする人々と、袂《たもと》でぶつかり合い、揉《も》み合っている。

袂近くでは役人が十人ほど、橋止めのための槍を持ったまま呆然《ぼうぜん》と立ち尽くしている。近づくこともままならず、茂兵衛は声を張り上げた。

「しっかりしてくれ。人を治めてくれ」

その声に弾かれるように役人たちは慌《あわ》てふためいて動き出す。

「鎮《しず》まれ」

遅れて駆けつけた侍が、今度は刀を振りかざしたことで叫び声が上がった。混乱は時を追うごとに激しさを増していった。

茂兵衛は通りにいる人々に向かって声を張り上げた。

「川に落ちた者を引き上げる。手伝ってくれ」

茂兵衛の声に男たちが腕まくりをしてついて来た。

しかし川の方へ目を向けて、一同は絶句する。

橋の下には、人が倒れて山積みになり、更には下流へ流されている人もいる。人と人、人と川底がぶつかり合って、血を流しており、川の水が赤く染まっていた。しかも大川は高い堤に囲まれており、水も深い。容易に上がることができず、目の前で溺《おぼ》れていく者もいる。

「旦那様」

近くにいたらしい大坂屋の手代であった。

「店の者に、手伝いに来るように言ってくれ。それから、この辺りのお店に戸板と縄《なわ》梯子《ばしご》を手配してもらおう。あと医者を」

「はい」

手代は踵《きびす》を返していく。

茂兵衛は、着物を端折《はしょ》り、腕を捲《まく》る。

「下手に川へ入ると引きずり込まれるぞ」

弥三郎は茂兵衛を止めた。事実、助けようと飛び込んだ者が溺れて混乱した者にしがみつかれて身動きができなくなっている。

そこへ近所の店の者たちが縄梯子や戸板を持ってきた。

「これに摑まれ」

縄梯子を投げると、そこに人々が群がった。その取り合う様は、さながら阿鼻叫喚の地獄にも似ている。堤に居合わせた者は力を合わせて引き上げる。弥三郎もそれに倣《なら》い、腕を捲り、茂兵衛と共に人々を引き上げ始めた。

船も出て、力なく浮いている人々を助けていく。

あちこちで引き上げられた人々が、堤の上に横たえられた。

「しっかりしろ」

声を掛けられると、かすかにうめき声をあげる者もいるが、首が折れている者、頭から血を流して息のない者もある。

「おい、大丈夫か」

祭のために、着飾って来たらしい娘、鉢巻をした小さな子、身なりのいいお店の主と思《おぼ》しき男……。

「旦那様、方々にお願いして参りました」

大坂屋の手代たちが駆け寄ってくる。

「おお、ありがとう。あと、お八尾が、栄太郎を連れてきている。小僧ら二人と、女中のお糸も一緒だ。或いはもう八幡様に行っているかもしれないし、橋まで来ていないかもしれないが……」

「分かりました。でも、大丈夫ですよ。うちの御店は八幡様の荷だって運んでいますからご利益《りやく》があります」

「そうさな。助けてくれなきゃなあ」

茂兵衛は応《こた》えながら、自嘲《じちょう》するように笑った。

次第に祭の見物客なども集まり、人々を引き上げ始めていた。

「すみません、まだ息のある人を、どこか暖の取れるところへ」

医者らしき男がそう言って来た。茂兵衛は辺りを見回した。

「近くに薬種問屋があります。声をかけて蔵を開けてもらいましょう」

「それならば、私が行こう」

弥三郎は、近くにある薬種問屋を訪ねた。

「すぐにも、開けましょう」

薬種問屋は、目と鼻の先で起きたことだというので、快く蔵を開け、

「必要とあらば、薬もございます」

更に、遠方からも人手が集まり、次々に人が引き上げられた。

「川に落ちただけじゃなく、袂で人と揉み合った連中の中にも、怪我《けが》人がいる」

そんな声が聞こえてきた。

気づけば日は傾き、夜の帳《とばり》が下りようとしていた。

弥三郎は額の汗をぬぐいながら、茂兵衛の様子を窺《うかが》う。

いつの間にか、この場を仕切るようになっている茂兵衛に、近くの料理屋が炊《た》き出しを申し出ていた。それに返事をしていると、すぐさま別の者が駆け寄り、提灯を手配したことを告げ、配って歩いていた。

その合間にも、茂兵衛は引き上げられた人々の様子を見て回る。暗がりに目を凝らして顔を確かめ、栄太郎やお八尾を捜している。弥三郎は掛ける言葉もない。

その時、

「旦那様」

声が聞こえた。見ると、遠くから大坂屋の手代が駆けてきた。

「旦那様、あちらに女将さんが」

手代が指した先は薬種問屋の蔵である。茂兵衛はふと弥三郎を振り返る。

「早く行け」

弥三郎が言うと、茂兵衛は駆け出す。すると大坂屋の手代が弥三郎の傍らに寄った。

「弥三郎様も、一緒に行ってもらえませんか」

その手代の顔を見て、弥三郎は血の気が引くのを覚えた。

弥三郎が駆けつけると、蔵の薄明かりの下、医者の手当てを受けている人々が並べられていた。

茂兵衛はその一つの戸板の傍らに座り込んでいる。弥三郎は少し離れて様子を見守った。

横になっているお八尾は、髪は崩れ、着物も濡《ぬ》れており、顔も傷だらけではあるが、息はあった。

「お八尾」

お八尾は涙を流しながら、茂兵衛に手を伸ばした。

「坊は……栄太郎は……」

茂兵衛はお八尾の手を取った。

「すぐに見つける。一緒に、橋の上にいたのか」

「お糸も、小僧の勘吉と弥吉も……一緒に渡り始めていて……」

お八尾は茂兵衛の手を額に押し当てる。

「申し訳ありません。私……栄太郎の手を握っていたはずだったのに……どうして……」

「すぐに見つかるから、案ずるな」

茂兵衛はそう言うと、手代に、

「後を頼む」

と言い残し、蔵を飛び出そうとした。

「待ちなさい」

弥三郎は茂兵衛の腕を摑んだ。茂兵衛はどこも見ていないような目で弥三郎を振り返る。

「お前さんはここに。お八尾さんの側《そば》にいておやり。私たちで、坊を見つけて来るから」

しかし茂兵衛は、頑是ない子どものように首を横に振り、弥三郎の手を振り払う。

「なに、栄太郎は無事ですよ。お八尾はああ言っていますが、あの雑踏だ。はぐれちまって引き返しているかもしれない。橋から落ちたとしても、向こう岸に流されているかもしれない。私が見つけて声を掛けてやれば、きっと安堵《あんど》しますから」

張り付いたような笑みを口元に浮かべ、言い聞かせるように何度も頷く。そしてそのまま、走り出した。

弥三郎も後を追うが、その途中で道の向こうから手代が歩いてくる。

「旦那様」

呻くように言った。

その手代の腕には、小さな体が抱かれていた。茂兵衛はゆらりゆらりと手代に歩み寄る。そして、恐る恐る手を伸ばし、頬に触れた。

「栄太郎……」

小さな頬は青ざめて白い。額には血の跡があり、あちこち打っているようで腕は青あざだらけだ。そして、手代の腕から奪うように抱き取ると、その体はまるで固い人形のように茂兵衛の腕に納まった。茂兵衛はそれを抱えたまま、その場で膝を折った。

「川の中……橋の真下で、上から落ちてきた者の下敷きになったようで……」

手代は、一言一言を絞るように言う。

しかし茂兵衛はもうそんな言葉を聞いていない。座り込んだまま声も立てず、白い小さな頬を何度も撫でている。

「栄太郎……冷たかったな、痛かったな」

語りかけるように言って、その体をかき抱いた。呻くような嗚咽《おえつ》が漏れる。

弥三郎も掛ける言葉が見つからず、ただ黙ってその後ろ姿を見つめていた。

「……何故」

どこに投げるともない問いが、茂兵衛の口から零《こぼ》れた。

二　哭《な》く

薄暗い本堂の中には、まだ護摩焚《ごまだ》きの香りが漂っていた。人気《ひとけ》のなくなった深川不動尊の不動明王像の前に一人で座っている大坂屋茂兵衛の姿を見つけ、弥三郎は手にしていた数珠《じゅず》をぐっと握りしめる。

永代橋の惨事から七日が経《た》っていた。

息子の栄太郎と、それを追うように息を引き取ったお八尾。そして奉公人の小僧と女中。皆の葬儀を終えた茂兵衛は、その後も河岸《かし》に並ぶ遺体の身元を確かめ、葬儀を出すために奔走した。

遺体は男女の区別なく、橋詰《はしづめ》の空地や河端に無造作に積み重ねられており、七日が経った今も引き取り手もなく晒《さら》されている。さながら三途《さんず》の川のようであった。

流行《はや》りの狂歌師、大田南畝《なんぽ》は、

「永代とかけたる橋は落ちにけり

今日は祭礼　明日は葬礼」

と詠《よ》んだ。正に、祭の熱気がそのまま人々の絶望に変わったような日々であった。

橋の周辺にある回向院《えこう》、海福寺《かいふく》、深川不動尊といった寺では、それぞれに連日、慰霊の法要が行われていた。この日、茂兵衛はその一つである深川不動尊に行っていると大坂屋の者に聞き、弥三郎も訪ねた。

護摩焚きの火の前に座り込んだまま動かない大きな背中を見つけ、弥三郎は何と声を掛けるべきか迷ったまま立ち尽くしていた。

飛脚定法のことで十組問屋と争いながら信を得た茂兵衛は、今や江戸市中でも名の知れた商人の一人である。その茂兵衛が落橋によって、妻子を失ったことは瞬《また》く間に巷《ちまた》に広まっていた。

ここ最近、耳目を集めていた茂兵衛に対して、反感を抱いていた者の中には、

「運の尽きさ」

という声もあった。そうした心無い声も、今の茂兵衛に届いているのかは分からない。ただ、気を張り詰めてここ数日を駆け抜けていることだけは、間近にいてひりひりと感じるほどであった。

弥三郎が、不動明王を前にして微動だにせずに座っている茂兵衛の傍らに歩み寄り、

ふと横顔を見ると、その顔は泣いているのではない。さながら不動明王の憤怒の顔そのもののように、虚空《こくう》を睨《にら》んでいた。弥三郎は声を掛けるのを躊躇《ためら》った。

その時ぱちっと護摩木が爆《は》ぜる音がして、茂兵衛の目が我に返ったように見えた。

「茂兵衛」

弥三郎は、恐る恐る声を掛けた。

「ああ、兄さん」

その声は硬い。

「お前さん、ちゃんと食べているかい」

案じる弥三郎の声に、茂兵衛は口元に微《かす》かに笑みを浮かべた。

「まあ……周りの者が気遣ってくれますのでね。食べろ、寝ろと言われてようやっと。残されたお文のためにも、踏ん張らないといけませんし」

まだ物心つかないお文は、母や兄が死んだことも分かってはいない。葬儀の時にも乳母があやしているので、寂しさを感じている様子がないのがせめてもの救いであった。

茂兵衛はふうっと深いため息をつくと、額に手を当てて天井を仰ぐ。

「全く、手前がつくづく嫌になる。一端《いっぱし》の江戸商人になったつもりでいたけれど、手前が渡る橋が朽ち果てていることに、どうして気づかずにいたのかと……」

「それはお前さんのせいじゃない」

永代橋は大川を横切る長大な橋である。かつて享保《きょうほう》の頃には、維持にかかる費用を捻出《ねんしゅつ》するのが難しいからと、お上から廃止する話もあったという。しかし大勢の町人が利用するとあって、町方がその維持管理を請け負うことになっていた。それからは町人から時折金を募って修繕を繰り返していたというが、渡っていた町人たちのほとんどは、いつどんな修繕が行われていたかなど知らなかっただろう。

だが、今回の落橋については老朽化もさることながら、祭の人出と、長時間の橋止めが大きく影響している。もしも橋止めがなければ一気に大勢が渡ることもなかったし、もしも折れたとしてもここまでの惨事にはならなかった。実際、あの時に船で通り過ぎて行った一橋民部卿《きょう》の御一行に批判の声が高まっている。千五百人を超える人が死んだと言われる大事故に、お上が関わっていたとあって、町人たちは鬱屈《うっくつ》した怒りを抱えていた。

「お上の御座船のせいで人が死んだ」

そういう声があちこちで聞こえていた。祭見物に出かけた血気盛んな若者たちは、その勢いのまま暴れだしかねない様子で、町方は戦々恐々としている。

また、茂兵衛のみならず大店《おおだな》の主《あるじ》の中にも、身内や奉公人を亡《な》くした者も多く、中には主一家で出かけて、全員が落ちてそのまま店が潰《つぶ》れたという話も聞こえていた。江戸の市中は深い悲しみの中に沈んでいる。

「……きちんと弔ってやらなきゃいけません」

唸《うな》るような低い声で茂兵衛は言う。そしてきっと不動明王と見合う。弥三郎はその横顔にぞくっとする。茂兵衛の肩先から焔《ほのお》が立ち上っているように見えた。それは護摩焚きの残りなのか、茂兵衛の怒りなのか。

「出来ることがあれば言っておくれ。力になりたいと思っているから」

弥三郎が言うと、茂兵衛は、はい、と頷《うなず》いた。

本堂を出ると、樽屋与左衛門が門前の茶屋の床几《しょうぎ》に座っているのが見えた。

「樽屋様」

弥三郎が声を掛けると、びくっと体を震わせてゆっくりと振り返る。弥三郎が会釈《えしゃく》をすると、樽屋は疲れた顔で会釈を返した。弥三郎は樽屋に歩み寄り、

「お疲れ様でございます」

と言い、傍らに腰掛けた。樽屋は、ああ、と吐息のように頷いた。

樽屋与左衛門は、永代橋崩落によって多忙を極めることになった一人である。

永代橋は、町が管理することになっていた。それが落ちたのだ。橋止めをした一橋民部卿への怒りを露《あら》わにした者もあったが、やはり町への怒りも強い。

「そもそも、どうしてこんなに古くなるまで町は直しもせずに放っておいたのか」

その声は、全《すべ》ての町の政《まつりごと》を司《つかさど》る樽屋の元にも日々、寄せられていた。

樽屋自身は祭の当日、早々から富岡八幡宮に出向いており、お神酒所《みきしょ》で酒を勧められてしたたかに酔っていた。橋が落ちるより前に酔いつぶれて眠っており、橋が落ちた騒動でようやく目を覚ました。朦朧《もうろう》とした頭で駆け付けた時には、惨憺《さんたん》たる有様であった。

「樽屋様、大変なことになりましたよ」

肝煎名主《きもいりなぬし》らに支えられ、屋敷に戻ろうにも永代橋を使うことはできない。他の橋を使おうにもそちらはそちらで混雑している上、永代橋が落ちたことから橋を渡るのを怖がる人まで出る始末。船を使おうにも、何せ大川に人が浮いているとあって横切ることもできない。

まるで永代橋から逃げるように遠回りをし、ようやっと屋敷にたどり着いた。樽屋は屋敷で町年寄としての執務を行っていたので、帰り着いた時には既に、町人たちがぐるりと外を取り囲んでおり、中に入るのも一苦労であった。

それ以後、連日にわたり、外から飛んで来る怒号を聞きながら屋敷の中で過ごしていたため、樽屋はすっかり憔悴《しょうすい》しきっていた。二日ほど前に日本橋辺りで弥三郎と行き合った時には、苛立《いらだ》ちと不安で剣呑《けんのん》な顔をしていた。

「一橋民部卿の橋止めは、お上の都合だ。それをこちらに押し付けられたらたまらん」

樽屋は、自らに向いた矛先を逸《そ》らす為、顔見知りの瓦版屋《かわらばん》に金を配り、殊更《ことさら》に一橋民部卿の御座船のことを書いてくれと頼んだとか。

町だけで背負うには、余りにも人が死に過ぎた。

暫《しば》くの沈黙の後、ようやっと樽屋が口を開いた。

「大坂屋茂兵衛は、気の毒なことだった」

「ええ……私は茂兵衛と一緒におりましたので、幼い息子を亡くした茂兵衛は、誠に見ていられませんでした」

弥三郎の脳裏に、嗚咽《おえつ》する茂兵衛の姿がはっきりと残っている。樽屋は頷きながらも弥三郎の顔を窺《うかが》う。

「これから、橋の架け替えのことも考えねばならない……またぞろお上は、町に任せると言われるやもしれん。そうなれば、金が掛かることになろう」

「はい」

樽屋の眉根《まゆね》には深い皺《しわ》が刻まれている。年の割には溌剌《はつらつ》とした人であったが、ここ数日のうちに十も老《ふ》け込んだようである。

「弥三郎、お前さんにも力を貸してもらいたい」

縋《すが》るような細い声に、弥三郎は思わずすっと身を引いた。

それは余りに荷が重すぎる。お上の助けもなく、町だけで橋を架けるには無理がある。

「お上に御力を貸していただけないのですか」

弥三郎の問いに、樽屋は苦い顔をした。

「ここ数日、奉行所に顔を出しても北も南も会っては下さらぬ。会えたところで金がないと言われるだけだ」

「ない……そのようなことはありますまい」

「お上にとっては町の橋なぞなくとも構わぬというのであろう。これまでにも老朽化の修復のためにお上にお力添えを頼んだこととてある。何せ、あの橋の向こうには大名家の屋敷も数多い。町人だけのものでもないというのに知らぬふりだ。あの橋がなくば江戸の往来が断たれるであろうに、そこまで頭は回るまい。此度《こたび》のことは、お上にも責はある」

樽屋はここ数日の苛立ちのせいか、お上に対して毒づいた。そして自嘲《じちょう》するように笑った。

「全く……老体には、なかなか辛《つら》いことだ」

「微力ながら、お手伝いさせていただきたいと思います」

「……忝《かたじけな》い」

いつになく弱い口ぶりの樽屋を見つめ、弥三郎は小さく吐息した。やって来た駕籠《かご》に樽屋を乗せて見送ると、弥三郎はそのまま真っすぐに大川端《おおかわばた》の方へと足を延ばした。

永代橋の橋詰にはまだ、引き取り手のない遺体があり、辺りには腐臭が漂い始めていた。そこに身内を捜しに来た者や、経を上げる僧、物見に来る野次馬と、様々な者がやって来る。無論、目を逸らして足早に通り過ぎて行く者もあった。その向こうには、朽ちて折れたまま放置された永代橋が、幽霊のように川の上に揺らめいている。

さながら地獄の風景だ。

しかしこれは他人事《ひとごと》ではない。老若男女、誰もが当たり前に使っていた橋が落ちたのだ。あそこに死体で並んでいるのが、己《おのれ》や己の妻子であったとしても不思議ではない。

これが天災であったとしたのなら諦《あきら》めもつこう。遠くから飛び火した火事であったのなら、予測もできずに飲み込まれる運命《さだめ》もあろう。しかしこれは、人の力によって防ぐこととてできたのだ。

「手前がつくづく嫌になる」

茂兵衛が言ったその言葉は、己にとっても同じことだ。力ある商人と言われて久しいが、果たして己は何をしていたのか。

忸怩《じくじ》たる思いを抱えたまま、弥三郎はただ橋と川に向かって手を合わせた。

＊

年の瀬近くになると、さすがに遺体の大半は弔いが終わった。一部の引き取り手のない者は嵯峨《さが》町の河岸蔵《かしぐら》に納められていたが、それらも愈々《いよいよ》、町人と町役所が金を出し合い弔った。しかし未《いま》だに腐臭の残り香が漂うような、何とも言えぬ重苦しさが永代橋の周りに漂っていた。

朽ち果てた永代橋の残骸《ざんがい》が変わらず大川を横切っている様子はさながら地獄のようで、夕暮れ時などは近寄らぬという者も多い。昨今では、実《まこと》しやかに怪談が囁《ささや》かれ、やれ近隣の家にずぶ濡《ぬ》れの女がやって来たとか、やれ夜中に子どもの泣き声がするとかいう話が出回っている。

御蔭《おかげ》で大川端の商店は人気《ひとけ》もなくなり、店じまいをする者も出る始末であった。

そうした町人たちの不安を払拭《ふっしょく》するためか、お上は早々に今回の落橋の咎《とが》で、橋の修復などを請け負っていた大工らを遠流《おんる》などに処した。しかし最早《もはや》それは形ばかりに過ぎない。そもそも工事に不手際《ふてぎわ》があったというよりは、管理が行き届いていなかったことこそに咎がある。また、混雑する祭の日に橋止めをしたことも大きい。しかしそうした全ての矛先を、一町人に向けようと試みたのは明白であった。

「それよりもまずは、橋の再建を」

という声は日に日に高まる。

永代橋近くの町名主たちは足しげく町年寄の樽屋与左衛門に嘆願に訪れていた。

しかし大川に架かる最も大きな橋である永代橋をいざ架け替えるとなれば、材木、大工を集めるにおいても、他の普請《ふしん》とは桁《けた》が違う大事業である。

「それぞれの町名主が、町人から金を集めよ」

と、樽屋が言ったところで、町人たちは反発する。

「それは筋が違う。そもそも一橋民部卿の船が通り、橋止めされたことが原因だ。お上が架けるよう取り計らうのが町年寄の務めだ」

　そこで樽屋は奉行所に掛け合うが、

「そも、この永代橋は町の管轄《かんかつ》にある。老朽化の原因は町の怠慢である。お上ではなく町で架け替えよ」

と言う。その行ったり来たりを繰り返すだけで、四か月余りが過ぎていった。

弥三郎が樽屋に会いに訪れると、すっかり憔悴しきっていた。

「八方塞《はっぽうふさがり》というのは、こういうことだね……」

粋《いき》で瀟洒《しょうしゃ》な趣味人として知られた樽屋であったが、このところは夜遊びも宴も出ることはせず、かといって打つ手も見いだせずに、そう呟《つぶや》いた。

一方、大坂屋茂兵衛は、落橋以来、公《おおやけ》には口を開こうとしなかった。

弥三郎は度々大坂屋を訪ねたのだが、茂兵衛は留守であった。居留守かと思ったのだが、そうではないらしい。茂兵衛の亡き妻、お八尾の弟で十八になる銀十郎が、旦《だん》那《な》の代わりを務めていた。線の細い、江戸育ちの若旦那といった風情《ふぜい》の銀十郎は、困惑を満面に浮かべながら弥三郎を出迎える。

「このところ、あちこちの寺で行われる法要を回って歩いている様子で……」

同じように身内を失った者と話しながら、己を取り戻そうとしているようだ、と銀

十郎は語り、

「果たして、義兄《あに》は元のように主として務めてくれるのでしょうか」

と不安げに呟く。

銀十郎にしてみれば、姉と甥《おい》を亡くした悲しみもさりながら、旦那として一躍名を馳《は》せた義兄が悲しみの中にいることは、幾重にも不安を増しているのであろう。

潑溂と力強くもあった大坂屋茂兵衛がこうして折れてしまうことは、弥三郎にとっても口惜《くや》しい。しかし、無理からぬことであろうとも思うのだ。実際、落橋で身内を亡くしたことで、店を手放したという店主の話をいくつも聞いていた。

そんなある夜のこと、樽屋の使いが三田の弥三郎の許《もと》を訪ねた。

「ともかくも、早くお運び下さい」

言われて出向いた先は、新橋の料亭「梅松」である。昨今、大店の間で話題となっている店で、そこかしこの座敷から流行りの小唄《こうた》が聞こえ、笑い声がこだまする。店に入ると待ちわびていたらしい女将《おかみ》に、奥の座敷へ案内された。

そこには屛風《びょうぶ》を背にして座る、色の浅黒い壮年の男がいた。菱垣廻船問屋井上屋の主、井上屋重左衛門である。江戸市中においても名うての富豪であり、十組問屋の中で最も力を持つ一人である。その隣には居心地悪そうに樽屋が座っており、手前には、黒紋付を着た大坂屋茂兵衛が端座していた。

　樽屋は、現れた弥三郎を見ると、

「ああ、来たか」

　と、あからさまに縋るようなまなざしを向ける。

「一体、どういう趣向の酒宴でしょう」

　弥三郎は戸惑いながら、座敷の入口近くに膝《ひざ》を突く。すると茂兵衛が振り返り、

「ああ、兄さんもいらして下さったんですか」

　と、軽い調子で言った。その面差しは窶《やつ》れているが、表情は暗く沈んだ様子ではない。声にも張りがあり、背筋も伸びている。

「一体、どうしたのです」

　弥三郎は戸惑いながら問いかける。樽屋は満面に困惑を浮かべる。

「永代橋の架け替えのことで、大坂屋が話があると……」

　妙な話である。

　永代橋の架け替えのことで樽屋に話を聞くというのならば、樽屋の屋敷を訪ねればいい。またこの場を見る限り、井上屋が樽屋と茂兵衛の為に宴席を用意したというわけではなさそうだ。むしろ、井上屋と樽屋がこの店にいることを聞きつけて、茂兵衛

が押し掛けたといったところであろう。

弥三郎は凡《おおよ》その様子を察し、ついと膝を進めて井上屋に向かって頭を下げる。

「井上屋さん、ご無沙汰《ぶさた》しております」

井上屋は、ああ、と挨拶《あいさつ》をしてから傍らの脇息《きょうそく》に腕をかけたまま、目の前の茂兵衛をあごで示す。

「弥三郎、この飛脚問屋を黙らせい」

赤ら顔で言い放つ。元より居丈高な人ではあるが、その言いように弥三郎はぐっと奥歯を嚙《か》みしめた。しかしここで言い争っても仕方ない。弥三郎は茂兵衛ににじり寄る。

「一体、何を井上屋さんに話しているのだ」

「この際です。永代橋を架け替えるのならばこれまでよりも大きく、頑強なものにしなければなりません。そのためには金が要る。樽屋様にそう申し上げたところ、町には金がないとおっしゃる。ならばお上にお力添えをと申しましたら、お上にも金がないとおっしゃる。ならば、この江戸市中において最も裕福な十組問屋にお力添えを願いたい。さすれば、中でも力のある菱垣廻船問屋、井上屋様に直《じか》にお話し申し上げるのがよかろうと思った次第です」

弥三郎は、なるほど、と思わず嘆息した。

茂兵衛の言い分は至極、尤《もっと》もである。元々、永代橋は百十間という長大なものである。それにも拘《かかわ》らず町によって賄《まかな》われていたため、架け替えをすることもなく修復も安普請であった。それが今回の惨事をもたらしたとも言える。しかし、お上には金がないという。また、これまで同様、橋の袂《たもと》で渡る者から橋銭を徴収するといってもその額はたかが知れている。これまでよりも頑強なものをと言ったところでお上が応じるわけもないし、町としても金の出しようがない。

それならば江戸市中で最も金を持っている十組問屋に金を出させるというのは一つの方法であろう。

しかし、井上屋はあきれ顔で吐息する。

「何故《なにゆえ》に、町人が皆使う橋を架け替えるのに、十組問屋が金を出すのだ。従来通り橋銭を集めればいいだけのこと」

十組問屋に属する大店たちは、お上からの要請に応じた上納金は納めているが、町のことについては決して従順ではない。それ相応の利が見込めるのでなければ、動かないのが常である。

だが、茂兵衛は井上屋の不快げな表情にもまるで動じる様子もなく、更にずいと膝を進める。

「十組問屋の方々にとっても永代橋は要《かなめ》であるはず。橋のことについては既に、皆様も辟易《へきえき》していらっしゃるでしょう」

大店の多くは日本橋の周辺に店を構えており、大川の向こうには、御用を賜る大名屋敷も多い。日参するにも永代橋を失ったことで難儀していた。また蔵前の札差も、金の回収が滞っているという。

無論、川を渡る橋は永代橋だけではないが、橋の老朽化は他でも進んでいるために、渡ることを躊躇《ちゅうちょ》する動きもあった。結果として船宿が大盛況になるという皮肉にもつながっている。

「これをそのまま放っておけば、市中の動きは鈍り、いずれ十組問屋にも損になりましょう」

茂兵衛の言葉に、井上屋がぐっと言葉を呑《の》んだ。

弥三郎は茂兵衛の横顔を見る。

永代橋崩落から妻子を失った悲しみの中に沈んでいるのだと思っていた。追悼を行う寺々を回っているのも、その悲しみを癒《いや》すためであろうと思っていたが、江戸市中を巡り歩きながら、この男は人の流れ、金の流れを見ていたのか。

重い沈黙が続いた。井上屋は眉間《みけん》に皺を深く刻み、やがて顔を上げて茂兵衛を見た。

「ならば大坂屋、少しはこの井上屋の役に立つ気はあるか」

試すような眼差しでにやりと口の端《は》を上げる井上屋を、茂兵衛は挑むように睨む。

「出来ることでございましたら、何なりと」

「そうか……ならば大坂屋。飛脚定法で我ら十組に楯突《たてつ》いたその手腕を見込んで頼もう。砂糖問屋を黙らせい」

砂糖問屋という言葉に、茂兵衛と弥三郎は顔を見合わせた。

以前樽屋が話していた砂糖問屋と十組問屋の争いである。

この五月、砂糖問屋は薬種問屋から離れて、新たな株仲間を作ることを奉行所に訴え出た。更に樽廻船を使うために十組問屋に縁切りを申し出たのだ。しかし奉行所はこの件について、砂糖問屋と薬種問屋が属す十組問屋の双方で話し合って落着するように命じ、関わることを拒んでいる。話し合いは一向に進まず、膠着《こうちゃく》したままであった。

「ようございます」

茂兵衛は、あっさりと返事をした。

「お前さん、分かっているのかい」

樽屋は慌《あわ》ててそう問いかけたが、茂兵衛は気にする様子もなく軽い調子で頷く。

「はい。その分、十組問屋の皆様には永代橋再建に必ず尽力していただきます。よろしゅうございますね」

茂兵衛の口ぶりは自信に満ちていた。井上屋は、予想外のその強気にやや怯《ひる》んだように見えたが、殊更《ことさら》に胸を張る。

「ああ、できるものならば、やってみよ」

「樽屋様、聞いてくださいましたね」

不意に茂兵衛に言われた樽屋は、驚いて目を見開く。そして井上屋の様子を見やる。

「しかし、井上屋さん、お前様一人の意向で大坂屋にそんなことを言って、十組問屋に示しはつくのかい」

「飽くまで内々の話ですよ。これでもし、大坂屋がきちんと片を付けられるということが分かれば、十組にもこの井上屋から話を付けますよ」

井上屋は端《はな》から茂兵衛には出来るはずもないという肚《はら》である。もしも茂兵衛なりに落としどころを見つけてきても、突っぱねるつもりなのではないかと思われた。

しかし茂兵衛は、老獪《ろうかい》ともいえる十組問屋の旦那衆を相手に、策を巡らせることが得手であるとは思えない。下手をして余計に事態を拗《こじ》らせてしまうのではないかとの懸念《けねん》も、弥三郎の中にはあった。

樽屋も同じように感じたのか、その視線は井上屋と茂兵衛の間を彷徨《さまよ》い、遂《つい》に弥三郎に縋るような目を向けた。

「弥三郎、お前さん、この大坂屋茂兵衛の御目付をやってもらいたい」

「私が……でございますか」

弥三郎は知らず声が小さくなる。

菱垣廻船問屋は江戸市中において大きな力を持っており、十組問屋でも筆頭格である。そこに楯突く砂糖問屋を黙らせる。それは力をもってすれば容易《たやす》いことであるように見えるが、町年寄の樽屋をもってしても、ましてや奉行所をもってしても解決せずに、半年以上燻《くすぶ》っているのだ。

それを茂兵衛が安請け合いをしているのだ。深入りしない方がいいのは明白である。

しかし一方で、茂兵衛がこの永代橋の再建に対して強い思いを抱いていることも分かっている。あの日、幼い栄太郎の骸《むくろ》を抱いて慟哭《どうこく》していた背中を見た者として、ここで身を引くことはできない。

「……しかと、見届けさせて頂きます」

弥三郎は深く頭を下げた。

*

茂兵衛はすぐにも動くために、砂糖問屋と会わせて欲しいと弥三郎に頼み込んできた。

「そもそも、何が争いの元なのか、それが知りたいんですよ。しかし、私は生憎《あいにく》と伝手《つて》がない。兄さんならば、お知り合いがいらっしゃいましょうから」

三日後、弥三郎は茂兵衛を伴って旧知の砂糖問屋河内屋《かわちや》孫左衛門に会いに出かけた。

河内屋は天明の頃に店を開き、当代が二代目で今年、四十二歳。これまでは薬種問屋として地道に商いをしてきた店で、名だたる菓子商にも砂糖を卸しているほか、大藩の江戸屋敷の御用も抱えているという。

弥三郎は以前から河内屋のことは知っており、その人品共に信頼できると思っていた。

「おお、弥三郎様、大坂屋様。ようこそおいでくださいました」

河内屋は思いの外の歓迎ぶりで、奥座敷へと招き入れた。

茂兵衛は河内屋とは初対面である。その歓待ぶりに驚く茂兵衛に向かって河内屋は頭を下げた。

「大坂屋さんの飛脚定法の一件を聞いてから、一度、お会いしたいと思っておりました。しかしなかなか機会のないうちに、先だっての永代橋……当方でも、弟が巻き込まれて大けがを負い、手代の一人が命を落としております」

苦い顔の河内屋を見て、茂兵衛はぐっと声を詰まらせ、

「互いに、相努めて参りましょう」

と、絞り出すような声で言った。

奥座敷において、茶と共に落雁《らくがん》が供された。流石《さすが》は砂糖問屋ということもあり、その落雁は口に含むとさらりと舌の上で溶け、爽《さわ》やかな風味が広がる。

「美味《おい》しいですね」

弥三郎が言うと、河内屋は満面の笑みを浮かべた。

「それは嬉《うれ》しいことです。長らく当家が扱っております和三盆でございます。それを御用達《ごようたし》の菓子匠が手掛けた逸品でございます」

丁寧に作られていることがよく分かる。

茂兵衛は黙ったまま茶を飲むと、改めて河内屋に向き直った。

「実は昨今、巷で聞く砂糖の御店と十組問屋の騒動について詳しく知りたいと思い、

伺った次第でございまして」

今回、井上屋は「砂糖問屋を黙らせせい」と言い放っている。しかし茂兵衛は、砂糖問屋をただ黙らせようとは思っていない様子であった。

河内屋は、ええ、と頷く。

「何せ、相手はあの十組問屋でございますからね。人によっては、端からこちらの話を聞きもしない。奉行所も見放す有様。大坂屋さんがこうして関心を示して下さるだけで、大分、心強いです」

「如何《いかん》せん私は飛脚問屋でございますれば、詳しいことは存じません。一体、何がどうして、このように揉《も》めておられるのか」

茂兵衛の言葉に河内屋もはい、と頷き、はっきりとした口調で言った。

「砂糖も食べ物でございますれば、速く運ぶに越したことはございません。それにはやはり、樽廻船なのです」

様々なものを積み込む菱垣廻船の場合、樽詰めされた砂糖のような重いものは船底に最初に積まれる。それから他の品々が積まれるまで、港で長ければ十日も波に揺れることになる。そうしてようやっと大坂を出て江戸に着く頃には、潮風と湿気を吸って、すっかり固くなっている。

一方の樽は、樽詰めした砂糖だけを積んで、さっさと港を出てくれる。日はかからないし、運賃も安い。そうすれば砂糖そのものの価格も安くできる。

「これまでは十組問屋に加盟する薬種問屋としての縛りがある故、菱垣廻船を使っていましたが、私どものように砂糖のみを扱う問屋にしてみれば、もう十組問屋の恩恵は何もない。一刻も早く縁切りをしたいのです」

その言葉には、微かに棘《とげ》が混じるようにも聞こえた。茂兵衛と河内屋の二人のやり取りを見ていた弥三郎は、ついと膝を進める。

「しかしながら、砂糖問屋の他にも、十組問屋との約定に反して内々に一部の品を樽廻船で運ぶ御店も多くございましょう。それではいけませんか」

河内屋は首を横に振った。

「いけません。無論、これまでにも当家のみならず他の御店でも樽廻船を使っていました。奉公人たちも菱垣廻船問屋の目を盗むように運んでいた。しかしそもそも何故、かようなことをせねばならぬのか」

河内屋は苛立ったように声を荒らげた。

そうせねばならない理由は、単なる「十組問屋の掟《おきて》」というだけではない。ここ数年で飛躍的に大きくなっている砂糖の市場に対して、古参の菱垣廻船をはじめとした御店がその足を引っ張る悪意もあるようにも思われた。

「ただ、砂糖を売るために運ぶだけならば、今までのように樽廻船でこっそり運んでもいいかもしれません。しかし、奉公人たちに後ろめたい思いをさせている。そのことがどうにも辛い。堂々と大手を振って商いをするためには、何よりもまず、奉公人たちが誇りを持って勤められなければなりません。それには、今のまま十組問屋の中にいては成り立たないのです」

愚直なまでに真っすぐな河内屋の思いが伝わる。それを聞いた茂兵衛もまた、しっかりと頷いた。

「河内屋さんのお話を伺えて良かった。共に江戸で商いをする者として、お前様のような御方がいて下さるのは、頼もしい」

茂兵衛の言葉に、河内屋はようやっと同志を見つけたように、膝を進めて茂兵衛ににじり寄ると、その手を取った。

「八方塞でございましたが、そのお言葉だけで一筋の光明でございます」

大仰な物言いではあるが、恐らくは本音なのだろう。井上屋のあの頑迷な態度を見、樽屋の弱腰を見た今、砂糖問屋たちは袋小路に入りこんでいたのだと弥三郎は感じた。

河内屋は帰る二人を店先まで見送りに出た。奉公人たちは明るく活気に満ちており、主とその客人に愛想よく挨拶をする。主が奉公人たちのために踏ん張ろうとしていることを、皆心得ており、河内屋は主として信頼を得ているのだ。

「良い店だ」

店を出て暫く歩いてから河内屋を振り返り、茂兵衛がそう呟いた。

弥三郎もそう思う。かくあるべき主の姿がそこにはある。奉公人たちの誇りの為に、既に枷《かせ》となっている十組問屋を向こうにまわして訴えを起こすのは、大きな決断だ。だからこそ、御主《おしゅう》と信じて奉公人たちもついて行こうと思うのだろう。

弥三郎は茂兵衛の横顔を見上げる。

「良い店なのは確かだよ。主としても立派だし、言い分には筋が通っている。しかし井上屋さんは、あの砂糖問屋を黙らせるようにと言ったのだ。それをこうして懇切に話を聞けば、河内屋さんはお前さんが味方になってくれると思うのではないかな」

それが弥三郎には心苦しかった。

「しかし今のお話を聞く限り、砂糖問屋の言い分は、私利私欲ではございますまい。理にかなっているものを引っ込めろというのは違いましょう」

「いっそ、河内屋さんが私利私欲に塗《まみ》れていたのなら、ただ黙らせれば良かった。そうはいかないからこそ、この一件は厄介なんだろう」

弥三郎はそう言って口を引き結んだ。それを見た茂兵衛はふっと笑みを零《こぼ》した。

「何も難しいことはありません。井上屋さんは振り上げた拳《こぶし》の下ろしどころが分からない。河内屋さんをはじめとした砂糖問屋さんたちも無闇《むやみ》に争いたいわけではない。つまりは、事の根を解《ほど》けば、それでいいのですよ」

茂兵衛はそう言って弥三郎を見る。その目は爛々《らんらん》と力が漲《みなぎ》っているように見えた。つい先だって妻子を亡くした失意の中にいたとは思えない。むしろ、それ以前よりも確固たる力を宿して動いているようにさえ見えた。

「次は船を見に品川に参ります。菱垣廻船の今の様子を見ておかなければ」

茂兵衛はそう言うと、肩で風を切るように大股《おおまた》で歩き始めた。

＊

翌朝、弥三郎は茂兵衛と共に品川にいた。

東海道最初の宿場町である品川は、これから旅に出る人、江戸に入る人とでごった返しており、威勢のいい物売りの声が聞こえている。

品川の海は遠浅で、大きな船は沖に停泊している。艀船《はしけぶね》に荷を積み替えて江戸へ運ぶことになっており、一部は品川の揚場《あげば》に降ろされる。

はじめ茂兵衛と弥三郎は沖に浮かぶ船を眺めていたのだが、茂兵衛が、

「これではよく分かりませんね。船を間近で見たい」

と言ったので、揚場から船頭に小船を出してもらった。

「どちらの船に参りましょう」

船頭に問われた茂兵衛は、

「菱垣廻船と、樽廻船、それぞれの船を外側から見てみたいだけだ。近くまで寄せてくれ」

船はゆっくりと波を分けて沖へと進んでいく。すると遠目に見ていた時とは違い、廻船の大きさがはっきりと分かる。

菱垣廻船と樽廻船は、いずれも「千石船《せんごくぶね》」の異名を持つ大きな木造の帆船である。構造にはさほどの違いはない。ただ、菱垣廻船にはその両舷に菱形に交差する垣が設けられている。そしてその菱格子《ひしごうし》こそが、御用達の証《あかし》とされてきた。

確かに菱垣廻船には菱格子がはっきり確かめられる。しかしそれ以上に目を引くのは、無数にこびりついたフジツボだ。船底の近くはさながら朽木《くちき》のような有様で、微かな波に揺られてギシギシと音を立てている。見上げた船上では帆が畳まれているが、

その色は潮に濡れ、日に焼け、朽ちて黒々としていた。

一方の樽廻船はというと、近づくだけで真新しい木の香りがするほど。畳まれた帆は眩《まぶ》しいほどの白さである。今しがた品川に着いたと見えて、そこには活気のある若者たちが、褌《ふんどし》一つで荷を積み降ろししており、大きな声が響いていた。

何艘《そう》見て回っても、精彩を欠くのが菱垣廻船、勢いがあるのが樽廻船。その明暗は余りにもはっきりとしていた。

「……ここまでとは……」

弥三郎も、菱垣廻船が昨今、衰退しているとは聞いていた。しかし、そうは言っても天下の菱垣廻船。ここまでの有様に堕《お》ちていようとは思っていなかった。新橋の料亭でふんぞり返っていた井上屋が何やら滑稽《こっけい》に思えるほどである。

茂兵衛もまた同じことを思っていたのか、黙り込んだままでじっと菱垣廻船を見上げていた。

その時である。

菱垣廻船の一艘の方で、わっと大きな声がした。そちらに目をやると、積み荷を降ろしていた水主《かこ》の一人が、船縁《ふなべり》から海へと落ちていくところであった。激しい水飛沫《みずしぶき》が上がり、弥三郎は思わず目を閉じる。すると目の前の茂兵衛が俄《にわ》かに立ち上がり、その場で帯を解いて着物を脱ぎ捨てて褌一つで海へと飛び込んだ。

「茂兵衛」

弥三郎が止める間もなく泳ぎ、落ちた水主を後ろから抱えるようにして、近くの荷下ろしの船へと押し上げた。水主たちもそれを引き上げ、

「ありがとうございます、旦那」

と、声を掛けた。弥三郎は呆気《あっけ》に取られて見ていると、艀船の船頭もまたあんぐりと口を開け、

「えらいことだ」

と声を上げた。

水主を他の者に預け、泳いで戻って来た茂兵衛が、ずぶ濡れで船に上がって来る。

「何も、お前さんが飛び込まなくても良かっただろうに」

弥三郎が呟くと、茂兵衛は何とも言えない顔をする。

「目の前で人に死なれるのはね……」

茂兵衛が苦い顔をして黙った。弥三郎の脳裏に、ふとあの日の永代橋の惨劇が過《よぎ》る。次々に川に人が落ちていった。茂兵衛にとっては尚更《なおさら》に痛みを伴う記憶であろう。

二人の乗った船は、そのまま揚場へと戻っていく。十二月の寒風の吹くなかで茂兵

衛は濡れた体のままである。着れば着物が濡れてしまうので褌一つ。船頭は船を急がせた。

「小屋に行けば、手ぬぐいもありますから」

揚場に着くと、火を焚《た》いていた水主の一人が駆け寄って来た。

「旦那、先ほどは、うちの者を助けて頂いてありがとうございました。こちらで火に当たって下せえ」

そして、色あせた藍染《あいぞ》めの法被《はっぴ》を着せかけた。そこには、井上屋の屋号が白抜きで入っていた。茂兵衛は、ありがとう、と言って勧められた木箱に腰かけて火に当たる。

弥三郎もその傍らに並んで座った。

「あいつは大丈夫だったかい」

船から落ちた若者を案じた茂兵衛に、水主は笑顔を向ける。

「ああ、大丈夫です。どうやらこのところ、働き詰めだったみたいで、一度目を覚ましてからまたそこの小屋で寝てますよ」

「そうかい」

車座に地面に座り火を囲んでいたのは、いずれも年かさの水主たちであり、皆褌に茂兵衛が羽織っているのと同じ草臥《くたび》れた法被を着ている。

「お前さん方、井上屋さんの水主かい」

問われた水主たちは、へい、と頷く。

「随分と、年季が入った面々がそろったね」

茂兵衛が言うと、水主たちは顔を見合わせて笑った。

「いやあ……今若い連中はみんな、命が惜しいからって樽廻船へ行くんでね」

「どういうことだい」

「見りゃ分かるでしょう。あのぼろ船に荷を山積みして行くんでさ。菱垣で海難に遭って海の藻屑《もくず》と消えた連中を何人も知っている。俺だって若けりゃ樽に行きまさ」

そう言うと、男は石の上に無造作に置かれた粗末な煙草《たばこ》盆を引き寄せて、そこから古びた煙管《キセル》を取り出すと、煙草に火を吸いつけた。煙を吐きながら、ため息をつく。

「昔はもう少し、活気があったんですがね。菱垣はどんどん古くなる。そこへもってきて樽があれだけ勢いを増し、水主がみんなあっちへ逃げちまう。そうなるってえと、あとは古参の俺らが御主への義理でここにいるほかは、さっきの若造みたいに、食いっぱぐれてやせぎすの、水主に向かねえ男が紛れ込んでくる」

男の話に周りの水主もうんうん、と頷いている。吸いつけた煙草を他の水主に回しながら、男は更に言葉を継いだ。

「菱格子は、お上御用達の証。そいつに乗って荷を運ぶのは、俺らの誇りってね。でもね、誇りでおまんま食えるかってえとそうじゃねえ。そんなものはいらねえから、手前の給金がしっかり入って、命が木っ端《こぱ》みてえに扱われねえ暮らしがしてえ」

男はそう言うと、ゆっくりと立ち上がり大きく伸びをした。そして海の方を見やる。

「追い詰められるとろくなことは考えねえ。このままこの先どうなるのかって、ぐるぐる余計なこと考えて、安酒飲んで酔っ払って、朝になりゃ、そこらに土左衛門が浮いてることなんて、珍しくもありゃしねえ。そいつを見ながら明日は我が身と思うのさ」

茂兵衛はその男の顔を真っすぐに見上げる。

「どうすりゃいいかな」

茂兵衛の問いに男は笑った。

「そいつを俺に聞かれても……俺はただ、海神様にお参りして、何とか陸《おか》を踏めるように祈るしかねえ。あとは旦那たちが考えてくれなきゃ、こちとら船に乗るしか能はねえんでさ」

かかか、と笑う様には卑屈さも陰も感じさせない。しかしその奥には諦めが透けて見えた。

茂兵衛は自分の着物を引き寄せると、そこにくるまっている紙入れを探り、そこから一分銀を一つそこに置いた。

「色々と、聞かせてもらって有難うよ。こいつで、みんなで一杯やってくれ」

男たちは一瞬の躊躇の後、顔を見合わせて頷くと、それを受け取った。

「ごちそうになります」

茂兵衛は法被を水主に返し、己の着物を小脇《こわき》に抱えて褌一つで大股で歩き出す。弥三郎はその茂兵衛の後に続いた。

「お前さん、それで帰るつもりかい。いくら何でも寒いだろう」

「近くに湯屋があるので、そこに寄りますよ。体も温めたいし、塩でひりついて仕方ないんでね」

浜のすぐそばに湯屋があり、茂兵衛はその暖簾《のれん》をくぐった。小脇に着物を抱え、頭を海水で濡らした褌姿の男に、番台にいた男は怪訝《けげん》そうな顔をする。しかしそのすぐ後に続いてきた、身なりの良い旦那風の弥三郎を見て、奇妙な二人連れに首を傾《かし》げつつ中へ通す。

「私は二階で待っていますよ」

弥三郎が言うと、茂兵衛は苦笑した。

「天下の堤弥三郎を、場末の湯屋に招いてすみませんね」

「嫌味かい」

弥三郎は、ははは、と軽く笑って二階へと上がった。二階には、一組の中年男が将棋盤を前に座っているほか、がらんとしていた。弥三郎はついと窓際に寄る。窓から街道を忙《せわ》しなく行き交う人々の姿を眺めながら、先ほどの水主の男の言葉を思い出す。

「誇りでおまんまが食えるかってえとそうじゃねえ」

それは確か、飛脚定法の時に茂兵衛が十組問屋の旦那衆を相手に「矜持《きょうじ》で飯が食えますかい」と啖呵《たんか》を切ったのと同じことである。

井上屋は己の御店《おたな》の水主たちに、十分に飯を食わすことさえできていないのが、ここへ来て明らかになってきた。

一方で、河内屋が「奉公人たちが誇りを持って仕事ができるようにしたい」と言っていた言葉も思い出す。

金も要る。矜持も要る。どちらか一方だけでは、どうにも回らぬことがあるのだ。

井上屋と河内屋の何と対照的であることか。

すると、トントンと階段を上がって来る足音がして、茂兵衛が姿を見せた。

「いやあ、おかげで温まりました」

縮緬《ちりめん》の長襦袢《ながじゅばん》を着流した姿で、弥三郎の傍らに座ると、すぐさま髪結いを呼んで髷《まげ》を結わせる。その様子を見ながら弥三郎は、

「それでお前さん、見たいものは見られたのかい」

と、問いかけた。茂兵衛はええ、と答える。

「水主の連中の声を聞いてみたかったんで。十分すぎるほどに聞こえましたよ」

髪を結い、紬《つむぎ》を羽織ると帯をしっかりと締めた。するとすっかり飛脚問屋の旦那らしい見目になった。茂兵衛は弥三郎の傍らに寄って同じように外の街道を眺めながら、しみじみと嘆息する。

「しかしまあ、菱垣廻船は聞きしに勝る有様でしたな」

弥三郎も同じことを思っていた。あれではどれほど十組問屋の要だと言っても、遠からず皆、菱垣廻船を見放すことに繋《つな》がりかねない。そういう焦《あせ》りがあればこそ、井上屋はあそこまで居丈高に「砂糖問屋を黙らせい」と息巻いているのだ。

暫く黙っていた茂兵衛は、不意に立ち上がると湯冷ましを入れた湯呑を二つ持って来て、弥三郎と己の前に置いた。さながら酒でも酌《く》み交わすように膝を交えてそれを飲むと、己の中の思考を確かめるように、一つ、うん、と頷いた。

「兄さん、これは要するに二つの問題を一つにしているからこんがらがっているんじ

ゃないですかね」

「どういうことだい」

「此度、井上屋さんはともかくも手段を選ばず、砂糖問屋を黙らせい、とおっしゃった。しかし聞けば聞くほどそれは無理無体というものでしょう。たとえここで砂糖問屋を黙らせ、井上屋さんを立てたとして、果たしてそれは、売り手、買い手、世間、その三方にとって良いことか……と、考えましてね」

売り手よし、買い手よし、世間よし。この三方よしは、近江《おうみ》商人たちが大切にしている言葉である。そしてそれは、江戸にいる商人たちにとっても、商いの基本として浸透している。例えば売り手と買い手だけを考え、粗悪な品を叩《たた》き売れば、それを作る農民や職人を育てることにならない。儲《もう》かるからと、高値をつけた品を囲い込み、金持ちにだけ売るとなれば、本来求めている人の元に届かない。売り手と買い手だけを考えて商いをしようと思えば出来ない話ではないが、そこに「世間よし」という考えがなければ、商人の道に悖《もと》る。

「砂糖問屋の言い分は、至極、道理にかなっていると思いますよ。三方よしなんです」

河内屋の話を聞いてみても、これは砂糖問屋が利を追うためにやっているだけの話ではない。売り手である砂糖問屋にとっても買い手にとっても世間にとっても、砂糖は樽廻船で速く運ばれて安く売れる方が良い。

「一方で、この一件において枷となっているのは、十組問屋の仕組みでして」

井上屋の言い分は、菱垣廻船問屋として己の領分を守りたいという私欲から来ている面もある。しかし一方で、この菱垣廻船を中心とした物流の仕組みそのものが、江戸の市場を支えているのもまた事実だ。樽廻船が安くつくという理由だけで、砂糖以外の問屋までもが菱垣廻船を離れてしまえば、そのまま市場は混乱しかねない。

「何度も言うようだが、菱垣廻船を中心とした十組問屋の仕組みは百年続いている。それを変えるというのは容易な話ではないよ」

弥三郎は茂兵衛にそう説く。

十組問屋は、およそ百年前、小間物を取り扱う大坂屋伊兵衛という江戸の商人が、立ち上げた仕組みである。十組とは、それぞれの商いによって振り分けられており、河岸組《かしぐみ》問屋、綿店《わただな》組、釘鉄店組、紙店組、堀留組、薬種問屋、新堀組、住吉組、油仕入方、糠《ぬか》仲間組、三番組、焼物店組、乾物店組などが今は名を連ねている。時代を経て入れ替わりもあるが、いずれも江戸の大商人たちだ。

設立当初は海難事故などを装《よそお》って、水主らが物品を横領する不正が相次いでいた。

それを厳しく管理するために商人たちが結束したのが始まりである。結果として、各地の産物が大坂に集められ、問屋が船を出して江戸で商いをするという今の仕組みへと繋がっていった。それが物価の乱高下を防ぎ、安定した商いの礎《いしずえ》となっていた。だからこそ、十組問屋は仲間外を厳しく取り締まるのだ。

今回の件で、砂糖問屋の言い分を全面的に支持するとなれば、この十組問屋の仕組みそのものを否定することになる。それは江戸のみならず大坂をも巻き込む、商いの大混乱を招くことにもなりかねない。

「百年続けば正しいということでもないでしょう」

樽屋に初めて砂糖問屋の話を聞いた時も、茂兵衛は同じことを言っていた。飛脚定法の話と共に、「変わり目が来ている」と話していたのを思い出す。弥三郎はどこかで百年続いた仕組みに手を入れるということに恐れがある。

しかし茂兵衛はそんな弥三郎の内の畏怖《いふ》にも似た思いをまるで感じていない。

「だからね、二つの話を一つに纏《まと》めているから厄介なんですよ。一つは、砂糖問屋が十組問屋から独立したいって話。もう一つは、菱垣廻船がもう商いとして成り立って行かないっていう話。これ、別々の話なんじゃありませんか」

言われてみれば確かにそうである。菱垣廻船問屋の井上屋は、砂糖問屋の動きに対して、他の問屋が連動することを恐れている。だからこうして二つの話を一つのこととして捉《とら》えているのだ。

「確かにお前さんの言う通り、別だな」

「そうでしょう。それならば話は簡単なんですよ。砂糖問屋の言い分はこの際、認めてしまった方が良いでしょう」

弥三郎は明確な返事を避けてただ、うむ、と唸った。茂兵衛はその弥三郎を後目《しりめ》に話を続ける。

「次に菱垣廻船問屋ですが、私なんぞは、廃業したとて構わないと思うけれど、いわば十組問屋の基であるからそうはいかない。兄さんの言うように、やはり十組は江戸の商いの要だというのも分かりました」

茂兵衛は一つ一つを確かめるように話す。弥三郎もまた、これまで見聞きしてきたことを思い返し、丁寧に頷いた。すると茂兵衛は己自身で確かめるように、うんと頷いた。

「するってえと、答えは一つしかありません。菱垣廻船問屋の商いを立て直す。新しい船を造るんですよ」

「は」

弥三郎は思わず声を上げて目を剝《む》いた。

「そんなこと、容易く言いなさんな。あれだけの船を新造するとなれば、金がどれだけ掛かるか……」

菱垣廻船があのような有様になっているのは、そもそもの金が足りないからである。嵐《あらし》や時化《しけ》で遭難や破損した船もあり、損もあった。新造するほどの力が、既に菱垣廻船問屋に残っていない。

「金ならありますよ。十組問屋に」

茂兵衛はさらりと言い放つ。

「飛脚定法の時、江戸市中に出回る品々のことを調べました。出せない金を出せと言えば、飛脚問屋も潰《つぶ》れちまいますから、どの程度ならば御店が払えるのかを算段したのです。今、江戸大坂の間で交易される物は一年にざっと五百万両あるんです。その大半は十組問屋の商人たちが商っている」

弥三郎は思わず息を呑む。

江戸の町屋敷が一軒当たり四百両余りという相場を考えれば、五百万両ともなればその額は正に、一国の年貢《ねんぐ》にも値する。

これまで札差として、個々の大店の懐《ふところ》事情について探りを入れたことはあるが、その全体についてこうして改めて額を示されると、弥三郎はぞくりと寒気を覚える。

「その金をどうする」

弥三郎が問いかけると、茂兵衛は口の端を微《かす》かに上げて笑う。

「その金の一部を、それぞれの御店から出して頂き、かき集めれば、船を新造するなんざ容易いことです。一気に二十、三十艘は増やせます」

確かにそうだろう。菱垣廻船を新造することができれば、十組問屋の仕組みを維持できる。井上屋にとって否《いな》やはあるまい。しかし、と弥三郎は懸念する。

「ただ、大人しく大店の旦那衆が金を出すか……しかも大きな船を一時に何艘も新造するとなると、お上としても渋るのではないか」

何せ、お上は「慣例」を好む。新しいことに踏み出すとなると、渋るのが常だ。

「前例がない」という常套句《じょうとうく》で、これまでに許しが得られなかったことが数多《あまた》ある。

「前例、仕来《しきた》り……それで身動きが取れないばかりに、手前の足元が腐っていったんじゃ話にならねえ」

茂兵衛は唾棄《だき》するように小さく呟《つぶや》き、気を取り直したように顔を上げて、

「何、物は言いようですよ」

さらりと言った。そして企《たくら》みを込めた眼差しで弥三郎を見た。

「そしてその金で橋も架けますよ」

「橋……永代橋かい」

「ええ。私の狙《ねら》いは端からそれですから」

そう言うと茂兵衛は、勢いをつけて立ち上がる。着物の裾《すそ》を整えると、羽織を肩から掛けて階段を降りていく。弥三郎はそれに続いた。

先ほど、ずぶ濡《ぬ》れの褌姿で入って来た客が旦那然とした装《よそお》いで出ていく姿を見て、番台の男は驚いたように見つめていたが、やがて、

「ご贔屓《ひいき》に」

と声を掛けた。茂兵衛は、おう、と片手を上げて応じてから、己の袖《そで》をはたはたと揺らす。

「着ている物一枚で、世の中の風当たりってのは違うものですね」

皮肉を込めてそう言うと、そのまま大股で歩き始める。夕日の傾き始めた品川で、茂兵衛はふと海の方へと目をやる。弥三郎もそちらを見た。

こうして遠目に見ると、樽廻船も菱垣廻船も威風堂々とした千石船に見える。しかしその実情は大きく違うのだ。

「兄さん、この一件、必ず片をつけますよ。そして立派な永代橋を架ける。そうしな

ければ、私の弔いは終わらない」

己の覚悟を確かめるように茂兵衛は言い、再び歩き始めた。

何かに背を押されるように、前へ前へと進んでいく茂兵衛を見失うまいと、弥三郎は小走りでそれを追いかけた。

*

次に茂兵衛が働きかけたのは、北町奉行、小田切直年《おだぎりなおとし》であった。

内々に小田切を訪れることを取り付けた茂兵衛は、樽屋と弥三郎に同道を頼んだ。

奉行所の奥の間に通されたものの、約束の刻限になっても小田切はなかなか姿を見せず、半刻《はんとき》ほど遅れて、ようやっと現れた。

北町奉行の小田切直年は、六十五歳。白髪で中肉中背といった容姿であり、面差しは優しい。

従来の町奉行に比べ、とかく柔軟な対応ができる奉行であると言われていた。最も巷間《こうかん》に知れているものとしては「め組の喧嘩《けんか》」の御裁きがある。芝神宮で起こった相撲と火消しの大喧嘩の際、騒ぎを大きくしたのは半鐘が鳴ったせいであるとの証言が出た。幸い、死人が出なく、半鐘を鳴らした犯人もすぐには見つからない。気を利《き》かせた小田切は、半鐘だけを島流しに処した。その後、犯人も縛についたが、半鐘の島流しは実に粋な裁きであると町人たちからは人気を集めた。

しかし、その小田切がやや難しい表情で来訪した三人を見回し、

「手短かに」

と告げた。それは、永代橋架け替えについてだと思ったからに他ならない。

お上は既に永代橋の架け替えをする旨《むね》を表していた。但《ただ》し、その費用については町人から徴収するとお触れが出ていた。それに対し一部町人からの反発が生じていた。

これまでも橋の管理については町が行ってきたのだが、今回の落橋の一件で、永代橋はやはり町の手に負えないという声も上がり始めていた。

そのため、お上としては代金が回収できるように、やや安普請《やすぶしん》で架け替えようという動きも出始めていた。

その最中、町年寄とその他の町人二人が、どんな陳情をしに来たのかと、身構えている小田切を前に、茂兵衛がついと膝を進めた。

「畏《おそ》れながら此度《こたび》、お願いしたき儀がございます。砂糖問屋と十組問屋の一件でございます」

永代橋のことだと思っていた小田切は、ああ、と拍子抜けしたように表情を緩めた。

「その件については、町人同士で落着するよう申し伝えたはず」

「はい。しかしながら、そのためには一つお奉行様にお許しを願いたいことがございます」

その言葉に再び小田切の顔が険しくなった。

「菱垣廻船を新造させていただきたいのです。数年を掛けて百艘を目指すつもりでございます」

続いた茂兵衛の言葉に小田切は顔色を変えて声を荒らげた。

「さように多くの船を一時に新造するなど、前例がない」

決まり文句を言い放った。

十組問屋が勝手に何かを始めても、口を挟むことのない奉行所であったが、大型の菱垣廻船を大量に新造するとなれば話は違う。

しかし茂兵衛はそこで引きはしなかった。

「昨今、異国船が江戸の沖にも現れるという話を聞いております」

不意に切り出された異国船という言葉に、小田切も同行した樽屋、弥三郎も驚いた。

しかし茂兵衛は更に言葉を続けた。

「以前、かの大黒屋光太夫《こうだゆう》様とお会いしてお話ししたことがございます」

大黒屋光太夫は、元は伊勢の商人である。

天明二年、三十二歳の時に江戸へ向かう船が漂流した。流れ着いたロシアの地において十年の歳月を過ごし、遂にはロシアの女帝エカテリーナ二世に謁見《えっけん》した後、日本へと帰り着いた。しかしながらお上は、ロシアの脅威を感じ、帰国した大黒屋たちを、受け入れることを拒んだ。その後、ようやっと江戸へ送られることになった時には、苦楽を共にした船員の一人が、根室で命を落とした後。ようやく江戸に帰り着いた大黒屋は将軍家斉に謁見し、その外《と》つ国での話を聞かれた。一方で幕府によって不用意に異国の話をすることを禁じられ、半ば幽閉のような形で番町の薬草園に暮らすことを定められている。しかし皮肉にも、異国船に最も詳しい一人であるとされ、話を聞きたい客は絶えない。結果として幽閉とは名ばかりの厚遇ぶりであった。

茂兵衛はその大黒屋の元を訪れ、異国船について教示を求めたことがあったという。

「異国船は大砲を積み、鉄の塊の船で易々《やすやす》と海を渡って来ると聞きます。このところ江戸のみならず方々において、異国船の騒動が増しているとか」

異国船の襲来については十五年ほど前から囁《ささや》かれており、林子平《しへい》という学者が『海国兵談』という本を認《したた》めている。その中で、

「江戸の日本橋より唐、阿蘭陀《オランダ》まで境なしの水路なり。然《しか》るを是《これ》に備えずして長崎にのみ備るは何ぞや」

として、異国船への備えが著しく足りないことを指摘していた。しかしこの書はお上の禁書となり、林は蟄居《ちっきょ》を命じられた。人生を懸けた書の版木を失った林は自ら「親も無し　妻無し子無し板木無し　金も無けれど死にたくも無し」、六つ合わせて「六無斎」と名乗り、寛政五年に世を去っている。

この書が禁書となったのは、それがあまりにも図星であったからだというのは、異国の貿易などに詳しい蘭癖《らんぺき》大名や商人たちの間では知られており、今なお、密《ひそ》かに出回っている。

事実、松前沖にはロシアの船の出没もあり、商船にまで櫓《やぐら》を組んで、関船《せきぶね》のような有様であるというのだが、

「いざ、大砲を撃ち込まれれば木っ端になるしかない」

と、戦々恐々としながら、商いをしているという。

その事態は、幕府も当然、把握していた。それは国の中枢《ちゅうすう》を担《にな》う老中の人事まで影響を及ぼしている。

時の老中首座である松平信明《のぶあきら》は、一度は将軍家斉の不興を買い、老中首座を追い落

とされた。しかし、異国船襲来に対応できる唯一《ゆいいつ》の人物としての期待を受けて首座に返り咲いたという。最も慮《おもんぱか》られるべき将軍の御意向さえも押しのけて、取り組むべき課題の一つが、異国船の問題であった。

茂兵衛はその異国船の問題と、この菱垣廻船新造は深く関わっていると小田切に語り掛けた。

「今、江戸は船によって全《すべ》ての物が運ばれております。もしもこの船が、異国船に撃たれたとしたのならば、江戸市中は飢え、打ち壊しが起こることとてありましょう。さすればお上の威信は如何《いか》なることになるか……。その旨をお考え頂ければ、いかに船を増やすことが急務か、お分かり頂けるかと存じます」

ただの商船の話ではなく異国船対策の一環であると、匂《にお》わせた。小田切はその言葉を聞いて暫《しばら》く眉《まゆ》を寄せたまま黙り込む。

そこで茂兵衛は更に言い募る。

「もしもこの一件においてお奉行様が後見となって下されば、船を造るために十組問屋から金を集めることができます。それはもう一つ、お奉行様を悩ませております橋の一件にも悪い話ではございません」

小田切は、ん、と軽く身を乗り出した。樽屋と弥三郎も思わず目を見合わせる。茂兵衛は深く頷《うなず》くと言葉を継いだ。

「集めた金の一部を橋の架け替えに使うこともできます。元より大店の懐には金がある。一度、金の流れを作ることができれば、金を集めるのは楽になります。船のことは菱垣廻船問屋にとって利得になる。橋のこととて、橋の袂《たもと》の大店も多くございます。とりわけ永代橋の周りには羽振りの良い薬種問屋も多い。金を出さねば損をする。力ある大店たちの圧力をはねのけてまで金を払わぬと言える御店はありますまい。十組問屋の仕組みを頑《かたく》なに守って来た江戸の商人のその義理堅さこそ、江戸の宝でございましょう」

茂兵衛は美辞で飾ったが、傍らで聞いている弥三郎には、「その頑なさを逆に利用して、金を集めてしまえ」と言っているようにも聞こえた。しかし実際、大店たちが音頭を取らざるを得ない状況に巻き込めば、金は集まる。

小田切は、うむ、と唸《うな》ったままで黙り込む。

確かに即答は難しい。吟味をせねばならぬことであるには間違いない。

すると茂兵衛は懐から奉書包《づつみ》を取り出して小田切の前についと差し出した。

「御一考頂く為に、こちらに今、申し上げた次第を認めてございます。以後、ご不明な点などがございますれば、幾度でも足を運びましょう。御店の説得にも当たります。

私では不足なことがございますれば、こちらにおられる町年寄樽屋様や、勘定所御用達の堤弥三郎様にお声かけ下さいませ。ただし、責めはこの大坂屋茂兵衛が全て負う覚悟でございます」

そう言うと、ついと膝を後ろに引き、大仰な所作で両手を突く。

「私の願いは、ただ偏《ひとえ》にこの江戸の民人の安寧にございます。橋の架け替えも船の新造も、人々が行き来し商いをする為に欠かすことのできぬこと。お奉行様のご深慮を賜りたく存じ奉《たてまつ》ります」

深く頭を下げる茂兵衛に倣《なら》い、弥三郎と樽屋もまた息を合わせて頭を下げた。

弁舌爽快にして、談説流るるが如《ごと》く。

かつて、大和屋の世話役、三作が、茂兵衛をそう評していたのを思い出した。

玄関を出ると、茂兵衛は一度、奉行所をしみじみと振り返った。

「後は、お奉行様のご裁可を待つのみ。尤《もっと》も、この一手に勝る落とし処《どころ》は見つかりますまい」

確かに今、江戸市中における二つの問題を一挙に片付ける策である。そしてその責めについては茂兵衛が負うと言い切った。奉行が許しを与えたとしても、失敗の折にはこの茂兵衛一人を処断すればいいように、言上している。

捨て身で言上しているのだ。

そして表門へとゆっくりと歩き始める。茂兵衛の歩みは迷いなく、力強い。弥三郎はふと振り返り、玄関で立ち止まる樽屋の傍らへ寄る。

樽屋はひどく疲れた様子であった。

「お疲れでございましょう……しかし、これでお奉行様よりお許しが出れば、話は一挙に進みます。幾らか楽になられるのでは」

弥三郎が問いかけると、樽屋は自嘲《じちょう》するように笑う。

「そうさな……」

そう言って、前を歩く茂兵衛の背を見る。

「私の目にはあの大坂屋の背が、お前様に出来ぬことをしてやった……と言っているように見える」

弥三郎は思わず、ぐっと声を呑《の》む。すると樽屋は、ははは、と笑った。

「卑屈だな。忘れてくれ」

樽屋はそれ以上口を開こうとはせず、ただ黙々と歩き始めた。弥三郎はその二人の背を眺めながら足を運んだ。

＊

朽ち果てた永代橋は既に取り払われたものの、春になっても新しい橋を架ける工事は始まらない。

「まだ、架からぬのか」

「一体、どうなるのか」

江戸市中では不安と怒り、諦《あきら》めが交錯していたが、奉行所は動きを止めて沈黙したままであった。

砂糖問屋と十組問屋の一件についても、奉行の小田切からの返答はない。そのことに、茂兵衛も苛立《いらだ》ち始めていた。

しかし、事態は急激に動く。

文化五年、六月。永代橋と同じく大川を渡る橋、新大橋が落ちたのだ。

永代橋ほどの大惨事には至らなかったものの、人死にも出て、怪我《けが》を負った者もある。これまで永代橋を使っていた者もこの新大橋を使うようになっており、常よりも多くの人や荷車が通っていたことが、落橋を招いたのであろう。

その日のうちに、茂兵衛は奉行所に呼び出された。

「老中松平伊豆守《いずのかみ》様にも申し上げる。善処せよ」

これは奉行所としては、茂兵衛の提案に対して前向きであるという意図であった。

そこに老中からのお墨付きをもらうことで、後押しを願うつもりなのであろう。

その言葉を受けて、茂兵衛はこれまでの仕掛けを一気に動かし始めた。

まずは、菱垣廻船問屋の井上屋に事の次第を話した。

「砂糖問屋の株を、薬種問屋とは別に設けることを認めましょう」

茂兵衛の案に井上屋は激怒した。

「砂糖問屋を黙らせよと申したはずだ。それでは砂糖問屋の言いなりではないか」

続けて次に茂兵衛は提案する。

「十組問屋の商人から金を集めて菱垣廻船を再建します」

それを聞いて井上屋は毒気を抜かれたように黙った。

茂兵衛は切々と語り掛けた。

「菱垣廻船問屋も我ら飛脚と同じです。物を運ぶというのは、人手がいるし金もかかる。品を運べなければ商いができないというのに、そこに金を出し渋る商人がいる。御店の大きさこそ違え、我らはその点において同じ苦悩を抱えていると存じます」

飛脚ほどではないにせよ、菱垣廻船問屋も樽廻船の出現と共に、値下げをせざるを得ない場合もあった。しかしそれによって船の修復が間に合わず、結果としてどんどんと樽廻船に顧客を奪われる悪循環に陥っていた。

「樽廻船は、未《いま》だ勢いがありますが、いずれ船が老朽化すれば同じように修復に金が掛かります。ならばここで、十組問屋に連なる二千の商人たちから金を集める仕組みを作る。無論、御店の大きさにより出せる額は違いましょうが、一つの御店で十両で二万両。それだけあれば船を新造するなど容易《たやす》いでしょう」

井上屋は茂兵衛の言葉に、頭の中で算盤《そろばん》を弾《はじ》く。菱垣廻船の利益だけで船を新たに造るとなれば、そこまでの金を貯《た》めるのに何年かは要する。しかし、一年で一気に二万両ともなれば今在る古船を廃棄し、新たにしても十分である。

「井上屋様の仰《おお》せの通りに砂糖問屋を黙らせたとて、またぞろ同じような訴えが繰り返されることになる。それよりも、ここは砂糖問屋の言い分を呑んで、この先のための仕組みを作る方がよろしいかと存じます」

そこまで聞いた井上屋は、むしろこの茂兵衛の案について前向きになった。そして、十組問屋は、この砂糖問屋の一件の仲裁人として大坂屋茂兵衛を正式に任じた。

これらの経緯を受けて、奉行の小田切は永代橋を頑強なものに新造することを決め、着工した。

それから茂兵衛は、弥三郎と共に砂糖問屋、菱垣廻船問屋双方に、正式に解決案を示し、同時に十組問屋の中でも有力な大店の合意を得た。

迎えた十月、町年寄樽屋の屋敷に主だった旦那衆を集めた。

河内屋を筆頭とした砂糖問屋の面々。そして、菱垣廻船の大店、井上屋、銭屋と利《と》倉《くら》屋。最前には、大坂屋茂兵衛が座っている。その他にも十組問屋の大店や、事の次第について知りたがっていた御店の主《あるじ》や番頭なども集まり、樽屋の屋敷には人がひしめいていた。

弥三郎も又、その成り行きを見届けようと、座敷の末席にあって固唾《かたず》をのんでいた。

町年寄樽屋与左衛門は、肝煎名主《きもいりなぬし》ら町役人を同席させ、奉行所からのお達しを読み上げる。

「先日来の砂糖問屋の一件、吟味の末、砂糖問屋の株を薬種問屋とは別に設けることを認める。砂糖荷だけは樽廻船一方積みとするが、砂糖問屋の扱う他の全ての商品は、菱垣廻船積みとする」

集まった旦那衆は、その言葉にざわついた。

しかし、真っ先に異を唱えるはずの菱垣廻船問屋の井上屋、銭屋、利倉屋が黙っている。その上仲裁人とはいえ、格下の大坂屋茂兵衛が上座の最前に座って奉行所からの沙汰《さた》を聞いている。

「一体どういうことだ」

野次にも似た声が響き、小さなざわめきが広間を漂った。

「砂糖問屋の言い分は、至極尤もであったからでございます」

茂兵衛は集う人々皆に聞こえるような大音声《だいおんじょう》でそう言い放つ。それは即《すなわ》ち、菱垣廻船そのものを否定したとも言えた。ざわめきの中、間髪を容《い》れずに茂兵衛は言葉を継いだ。

「しかし、それでは菱垣廻船問屋に対し、あまりではないか……と仰《おっしゃ》るのも分かります。何せ菱垣廻船あってこその十組問屋。それはここにおいでの皆々様が重々ご承知のこと。そのため、私が奉行所に願い出たのはこれだけではございません」

茂兵衛は居住まいを正すと、樽屋に向かって頭を下げた。樽屋は、うむ、と頷いて改めて奉書包を広げる。

「これより、十組問屋にて金を募り、菱垣廻船の修繕と新造を執り行う」

再びざわめきが会所の中に広がった。茂兵衛は改めて居並ぶ者たちに向き直り、深々と頭を下げる。

「此度の一件、この大坂屋茂兵衛にお任せ下さいましてありがとうございました。皆々様がこれより先、恙《つつが》なく商いを続けていくこと、江戸を栄えさせていくこと。そのいずれにおいても、十組問屋を外すことはできません。その要《かなめ》であるところの菱垣廻船が、現在、衰退していることは明々白々。それを立て直すことは最早《もはや》、一刻の猶《ゆう》予《よ》もならぬ大事でございます。お上もそれを御認めになりました」

茂兵衛の語る様はさながら役者の口上を見ているようである。その場にいた者たちは皆、その指先に至るまで凝視し、その言葉を飲み込もうとしている。

「つまり菱垣廻船を、十組問屋に連なる御店の金で立て直す……ということですな」

静かな口調でその意図を汲《く》んだのは、木綿問屋大和屋の世話役、三作である。

三作は、元より弥三郎と昵懇《じっこん》の間柄であり、砂糖問屋と十組問屋の騒動にも詳しい。また、大店の主の甥《おい》ということもあり、江戸の老舗《しにせ》の若旦那たちの間でも顔が広かった。そのため、この会合の数日前に弥三郎は三作に頼んでいた。

「古参の旦那衆の中には、強く反発する方もいるかもしれない。お前さんの力で、若旦那たちを味方につけてもらえないだろうか」

三作はそれを二つ返事で引き受けた。

「大坂屋さんの仰ることは道理に適《かな》いますからね。お手伝いするのはやぶさかではありませんよ」

そして言葉の通り、若旦那連中を集めた酒宴を催し、そこに茂兵衛と弥三郎も同席した。

中には当初、菱垣廻船再建のために己の懐を痛めることに懐疑的な者もあった。しかし、ここで手をこまねいていては世代交代の折に再び同じ問題が噴出する。そう切々と説く茂兵衛に対し、それでも苦い顔をする者がいた。すると三作が、軽妙な調子で言った。

「大旦那たちは、ここでごねてもあの世に逃げればいいだけですが、若旦那たちはそのつけを払わされるわけですからね。よくお考えになった方がいいかもしれませんねえ」

反発していた若旦那の中には、ともかく茂兵衛が気に入らないという者もあったが、三作が言ったことで納得を示した。

こうして根回しをしているだけに、菱垣廻船については大きな紛糾はなかった。

しかしここで、茂兵衛は一つ大きく息をすると、ゆっくりと口を開いた。

「そしてもう一つお話しさせていただきたく存じます。ここで集めた金の一部を永代橋再建のために上納させて頂きます。これを以《もっ》て永代橋を以前よりも頑強なものとし、江戸の更なる安寧を図りたいと存じます」

これについては、事前に諮《はか》っていたのは大店の数軒のみである。そのため、広間は再びざわめいた。

「何故《なにゆえ》、我らが船のみならず橋までも……」

小さな声が後方で漏れた。その声に小さく賛同を示す声が囁かれている。商人たちは互いの顔を見合わせ、渋面のまま黙り込む。果たしてこの話にどう応《こた》えるかを逡《しゅん》巡《じゅん》しているようであった。

「おっしゃりたいことがございましたら、何なりと」

茂兵衛が問うと、細面の五十代、呉服の大店白木屋《しろきや》加右衛門《かえもん》が口を開いた。

「そうは申されても、それぞれの懐にも事情がある。そう易々と金は湧《わ》いて出ませんぞ」

「さようなことはございません。ここにおいでの皆々様の懐には、ここ数年で蓄えた金や手形が数十万両は唸っている。所によれば百万両もありましょう。菱垣廻船で運ばれる荷の数、さらには関を越えて飛脚が運ぶ荷の数、それらを役所にも問い、確かめました。江戸には年に五百万両分の品が巡っている。そのうちの半数以上が、十組問屋で商われているのです」

大店たちは互いに目を見合いながら、暫《しば》しの沈黙が続いた。

多くの商人、町人が暮らす江戸において、十組問屋の二千人が江戸の富を独占している。懐に蓄えられた金はいずれも大藩の江戸屋敷にも負けない。しかもその金が市中に出回らないことこそが、江戸の最も大きな問題でもあった。

茂兵衛の案は、正にそうした大店の懐に手を突っ込むようなものである。

「……我らに、金を出せと」

白木屋は渋い顔をする。

「はい」

「しかし、それぞれの御店が自ら稼いだ金を巻き上げようというのは、聊《いささ》か横暴ではあるまいか」

「なるほど」

茂兵衛の声は冷ややかに響き、白木屋はその視線の先でやや怯《ひる》んだように身を引く。

だが茂兵衛は視線を外すことなくゆっくりと口を開いた。

「さすればあの永代橋のような死屍《しし》累々《るいるい》が、この町のあちこちで晒《さら》されましょう。橋は落ち、人は死に、町が死ぬ。その廃墟《はいきょ》の中でもなお、己の金を抱えていたいとお思いでございますか」

途端、居合わせた者たちの脳裏に、あの永代橋の風景がまざまざと映し出される。しんと静まり返ったまま暫くの時が流れた。茂兵衛は人々の顔をじっと見据える。皆、茂兵衛の視線から逃れるように俯《うつむ》いた。茂兵衛は更に口を開く。

「それが白木屋様はじめ皆々様のお考えということでよろしゅうございましょうか」

「いや、待たれよ」

白木屋は慌《あわ》ててその言葉を遮った。

「お前様の言いようは余りに余りだ。何故に我らが金を出すのかと、その理由を問うているだけではないか」

その言葉を聞く茂兵衛の表情は静かだが、その肩先から焰《ほのお》が立ち上るかのような静かな怒りが感じられる。

「この江戸が栄えていればこそ、商いはかないます。そしてお上は金がないと仰せになられる。そうある以上、この江戸の恩恵を被《こうむ》っている者が金を出す。それ以上の道理がございますか。武士にも武士の道があるように、商人にも商人の道がございましょう。天下に資する商人たらんとするならば、それ相応に振舞っていただきたい」

皆の中に「これは受け入れざるを得ない」という空気が満ちた頃、茂兵衛は居住まいを正し、今度は笑顔を浮かべて居並ぶ面々を見渡した。

「私は飛脚問屋の主として、街道筋に橋を架けたことがございます。橋を架けた者は、その袂の者にとって、正に神か仏か。十組問屋がその力を合わせて二度と永代橋を落とさず守ることができれば、橋銭さえも要らなくなります。さすれば町人たちに、この十組問屋こそが江戸を支える要であるということが広まることとなりましょう。皆様こそが、江戸にとっての神か仏か……何卒《なにとぞ》よしなに、よろしくお願い申し上げます」

さながら芝居口上のように流暢《りゅうちょう》に述べ、隙《すき》のない所作で頭を下げた。

かくして菱垣廻船の新造を伴う十組問屋の立て直しが始まり、続く十一月には、永代橋の今後について十組問屋が担う旨を記した文書を町奉行に提出。百年続いてきた十組問屋が、組外にあるはずの飛脚問屋、大坂屋茂兵衛の力によって動き始めた。

＊

年の瀬、忙しない日々を送る最中、弥三郎は樽屋の屋敷に呼び出された。

樽屋は奥の間に通された弥三郎を見るなり、

「ああ、よく来てくれたな」

と、歓待した。昼日中だというのに、料理屋から仕出しを取り寄せ、先だって芝居小屋で会った芸者、春千代に酌をさせている。

「一体、どうなさったんです。祝い事でもおありですか」

弥三郎は戸惑いながら、設《しつら》えられた膳《ぜん》の前に座った。

「いい鴨肉《かもにく》が入ったからと、料理屋が言うのでね。折角だ、一緒にどうかと思ってね」

確かに炭焼きされた鴨が香ばしい匂いで膳の上にあった。冬野菜の煮付けに、膾《なます》がきれいに並んでいた。

「灘《なだ》の酒もあるから」

春千代に、ささ、と促されて酌を受け弥三郎は杯を傾ける。

樽屋は元よりこうした酒席を好むし、陽気に振舞う人である。しかしこの日の様子は常と少し違う気がした。

「何か、ございましたか」

すると、ははは、と空虚な笑い声を立てた。

「新しい会所が立ち上がることになる」

「会所……でございますか」

「会所の頭取は、大坂屋茂兵衛だ」

弥三郎は目を見張った。

先の旦那衆との話し合いで茂兵衛の案が受け入れられ、これから菱垣廻船新造と永代橋再建のために金を集めることになっていた。その際、白木屋から「如何なる立場で」と問われたことから、是が非でも集金をしたい菱垣廻船問屋の旦那衆たちは、茂兵衛を十組問屋の頭取とすることを決めた。

「しかし十組問屋の頭取という肩書だけでは足りないと、大坂屋が言い出したのだ。金を集めるだけではなく、管理をしなければならない。そのためには会所が要るとな。それを奉行所に言上した」

樽屋は奉行の小田切に会い、茂兵衛の要望である会所開設について言上した。

小田切は悩みの種であった砂糖問屋と橋の二つの厄介が一時に片付いたこともあり、樽屋を歓待した。

「いやはや、あの大坂屋は商人としても見上げたものよ。大店といえば、何かと金を出し渋る。そう思うておったが、無事に橋の一件が片付いた」

「つきましては、その大坂屋が、十組問屋の商人たちから金を集めるに当たり、会所を作りたいと申しておりまして……」

「くれてやろう、くれてやろう。此度の永代橋の件については、老中様からもお褒めの言葉を頂戴《ちょうだい》した。その大坂屋茂兵衛が申すのならば、会所でもなんでも為《な》すが良い」

小田切の口調は、まさに二つ返事といった様子で、厄介ごとを引き受けるという商人を都合よく使おうという思いがあからさまであった。樽屋はそのことに焦《あせ》りを感じた。

「お奉行様。かくなる会所が立ち上がるにあたり、私ども、町会所としての立場もございます。新たな会所のために、町の政《まつりごと》を司《つかさど》る会所が軽んじられてはなりません」

「ふむ、さすればその方を新たな会所の重役《おもやく》に据えるということでどうだ。一筆添えてやろう」

話は呆気《あっけ》ないほど簡単に通り、樽屋は早々に奉行所を辞した。そしてその旨を茂兵衛に伝えると、

「ありがとうございます。さすれば樽屋様には、今後ともよしなにお願い申し上げます」

と深々と頭を下げられたのだという。

樽屋は鴨肉を口へと運び酒を飲みながらふうっと深くため息をついた。

「確かに大坂屋茂兵衛には功がある。それに、あの男にしかこれより先の道筋は見えていない。だからこれで良い。弥三郎、私も新たな会所の重役となったぞ」

ははは、と高笑いをする。

弥三郎は樽屋が以前、茂兵衛の背を見て、

「お前様に出来ぬことをしてやった……と言っているように見える」

と言っていたのを思い出す。樽屋は己が手をこまねいているうちに、次々と難題を片付けていく茂兵衛のことを、内心で疎《うと》ましく思っているのかもしれない。

そんな疑念が弥三郎の中に芽生えた。

その日の酒宴は、樽屋が酔いつぶれるまで付き合う羽目になった。

新たな会所の話については、弥三郎は何も知らされていなかった。近頃では、茂兵衛にも弥三郎を通さぬ新たな人脈も広がっている。少しずつ、互いの距離は離れていくのかもしれない。

そんなことを思っていた矢先、一つの知らせが弥三郎の元に入って来た。

大坂屋茂兵衛が身代を譲るというのである。

その話を聞いても弥三郎はさほど驚かなかった。最早、茂兵衛の役目は一飛脚問屋の主に務まるものではなくなっていた。大坂屋の暖簾《のれん》が、茂兵衛の重荷になってきたのではないかと思われた。

弥三郎が大坂屋を訪れると、茂兵衛の義弟である銀十郎が出迎えた。

「身代を継ぐとのこと、おめでとうございます」

弥三郎が言うと、銀十郎は小さく頷く。

「この身に務まりますかどうか……」

元より大坂屋はこの銀十郎が継ぐはずであった。先代が病に倒れた時は、銀十郎はまだ十にも満たなかったので、急ぎ姉のお八尾に婿《むこ》を迎えて後継ぎに据えた。それが茂兵衛であった。そのため、いずれ茂兵衛はその身代を銀十郎に譲るつもりであったが、当初は、二十歳になってからと考えていたらしい。すると、

「案ずることはありません。銀十郎は立派な主になれますよ」

と声がした。茂兵衛である。銀十郎は不安げな顔で、はい、と頷いた。茂兵衛はその銀十郎の肩を軽く叩くと、弥三郎を手招いた。

「兄さん、ささ奥へ」

茂兵衛に導かれて、弥三郎は奥の間へと行く。

廊下を渡って行くと、どこからともなく線香の香りが漂っていた。永代橋の崩落から一年以上が過ぎたが、未《いま》だ茂兵衛は喪の中にあるのだと思った。

奥の間に入り、ふと目をやった床の間には、優しい面差しの観音図の軸が掛けられていた。その下に置かれた香炉からは薄く煙が立っている。その前には、あの日お八尾がしていたものであろうか、少し汚れて欠けた鼈甲《べっこう》の櫛《くし》が置かれており、その横には小さな独楽《こま》があった。栄太郎が新しい独楽を欲しがっていたのを思い出し、弥三郎は胸を締め付けられる思いがした。

「どうぞ、お座り下さい」

言われるままに座布団《ざぶとん》を当てて座ると、女中の運んでくれた茶を飲む。

「身代を譲るというのは本当なんだね」

「ええ……私はこれから船の新造もするし、橋も架ける。それに掛かりきりになれば、大坂屋の主としては役に立たない。しかもこれからの私の働きによっては批難も受けることもありましょう。となると、大坂屋は私のような山師を抱えていない方がいい。そのために屋号を捨てようと思うんです」

確かに、大坂屋の身代を背負ったままでこれらの事業に手を出して、しくじった時には大坂屋丸ごと潰《つぶ》れることになりかねない。それならばいっそ身代を譲り、一人の商人として事に当たった方がいいかもしれない。

「なるほど……だが、お文ちゃんはどうする」

お八尾の忘れ形見である一人娘、お文はまだ三歳になったばかりである。親兄弟を亡《な》くしたことも分からず、今は乳母や女中らが育てている。父である茂兵衛は、永代橋崩落からこちら、店に居つくことさえ少なく、殆《ほとん》ど顔を見せておらず、却《かえ》って銀十郎に懐《なつ》いている。

「あの子は大坂屋の子ですから、銀十郎に頼もうと思います。幸い銀十郎にも良い縁がありましてね。川口屋のお嬢さんなんですよ。そちらにお文のことをお話ししたところ、お引き受け下さるということでして」

「そうかい。それでお前さん、これからは何と名乗るんだい」

「もう決めております」

茂兵衛は一言そう言うと、床の間の隅に置かれた文箱《ふばこ》から一枚の紙を取り出して弥三郎に示して見せた。

そこには「杉本茂十郎」と記されていた。

「杉本茂十郎と名乗ろうと思います。大坂屋では、この杉本という名字を名乗っておりましてね。お文が大坂屋に残るので、その名残と申しましょうか。茂の字も、茂兵衛から一字頂戴しました。正式に銀十郎に身代を譲った後に、これでいきます」

弥三郎は暫く黙ってその名を見つめ、そして目の前にいる男の顔を見た。

その面差しは永代橋崩落の前とは違い深く陰影を刻んだようにも見えた。役目のために屋号を捨てるだけではない。むしろ名前も新たにしなければ、歩き出すことができないのかもしれないと思った。

「茂十郎……良い名だと思うよ」

「ありがとうございます。そこで兄さんにお願いがあります」

すっと膝を整えると、弥三郎に向かって両手を突いた。

「金を都合していただきたい。ざっと五百両」

「五百両……それを、大坂屋の屋号のないお前さんに貸すのかい」

無論、札差は金貸しである。しかし、五百両はなかなかの大金である。おいそれと貸せる額ではない。

「使い道も聞かずに貸すわけにはいかないよ」

「無論です。西河岸町《にしがしちょう》の恵比寿庵《えびすあん》を買おうと思っているのです」

日本橋の西河岸町にある恵比寿庵は、享保の頃に始まった料亭である。日本橋の袂にあるということで一時は隆盛を極めたのだが、寛政の頃に代替わりをすると途端に味が落ちた。主が放蕩《ほうとう》し、料理人が逃げてしまったからだという。それでも場所柄かそれなりの贔屓《ひいき》がついていたのだが、先ごろ、芝の大火の折に店の一部が焼け落ちた。修復すれば良いものを、金がないからという理由で一部が倒壊したままであったことから、一気に客足が落ちた。主もいよいよ手放すつもりでいたのだが、験《げん》が悪いからと言ってなかなか買い手がつかないという話であった。

「そこを新たな住まいとして整え、会所の務めを果たしたいと思っております」

「会所というと、樽屋さんに頼んだという」

「ご存知でしたか。名も決めてあるんですよ」

そして文机に近づくと、そこにあった半紙にさらさらと書きつけ、それを弥三郎に示して見せた。

「三橋《さんきょう》会所」

「はい。今回、落橋した永代橋、新大橋、そして老朽化している吾妻《あづま》橋。この三つの橋の架け直し、修復、管理を手掛けるのが主な目的です。更に、そのために十組問屋をはじめとした商店から、冥加金《みょうがきん》をお預け願うのです」

「冥加金……」

これまでも、お上からの要請に従い、大店はしばしば上納金として金を納めている。しかし今回の冥加金はそれとは異なる。

「上納金は、お上が天下のために使うお金でしょう。この冥加金は、江戸市中のために使います。上納金もそこから出す。つまり、商人からお上への年貢《ねんぐ》……とでも言いますか。それを役所に代わり、商人が手ずから取りまとめようと思いましてね」

弥三郎は、しばし黙った。

かつて弥三郎も猿屋町会所において、樽屋と共に棄捐令《きえんれい》のために尽力してきた。それは飽くまでもお上からの要請によって立ち上げられ、町年寄主導で運営されてきた。しかし茂兵衛は、町人自らが請願して会所を立ち上げた。しかもそこで大金を動かすという。それは明らかに町人としての領分を越えている。樽屋が渋い顔をした理由も少し分かるような気がした。

「樽屋さんは何と……」

「奉行所に掛け合って下さいました。本当にお世話になりましたよ」

いやはや、と苦笑しながら頭を掻《か》く。そこには町人の領分を越えた絡繰《からく》りを作ろうという野心はまるで感じられない。そして屈託ない笑顔で弥三郎に語り掛ける。

「この恵比寿庵で、十組問屋の旦那衆から集めた金を動かして、橋を架け、船を造る。金貸しも致します。そうして一年……二年後には、兄さんに利子を含めても余りあるだけの金を返すことが出来ると思いますよ」

弥三郎は、手にしていた三橋会所と書かれた紙を返しつつ、問いかけた。

「旦那衆は金を出すかな」

「出させますよ。それが世の為だからです。大店《おおだな》ってのは、金を貯め込む癖がある。しかし金は血と同じで、一つ処で滞ってしまうと瘤《こぶ》になる。その瘤が世間って体を殺しちまうこともある。だから、ちゃんと切りとって、隅々まで血を行き渡らせなきゃなりません」

言い得て妙だ。金は流れなければ滞り、ともすると国をも殺す。それは棄捐令の時に弥三郎も感じていた。要は大店が金を貯め込み流さないことで小さな商人たちが潤《うるお》わないし、武士たちは食い詰める。それがお上を脅《おびや》かし、遂《つい》にお上は金を出せと命じる。幾度となく同じことを繰り返しているのだ。

それを町人の身でありながら、茂兵衛は自らの手でやろうとしている。

茂兵衛は己の手をぐっと握りしめ、熱を帯びた目で弥三郎を見た。

「私は、江戸の金の流れを握るんです。もう二度と、手前の目の前で人が塵芥《ちりあくた》みたいな死にざまを見せずに済むように」

弥三郎も怯むほどの強い口調で言い切った。そして更に言葉を継いだ。

「兄さん。私はね、手前が出世すればそれだけで私も周りもみんな極楽浄土に行けるもんだと思っていた阿呆《あほう》なんですよ。でもそうじゃない。出世したって、突然、大事なものを奪われる……手前の息子が川底で冷たくなることだってある。世は無常です。それなら何にもしないでただ、浮草よろしく生きてりゃいいかってそうは思えねえ。ここで私が生きているだけの理由があるっていうのなら、せめて、二度とあんな風に人が死なないようにしたい。そのためには、金なんです。橋を架け、町を整え、人の暮らしを支える金なんですよ」

確かにそうだ。この男は、そのことだけがいつもはっきりしているのだ。金がなければならない。金を産むにはどうするのか。その目的に向かってひたすらに邁進《まいしん》しているのだ。

「私が望んでいるのは、手前の懐《ふところ》に金を入れることでも、出世でもありません。ただ江戸の弥栄《いやさか》です。そのためにも商人は町に金を出す。そうすれば、お上とて商人の声を聞き届けてくれましょう。商人としての誇りが保てましょう」

茂兵衛は熱に浮かされたように言い募る。弥三郎は小さく頷きながら、富岡八幡宮の祭礼の前に茂兵衛と語らったことを思い出す。

商人としての役目に誇りを持つ。そのことをこそ、幼い栄太郎に伝えたいのだと言っていた穏やかな笑顔が脳裏を過《よぎ》る。今の茂兵衛の必死の声は、栄太郎を失った、行き場のない叫びにも聞こえた。

大坂屋を出た弥三郎は、店の前に立ってその佇《たたず》まいを眺める。

飛脚連中やお客が忙《せわ》しなく行き交い、藍染《あいぞ》めの暖簾は何度もひらひらと開いては閉じ、閉じては開く。

茂兵衛の奥底には今も尚《なお》消えることのない業火《ごうか》に似た怒りがあるのだ。その熱は既にその身に回り、今や誰一人寄せ付けず、誰も歩いたことのない道を、一人で突き進もうとしている。

しかし、それはさぞや辛《つら》かろう。あの男はいつ休み、いつ泣くのだろう。

弥三郎はそう思いながら帰途についた。

＊

日本橋の西河岸町に黒羽二重の紋付を着た旦那衆が続々と集っていた。

「この度は、おめでとうございます」

「まことに、めでたいことですなあ」

文化六年の二月。正月はとうに過ぎているのに祝いの言葉を口にする旦那衆の姿を、町人たちが横目に見ながら通り過ぎていく。

奉行所より正式に三橋会所の設立に許しが下り、お披露目の日を迎えていた。表札に記された「三橋会所」の文字は大田南畝の揮毫《きごう》によると言われ、まだ墨色も鮮やかだ。

そこに集っているのは名だたる大店ばかりであり、さながら江戸の富の大半がこの瞬間、恵比寿庵の中にひしめいているような有様であった。

恵比寿庵は、改装したばかりとあって、真新しい木の香りがしていた。中は二階建てで、一階には広間の他に座敷がいくつかある作りになり、そこには札差から雇い入れた手代と、女中、下男らが詰めている。二階は茂十郎自身の住まいとなっていた。広い玄関先には何足もの草履が整えられており、朝から下足番をしている下男が忙しそうに立ち働いていた。

黒羽二重の紋付の旦那衆がひしめき合う最奥の床の間には、円山応挙《まるやまおうきょ》の恵比寿図が掛けられていた。そしてその前には十組問屋頭取にして三橋会所頭取の杉本茂十郎がいた。傍らには町年寄の樽屋与左衛門と、勘定所御用達の札差堤弥三郎がいる。

そして、こんなにも太鼓持ちがいたものかというほど、茂十郎を持ち上げる旦那衆がひしめいていた。

「いやはやこうして会所が立ち上がりますと、いよいよでございますなあ」

誉《ほ》めそやされる当人であるところの茂十郎は、それに浮かれた様子もなく形ばかりの会釈《えしゃく》をしてから、改めて居並ぶ人々に向き直る。

「ここにこうしてお集まりの皆々様の御蔭様《おかげさま》をもちまして、こうして会所を開くことができました。つきましてはこれより、永代橋、新大橋の為、皆々様より預かりました金子《きんす》を、お上に上納させていただきます。そしてまた、これ以後はその冥加金にて、更にこの江戸の町を大きく豊かにして参りたいと存じます」

滔々《とうとう》と述べるその声には力があり、淀《よど》みもない。その佇まいと目に込められた光に、引き寄せられる者、反発を覚える者、畏怖《いふ》する者……入り混じっての宴が始まった。

次々に祝い樽が運び込まれると、樽屋与左衛門はそれを引き寄せて、酒を飲んでは注《つ》ぎ、注いでは飲んでいた。そのうち、ゆらりと立ち上がる。

「さて、祝いの席だ。めでたい謡《うたい》でも一節」

樽屋はにこやかにそう言う。趣味人で知られる樽屋は、浄瑠璃《じょうるり》、三味線、清元、一《いっ》中節《ちゅうぶし》、謡に仕舞と、芸事において玄人《くろうと》はだしだと専《もっぱ》らの評判である。町年寄という立場にありながら、この会所の中にあっては茂十郎の陰に隠れているかに見えたが、一たび、懐の扇をさらりと広げると、そちらに視線が集まった。

〽四海波《しかいなみ》　静かにて、国も治まる　時つ風、
枝を鳴らさぬ　み代《よ》なれや、
逢《あ》いに　相生《あいおい》の、松こそめでたかりけれ。
げにや　仰ぎても、事もおろかや　かかる代に、
住める民とて　豊かなる、
君の恵みぞ　有難き、
君の恵みぞ　有難き。

『四海波』は、謡曲『高砂《たかさご》』の一節であり、新たな門出と世の平安を願う謡である。その声音は新しい会所の中に響き渡り、人々は強いられるのではなくただその声に聞きほれた。

樽屋は謡い終えると、一同を見やって、

「さて、あとは楽しく飲みましょうぞ」

と杯を掲げた。

弥三郎は、茂十郎の様子を何も言わずに見守る。形ばかり愛想よく振舞っているが、相変わらず張り詰めた顔をしている。

先日、茂十郎を慕って大坂屋からこの恵比寿庵に移って来た年配の女中と話したところ、

「旦那様は、夜もあまり寝ておられぬご様子。私どもが休んだ後も、夜半まで明かりを灯しておられるのです」

と案じていた。しかし当人はというと、

「大事ありませんよ、兄さん。倒れたら元も子もないですからね」

と、笑っていた。

実際のところ、こうして立ち振る舞っている様子は達者であるし、客人たちも茂十郎を心配している様子もない。弥三郎の取り越し苦労かもしれない。

そこへ菱垣廻船の井上屋が祝いに訪れた。

「やあ、ともかくもめでたい」

井上屋は銚子《ちょうし》を片手に、茂十郎ににじり寄る。

己の懐を痛めることなく、菱垣廻船の新造をする茂十郎の案を実現するために、十組問屋頭取に推挙したのもこの井上屋である。今では、

「大坂屋茂兵衛の手腕を見込んだのは私だ」

と喧伝《けんでん》して歩いているほどだ。

井上屋は最早、茂十郎の言葉に否《いな》やを言うことはなく、同じく菱垣廻船問屋の大店、銭屋、利倉屋もそれに従っている。そして菱垣廻船新造と共に茂十郎が手掛けたのは、菱垣廻船の積み荷を検《あらた》めることであった。

品川の水主《かこ》小屋を新しく建て替え、そこに会所から一人派遣する。そして、船から降りた品が、どの店で幾らで売られるものなのかを検めることで、凡《おおよ》その店の収益を摑《つか》むことができる。そうすることで、冥加金を取り立てる際に「手元不如意《ふにょい》」という言い逃れを封じるのが狙《ねら》いであった。飛脚問屋の荷についても、大坂屋の時分から付き合いのある飛脚の大店は、茂十郎に協力的である。

海の輸送、陸の輸送、いずれも茂十郎が流れを把握することができるようになっていた。

「金は血と同じで、一つ処で滞ってしまうと瘤になる」

茂十郎の言い分もよく分かるが、一気に物事を動かそうとすれば反発も大きい。

永代橋の崩落という不測の事態で妻子を失った一人の男が、怒りを腹に抱えながら切り拓《ひら》く、その道すがら、妨げとなるものを薙《な》ぎ倒している。それによって、これまで動かなかった物事や問題が一気に片付いていく。それは良いことのようにも思われるが、或《ある》いは、薙ぎ倒したその中に、残しておかねばならぬ何かが幾ばくか含まれてはいなかったか。

弥三郎でさえ、時に漠とした不安を覚えることがある。茂十郎のやりように反発していた者からすれば、余計にそう思うだろう。

弥三郎は酒の酔いも手伝って、ぐるぐると思考が回り始める。それを断ち切るように中座して恵比寿庵の外へ出た。

日本橋川からの冷たい風が、ひやりと心地よく、大きく伸びをした。熱気に圧《お》され、人に酔ったようである。会所を外側から眺めていると、同じように外に出て来た者がいる。大和屋の世話役、三作であった。

「いやあ、人に酔いました」

この三作は、大和屋の主の甥である。先だって、若旦那たちの説得にも尽力してくれたこの男は、趣味人としても知られており、桂雲院《けいうんいん》三作の名で戯作《げさく》などを書いていた。弥三郎が二十歳の頃からの付き合いであった。

「お前さんは人いきれは得意と思っていたけどね」

「弥三郎さんとも長い付き合いだ。私はこういう旦那衆のお固い宴が嫌いなのは知っているでしょう。芸者でもいる場じゃないと楽しめないですねえ」

三作はそう言って伸びをしながら、弥三郎の傍らに立って恵比寿庵を眺める。

「それにしても、まあ大勢の方が杉茂《すぎも》詣《もう》でに参りましたねえ……今や時の人といったところでしょうか」

杉茂というのは、早速、杉本茂十郎につけられた通り名である。初めに言いだしたのはこの三作だと聞いていた。

「まあ、茂十郎もあの永代橋で妻子を亡くしてからこちら、今回の会所の為に尽力してきたからね」

「そうでしょうけれど……少し、怖いと思いませんか」

三作はそう言って、探るように弥三郎を見る。先ほど弥三郎の中に過った不安を言い当てられたように思い、ついと視線を逸《そ》らす。

「怖いって、一体何が」

「力が集まり過ぎている」

三作の言葉に、弥三郎は息を呑《の》む。

確かに杉本茂十郎は今、十組問屋を束ねる組の頭であり、菱垣廻船問屋の扱う積み荷についても全てを把握している。更には町年寄という政の中枢《ちゅうすう》を味方につけ、これから江戸市中の商店から金を集めて運営をする三橋会所の頭取である。

「確かに杉茂さんは、砂糖問屋、十組問屋の一件に片を付け、永代橋、新大橋の架け替えのための金を、吝嗇《けち》な大店の懐から見事にかき集めてみせた。それはもう大したものです。言ったことに偽りは一つもない。そしてその杉茂さんに出来たことが、他の誰にもできなかった。町年寄の樽屋さんにも、町奉行様にも、大店の旦那衆にも……それは、大言壮語を吐いて出来なかった時には、大けがをすると思ったからでしょうね。しかし杉茂さんは全てやってのけた。その実、しくじりを期待していた面々も多いと思いますよ。今日、太鼓持ちのように振舞う連中ほどそうであったでしょうねえ」

三作は意地悪い笑みを浮かべながら、会所の方を振り返る。会所の中からは、笑い声が聞こえていた。そして三作は弥三郎に問いかける。

「そこへ来て、あの掛け軸を見ましたか」

「ああ……円山応挙。なかなか見事で」

「そう、応挙です。あれはどこから来たのかってのは、商人ならば知っている。三井が動いたってことですよ」

　幕府公金も扱う豪商である三井家が、円山応挙の画業を支援していたのは夙《つと》に知られた話である。その応挙の絵をああして床の間に掛けているということは、三井が茂十郎に金を投じたことを表していた。室町幕府の頃から時代を読み、延々と続いてきた三井の動きに商人たちは敏感である。これは吉と出ると占ったのだ。

「早々にあの杉茂さんに金を貸した堤弥三郎は、なかなか目端が利《き》いているって、先ほどの宴席でも囁《ささや》かれていたの、ご存知ですか」

　弥三郎はそこまでの思惑があったわけではない。ただ茂十郎に、恵比寿庵を買うための金を貸してくれと言われた。弥三郎は、損をしたとしてもこの茂十郎の熱意に応えたいと思えばこそ、金を出したのだ。しかし会所が立ち上がった今、弥三郎もまたその一員となったことで、札差としての商いも上々である。穿《うが》った見方をする者がいれば、弥三郎はそれを見越して動いていたと思うだろう。

「まあ、私は弥三郎さんがそんな腹黒い算段が出来る人だとは思っちゃいませんよ。ただ、杉茂さんについては、上手《うま》くやったと思う人も少なくはありません」

「お前さん、何が言いたいんだい」

「ご用心を。飛脚定法、砂糖問屋、菱垣廻船と、次々に慣例を変えて来たあの御仁に対して、つい先ごろまでは皆、眉《まゆ》を寄せていたし、言い分に疑問も持っていた。しかし今、お上があの人に三橋会所頭取という立場を与えた。江戸の商人は御用があってこその商売ですから、お上の顔色を窺《うかが》うのが性分だ。だから今は杉茂さんを認めている。更に言うなら、町人たちの顔色だって見ているんですよ。永代橋で妻子を亡くしたあの人に異を唱えれば、それだけで人でなしのようにさえ言われる。だからみな口を噤《つぐ》む。それはなかなか空恐ろしい。その力はいつまで続くのか」

弥三郎は口を引き結ぶ。三作が言いたいことは分からないではない。しかしやはり、そう言う三作がひどく人情味がないように思われた。すると三作はそれを見て肩を竦《すく》める。

「弥三郎さんまでそんな顔して睨《にら》んで下さいますな。私はそれほど大きく外れたことは言っていませんよ。そもそも弥三郎さんは、あの人を何処《どこ》までご存知なんですか」

「どこといって……知り合ったのは飛脚定法の折からだが……」

「大坂屋の九代目ではない、十組問屋の頭取でもない。あの御仁の本性っていうのを何処までご存知なんですか」

弥三郎は、杉本茂十郎が今日ここに至るまでの一通りの話は聞いていたつもりだ。甲斐で生まれ育ち、天明の飢饉《ききん》の折には腹を空《す》かせながらも生き延びたこと。江戸に上って大坂屋に奉公しながら婿入りしたこと。そして今も甲斐に親族を残していることも、今、幼い娘を義弟に預けていることも知っている。

今日、集っている旦那衆の誰よりも、近しく言葉を交わしてきたと思っていた。しかし、改めて問われると上手く答えられない。しかし弥三郎は首を一つ横に振り三作に向き直る。

「何処まで知ったら、何だって言うんだい。それを言うなら、お前さんは私の何を知っている。そして私はお前さんの何を知っている……きりがないじゃありませんか」

「まあ、そうですね。江戸商人というのは、実はよそ者が苦手なんでしょうな。弥三郎さんも私も、手前はもちろん親や叔父まで江戸に住まい、互いに知っている。そういう身の上は分かりやすい。しかしあの杉茂さんは、いざとなれば江戸での暮らしを丸ごと捨てて、甲斐なり何処なりに姿を晦《くら》ますことだってできる。そういう危うさがあるように見えちまう。こりゃ器が小さくっていけませんな」

三作は頭を掻いて苦笑してから、弥三郎に向かって首を傾《かし》げた。

「しかしまあ、手前の用心深さってのも、捨てたもんじゃないと思います。杉茂は胡《う》散臭《さんくせ》えと思う連中が少なからずいる。それを知っておいて下さい。弥三郎さんも、あまり腹の内を見せ過ぎませんように」

三作はそう言って弥三郎の肩をとんと叩《たた》くと、大きく伸びをしてそのまま歩き出す。

「もう、会所はいいのかい」

「はい。杉茂詣では済ませました。これ以上ここにいると酒と人に酔っちまって、余計なことを言い出しそうですから」

三作はそう言うと、ふらりふらりと茜《あかね》に染まり始めた空を仰ぎながら歩いていく。弥三郎はその背を見送って、再び会所へと戻った。

先ほどと変わらず、人でごった返していた。樽屋はほろ酔いで杯を片手に座っていて、代わる代わる酌をされて上機嫌だ。上座に座った茂十郎は、杯を重ねている割には顔色一つ変えることがなく、にこやかに人の話を聞いていた。しかしその視線は目《め》の前の酔客ではなく、出入りする人に向けられている。弥三郎が戻ってきたことを目敏《ざと》く見つけると、にっこりとこちらに向かって微笑《ほほえ》んだ。そして、すっとその場を立って弥三郎の元にやって来た。

「兄さん、戻っていらした」

そう言って笑うと、弥三郎を連れてそのまま廊下へと出た。何か話でもあるのかと身構えると、茂十郎は廊下の曲がり角で崩れ落ちるように座り込んだ。

「おい、大丈夫かい」

弥三郎が問うと、ははは、と茂十郎は笑った。

「全く……めでたくもねえのに、めでてえめでてえって、煩《うるさ》いったらありゃしねえ」

唾棄《だき》するように言い放ち、壁に頭を凭《もた》せ掛けて吐息する。

「酔っているのか」

「……ええもう、あれからずっと酒なんざ飲んでいなかったのでね……変に回っちまって、たまらねえです」

そう言って袖《そで》で顔を隠す。その隙間から覗《のぞ》く頬に、涙が伝うのを見た。

この男の中には、まだあの日の永代橋がある。慟哭《どうこく》した夜がある。それを痛感する。

その瞬間、三作の言った言葉が脳裏をよぎる。

「怖いと思いませんか」

しかしそれでも今は、この男の側に立ちたいと思ってしまう。

広間から出て来る男たちが大きな笑い声を立てて玄関の方へと歩いていく。

「ああ弥三郎様。杉茂様を知りませんか」

弥三郎は廊下で蹲《うずくま》っている茂十郎の姿を、己の背に隠した。

「先ほど、酔い覚ましだと言って出て行ったようですが……お帰りですか」

「そうか残念だ。帰りにお顔を拝して行きたかったのですが。弥三郎様も以後お見知りおきを。失礼します」

慇懃《いんぎん》なその態度は却って嫌味なのがよく分かる。出て行く背中を見送りながら、弥三郎は知らず眉間《みけん》に力が入った。

そして、後ろに蹲る茂十郎を振り返る。

江戸市中の人、物、金の流れを一手に握る杉本茂十郎は、今や強大な力をもって江戸に君臨している。そう思えばこそ人は詣でに訪れている。

しかしその実は、声を殺して涙を堪《こら》え、廊下の片隅で大きな体を曲げて蹲る一人の男だ。

弥三郎はただその姿が人に見えぬように背を向けて、衝立《ついたて》のように立っていた。

三　唸《うな》る

新たに立ち上がった三橋会所は、架け替えられた永代橋、新大橋の費用を全《すべ》て負担し、町人からは一切の橋銭をとらなかった。

「橋を架けた者は、その両岸の人々にとって神か仏か」

かつて茂十郎が言った通り、突如として日本橋の西河岸町に現れた三橋会所は、町人たちにとって好ましく受け入れられた。頭取である茂十郎なぞは、橋の袂《たもと》を歩けば方々から声を掛けられ人垣ができ、正に神仏の如《ごと》く人気を集めた。

菱垣《ひがき》廻船も、当初は三十八艘《そう》しかなかったが、会所が設立された翌年には八十艘まで増やし、十組《とくみ》問屋《どいや》の力は安定した。

こうして次々に事業を成し遂げた茂十郎は、お上から町の政《まつりごと》を司《つかさど》る町年寄樽屋与左衛門に次ぐ「町年寄次席」としての役職を与えられ、三人扶持《ぶち》、苗字《みょうじ》御免、肩衣《かたぎぬ》着用という特権を許された。最早《もはや》、その力は一町人の枠を越えていた。

しかし、その一方で茂十郎から冥加金《みょうがきん》を取り立てられる商人たちからは、不満が漏れるようになっていった。御店《おたな》からは、

「三橋会所は、橋の架け替えを担《にな》う会所であろう。それが終わったからには、最早、ここに用はなし。冥加金とて納める義理はない」

という声も聞こえて来た。

その反発が俄然《がぜん》強まった原因は、文化八年に茂十郎が会所で集めた冥加金を使って買米をしたことにあった。

米は全ての値を決める基である。それ故《ゆえ》にこそ、米の取れ高によっては市場は混乱をきたす。豊作の年には米価が下がり、あらゆるものが安くなるが、一方で凶作の年には、一杯の粥《かゆ》のために家財を売らねばならぬことにもなりかねない。その混乱を避けるために、豊作の年に米を買い占めて備蓄し、凶作の年にそれを市場に出すことによって米価の安定を図る。しかも買米は江戸だけでは済まず、時には会所の者が上方の堂島《どうじま》米市場の相場にも金を注ぎ込む。そしてそれは、商人たちにとっても損はない投資となる。

一方で、町人たちからすると、安く買える豊作の年に米を買い占める商人たちは、米の値を吊《つ》り上げる強欲者に見えてしまう。そのため中には、買米で得る利得よりも

町人から買う反発を恐れて、買米を望まない旦那《だんな》も少なくはない。

「冥加金を納めれば、勝手に買米に加担させられる。それで町人から反発を食らうのは御免だ。そもそも、仕切っているのは、三橋会所頭取の杉本茂十郎だというが、元はあの大坂屋茂兵衛という一商人だった男じゃないか。命じられる筋ではない」

ある足袋《たび》問屋はそう言って冥加金を納めることを拒絶した。すると茂十郎はその旦那を自ら恵比寿庵に呼び出した。茂十郎は上座に腰を下ろし、自らが認《したた》めた『顕元録』という本を開いた。

「我ら商人が今日、江戸において商いをすることができるのは、偏《ひとえ》にお上が国を治め、商いを許しているからに他なりません。その御国恩冥加《ごこくおんみょうが》を忘れずに精進することこそが、商人としての道でございます。親兄弟を大切にし、嘘《うそ》をつかない。それと同じく、お上の御触れに従い、商いによって得た利得を、お上の為に上納するのは、天下に資する商人の役目でございます」

諄々《じゅんじゅん》と語り掛け、

「感服したか」

と問いかけた。異論を許さぬその迫力に負けて、その旦那は渋々と冥加金を出した。

しかし、日が経《た》つにつれそのことがどうにも腹に据えかねたらしく、

「感服したかって言われたところで、こちとら懐《ふところ》の事情ってものがある。冥加金を出せと言われても、それじゃあこちらが回らねえ」

と、寄り合いの席で文句を言った。その『顕元録』のことは、その足袋問屋一軒だけではなかったらしく、俺も聞かされた、私も聞かされたと、大いに盛り上がったという。

その一件を、弥三郎は樽屋与左衛門から知らされた。

「このところ、方々で噂《うわさ》になっているよ」

樽屋はそれについて、弥三郎の見解を聞きたいようであった。しかし、弥三郎はこのところ茂十郎とゆっくり話す暇もなかった。

何せ、会所を開設してからの茂十郎は多忙を極めており、その働きぶりはさながら鬼神に憑《つ》かれたようである。会所に赴いたところで、一言、二言交わすのが関の山であった。弥三郎もまた、菱垣廻船新造の木材の値を交渉するために、木場《きば》に行ったり船大工の棟梁《とうりょう》と掛け合ったりと、こちらもこちらで慌《あわ》ただしかった。また、弥三郎が茂十郎と近しいと思えばこそ、皆、「感服話」について弥三郎に話すのを遠慮していたということもあったのだろう。

茂十郎が書いた『顕元録』については、以前から弥三郎も知っていた。元は、大坂屋を銀十郎に譲る前に奉公人たちへの心得として認めたものであると聞いていた。

「商人の心得という点においては、良い本であろうと思いますがね」

というのが弥三郎の見解である。

この本は、世の秩序を重んじ、お上を立てることの大切さを説く。そしてその中で商人が金を稼ぐこともまた、世間に資することなのだと書いている。茂十郎はただ「商人としての誇り」を伝えようとしているのだと思う。

「茂十郎なりに、冥加金の意義を伝えたかったのでしょう」

弥三郎は、樽屋にそう答えた。

しかし、確かにその「感服話」は旦那衆にとってみれば面白くないのも頷《うなず》ける。今の茂十郎は余りにも周囲を蔑《ないがし》ろにしているのではないかという危惧《きぐ》もある。

買米においても、勝手掛老中牧野忠精《ただきよ》から小田切を通じて茂十郎に直々に話が下りてきたという。会所として金を出す以上、茂十郎が事の次第を決めるのは無論のことである。しかしその一方で、町のことを取り仕切る立場にある町年寄樽屋としては面白くない。

「会所頭取様は近頃、我らが見えておらぬ」

樽屋は笑いを交えてそう言ったが、そこには苦い本音が窺《うかが》えた。

会所開設から二年、怒濤《どとう》の勢いで回り続けていた歯車がそこここで軋《きし》む音を上げていることを弥三郎は感じ始めていた。

とはいえ既に三橋会所の役目そのものは、商人がつつがなく商いをする上でなくてはならないものになっていた。軋んでも回り続けていくであろうと思っていた矢先、思いがけない知らせが飛び込んできた。

北町奉行の小田切直年が急逝《きゅうせい》したのだ。奉行所で倒れ、そのまま帰らぬ人となったという。

飛脚定法《じょうほう》、菱垣廻船新造、三橋会所の立ち上げと、茂十郎が新しいことに取り組んでこられたのも、この小田切直年がその都度、幕閣と町の間に立ち、許しを与えてきたからである。その小田切が死んだとあっては、会所の先行きも案じられた。

しかし当の茂十郎は駆け付けた弥三郎を見ても、さほど慌てた様子もなかった。

「小田切様にはお世話になりました。しかし大事ございません。次の北町奉行は、勘定奉行の永田正道《まさみち》様に決まるでしょう」

確かに、勘定奉行から北町奉行という出世はよくある。しかも勘定奉行の永田とは、この会所を通じて茂十郎も弥三郎も交流があり、これまでのやり方を小田切よりもむしろ詳しく知っている。また、老中の牧野忠精とも話が通じている。

「永田様は既に内示を受けられたご様子です」

茂十郎は、永田にも十分に話を通し、付け届けも行っていたという。

一方で、この奉行の交代劇によって茂十郎の力が弱まることを期待していた者にとっては、至極残念な次第であった。

「なかなか、しぶとい御仁ですねえ」

遠慮なくそう言い放ったのは、大和屋の三作であった。

その日、三作は三田を訪ねていた。弥三郎の兄、三五郎が、昨今流行《はや》りの国学者平田篤胤《あつたね》を囲む会を開いた。平田篤胤は、先に亡《な》くなった本居宣長《もとおりのりなが》の弟子と名乗っているが、知った人に問うと実は宣長の生前に会うことはできず、「夢の中で入門を許された」と話しているのだという。しかし、宣長の著作を悉《ことごと》く読み込んでいたことで、次第に頭角を現し始めていた。

三五郎は新しい学問に目がない。少し前までは心学、蘭学に傾倒し、今は国学だ。そして江戸の旦那衆もまた新しい学問にはひと通り触れたがるので、こうした学びの場は江戸のあちこちで開かれており、社交の場でもあった。

「今日の話もなかなか面白かった」

会を終えた三作は三五郎と隣接する弥三郎宅を訪れて、茶を飲みながらしみじみと言った。

「三五郎さんは、相変わらず面白いことに目がありませんね」

「そうだねえ。兄は元来飽き性だ。最近では万葉集も気に入っているとか」

趣味人である三五郎は、役人として勤める傍ら随筆や歌も嗜《たしな》む。その辺りが、三作とも気が合うのだ。

「しかし、弥三郎さんとの付き合いも長くなりましたね」

三作が微笑《ほほえ》みながら呟《つぶや》いた。

思い返せば、初めて出会ったのは、弥三郎が勘定所の仕事を請け負うようになる少し前のことなので、弥三郎が二十歳、三作が十七のころであった。

大和屋の主《あるじ》の甥《おい》であるが、若くして目端が利《き》くからと、旦那があちこちに連れ歩いていた。見目は幼く見えるくせに、いざ口を開くとなると毒を吐き、舌鋒《ぜっぽう》鋭い。しかし裏表がなく人懐《なつ》こいので顔が広い。江戸生まれの江戸育ちで、若い時分から大店《おおだな》の旦那衆に可愛《かわい》がられていることもあり、遊郭や茶屋、芝居小屋と、悪所《あくしょ》を渡り歩きながらも、粋《いき》に遊ぶ心得がある。しかもよく学び、博識であるだけでなく、洒落《しゃれ》も利く。

生真面目《きまじめ》な弥三郎は、この男を初めは苦手だと思っていた。しかし歯に衣着せぬ物言いや、鋭い考えには学ぶところも多く、事あるごとにこの男と語らううちに打ち解けるようになっていった。

弥三郎の妻、お百合は、三作を評して、

「遊び人のふりをしているけれど、本性は旦那様と似ています」

と言う。己《おのれ》の妻ながら、なかなかの慧眼《けいがん》なのかもしれないと思っていた。

三作は、前栽《せんざい》を眺めて茶を啜《すす》りながらふと首を傾《かし》げる。

「昨今の杉茂さんを、どう思いますか」

「例の感服話のことかい」

「まあ、あれは一つの例ですが……会所と縁切りをしたいという御店は、少なくありませんよ」

所詮《しょせん》は旦那衆の愚痴の範囲と思っていたのだが、こうして耳の早い三作から聞くと、思った以上に大きなうねりになっているのかもしれないと思われた。

「何が不満だい。茂十郎は私腹を肥やす真似《まね》はしていないし、買米のことといて、お上のご下命によるもので、致し方あるまい」

「そんなことじゃありません。ただ、会所のあり様が変わったからですよ」

会所の本来の目的はその名の通り、橋の管理であった。十組問屋頭取の肩書をもった茂十郎が菱垣廻船の新造も請け負うことになった。そこまでは江戸の旦那衆もみな納得していた。

しかし、今は町奉行所御用達として、買米にも手を出すようになった。その上、損失を出して「差加金《さしくわえきん》」を旦那衆に要求する。しかも旦那衆が経営のためにその金の一部返還を求めるも、それを突っ撥《ぱ》ねた。

「では、果たしてそこまでして仲間内にいる利はあるのかというと、そうではない」

「会所の仲間になっていることで鑑札が下されている。江戸市中での商いでは有利になると思うが」

「木綿の仲間外商人はなかなか手強《てごわ》いですからね」

木綿や繰綿《くりわた》などは、それぞれに産地がある。生産する農民にしてみれば、より高く買いつけてくれる商人に売りたいのは当然である。結果として大坂や江戸の問屋を介さずに商いをする独立した商人たちが、それらを一挙に買い占めて大市場である江戸で売る。そうなると問屋仲間の取り締まりなぞ平気ではねのける。

三橋会所は以前よりもその取り締まりに尽力したものの、すぐに抜け道ができてしまう。

「会所で仲間外を取り締まってほしいと再三再四お願いしているにも拘《かかわ》らず、まるで対処ができていない」

確かに、木綿問屋への対応が遅れているとは聞いていた。

「しかし、会所としてもそれなりに努めていると思うが」

「そうでしょうか。杉茂さんは、木綿問屋の訴えなんぞ忘れているように見えますよ。そもそも、私たち商人に関心がない。本来、我らが会所に期待していることとは、全く別のことを見ている」

「別のことと言うと」

「あのお人は、金を使うことで、お上に対して物申す力が欲しいんでしょう」

三作は、探るように弥三郎を見つめた。

もしも三作が、茂十郎が私腹を肥やしていると批判したのなら、いくらでも反論することはできる。しかし、三作が言っているのは真実に近い。商人が力を持ち、お上に対して物申すというのは、茂十郎の念頭にあることだと弥三郎は知っていた。

弥三郎は反論する言葉を失って、ぐっと息を呑《の》み込んだ。それを見て三作は頷く。

「なるほど。あの杉茂さんに兄さんと呼ばれるだけのことはある。十分にあのお人の考えていることが分かっておられる」

「だが、お前さんとて元々は、茂十郎のことを面白がっていたじゃないか」

初めて飛脚定法の件で大坂屋茂兵衛であった茂十郎を見た時、警戒していた弥三郎とは異なり、三作はすぐに「面白い」と言った。その後、会所を開いた頃にも茂十郎のやりように対してそこまで反発をしている様子はなかった。

「ええ、面白かったですよ。それこそ菱垣廻船新造の話なんぞは、痛快なくらいだった。しかし今は違う。私があの人に期待したことは菱垣廻船の新造であり、同時に旧来の頑固な大商人の力を弱めることでした。降ってわいたように現れた甲斐生まれの奉公人上がりの主。だからこそ旧来の作法やら仕来《しきた》りといった面倒なものを壊すことができた。大店の若旦那じゃ、こうはいきません。ましてや私のように日ごろからふらふらと太鼓持ちをしているような輩《やから》には無理だ。いっそ眩《まぶ》しいくらいでしたよ。しかし今、あの人は力を持ち過ぎた。そうなると最早、旧来の大商人よりも厄介だ。私は、あの人が目指すところとは違う、江戸らしい江戸にしたいのです」

「江戸らしい江戸……」

「お上に方便を言ったとしても、その距離を誤らないのが江戸の商人らしさです。ご陽気に商いしたいじゃありませんか。今の杉茂はお上と近すぎる」

お上と近すぎるということは、弥三郎もまた茂十郎に感じていたことであった。

茂十郎は、お上と相互に助け合うことで信頼関係を築き、商人の地位を安定させたいと願っている。

しかし、長い歳月をかけて築き上げて来た江戸の商人たちのお上との付き合いの流儀は、「近すぎず、遠すぎず」であり、「言うことを聞き過ぎず、逆らわず」。その絶妙な間柄の中をすり抜けながら商いをしてきた老舗《しにせ》の旦那衆にしてみると、茂十郎のやり方は甚《はなは》だお上の言いなりに見えるのだろう。

「そもそも、あのお人は永代橋で妻子を亡くした。お上に対して恨みこそあれ、媚《こ》びる理由はどこにもないでしょう。それなのに口を開けば御国恩冥加と言う。粋じゃない」

「粋じゃない……か」

弥三郎は苦笑した。それは、この三作にとっては性に合わないという嫌悪《けんお》の表れなのだろう。ともかくも茂十郎という男そのものに対する不信が積もっているのだ。

ここ最近の茂十郎の動きを見ていれば、三作の思いも分からないではない。しかしその一方で、弥三郎の中にはまだ茂十郎に対する期待もある。茂十郎の思い描くこの先の景色を見てみたいと思っている。

「それで、お前さんはどうするんだい」

弥三郎が問うと、三作は首を傾げた。

「野暮をするつもりはありません。ただの愚痴ですけどね」

そう言うと傍らにある煙草《たばこ》盆を引き寄せて、長めの羅宇《ラウ》の洒落た煙管《キセル》に火をつけると、ゆっくりと紫煙を燻《くゆ》らせる。

日ごろ軽妙な語り口で裏表のない三作が、常になく肚《はら》に何かを抱え込んだような、奇妙な沈黙があった。弥三郎はその気配に気づきながらも気づかぬ顔をすることにした。

そのまま夜っぴて弥三郎の家にいた三作は、挨拶《あいさつ》に出てきたお百合を相手に、昨今はやりの女形、岩井半四郎の真似を披露して、酒を飲んで舞っていた。

帰る三作を見送りに立ちながら、弥三郎はそこはかとない寂しさを覚えていた。

＊

「取立が余り杉本茂十郎
たらぬ顔して樽与左衛門」
そんな戯《ざ》れ歌《うた》が聞こえ始めたのは、茂十郎が文化八年春に手掛けた買米の失敗が明らかになった文化十年のはじめ。
二年続けての豊作となり、米価が一層下がってしまったことで、三橋会所は大きな損を出した。その補塡《ほてん》のために三橋会所として、旦那衆に対してさらなる「差加金」の徴収を決めた。

米の相場とて数年を見越して運用すれば凶作の年にあたり、利息を含めて差加金の返還は可能である。とはいえ、大店ならばまだしもそこまで羽振りの良くない店にとってみれば、店の運用に関わる金である。

「そもそも、杉茂の相場の失敗を、何故《なぜ》我ら商人が支払わなければならないのだ」

と差加金の払い戻しを要求した商人もいたが、茂十郎は厳しく対応した。

年始の挨拶に恵比寿庵を訪れた旦那衆が、そこここで小声で話し合っているのを弥三郎も聞いていた。しかし、茂十郎はというと、

「皆々様のご尽力には、日頃より感謝申し上げます」

形ばかりの挨拶をしながら、大柄な体を更に大きく見せるかのように胸を張り、仁王像もかくやというばかりに睨《にら》みを利かせていた。

米の出来は天候によって左右される以上、相場の上下は茂十郎一人の責とは言えない。とはいえ、茂十郎に対して不満を抱く旦那たちの思いも分からなくはない。

こういう時に舌鋒鋭く評する三作が、その年の正月には会所に顔を見せなかった。

弥三郎はそのことに引っ掛かりを感じてはいたが、大和屋の若旦那が挨拶に来ていた

ことから、さほどの重大事とは考えていなかった。

三月の末になると杉本茂十郎は、菱垣廻船積《つみ》株仲間を新たに立ち上げた。

これは六十五組、千二百七十一軒の店に対して、千九百九十五株を発行する、江戸における史上最大の株仲間となる。

この株仲間立ち上げの最大の目的は、既存の大店による独占市場を作り上げることであった。これによって、仲間外商人の取り締まりの強化ができるようになる。そして、江戸の富を大店に集中させることで、商人の力がより強大になるのだ。

先の買米政策に手を貸すことになったのも、この株仲間をお上に認めさせるためでもあった。

「商人の力を一つにすることで、より世間に対して貢献することもできましょう」

それが茂十郎の言い分であった。しかし一方で、反発も起きていた。

「金を集めて何をするかと思えば、結局は己が大将となる組をもう一つ築いただけじゃないか」

しかしこれまでの経緯を知っている弥三郎からすれば、そうとも言い切れない。茂十郎は予《かね》てから世間における商人の力を増し、武士にも農民にも負けない確固たる地位と誇りを手に入れようとしてきた。ただ、それを知らぬ者からすれば、茂十郎の肩書は余りに多い。

「力が集まり過ぎている」

かつて三作が指摘した通りである。

それからほどなくの五月のこと。

「大和屋三作、入牢《にゅうろう》」

という報《しら》せが飛び込んできた。

「一体、何があった」

大和屋からの遣いにそう詰め寄ると、遣いの者は首を横に振る。

「委細は存じません。ただ、奉行所にて三橋会所のことで吟味があると言って出かけただけなのです。旦那様も承知のことでしたが、何故、捕らえられるようなことになったのか……」

弥三郎は血の気が引く思いがした。

三作から茂十郎や三橋会所についての不満を聞いたのが二年余り前のことである。その時はただの愚痴だと言っていたのだが、いつしかそれは訴えを起こすまでになっていたのか。

しかしそれにしても、いきなり捕らえられるというのは尋常ではない。

「ともかくも、奉行所に参ろう」

弥三郎が奉行所の前に駆けつけると、大店の奉公人たちが役人たちと押し問答をしている最中であった。その騒動をまた町人たちが遠巻きに見物している。

そこへ同じく血相を変えた樽屋与左衛門が駆けつけた。

「樽屋様、一体何があったのですか」

「おお、弥三郎。何がなんだか……」

樽屋も困惑を満面に浮かべている。

「町年寄様」

樽屋に気づき、呉服問屋、木綿問屋、繰綿問屋などの名だたる大店の番頭たちが、見物の町人たちをかき分けて来る。樽屋は囲まれながらも、

「お縄になったって、何があったんだい」

と、問いかけた。番頭たちは顔を見合わせていたが、白髪の落ち着いた雰囲気の男が一人、前へ進み出た。

「南伝馬町《みなみてんまちょう》の松葉屋の番頭、定次郎と申します。私どもの主人は三橋会所を相手に訴えを起こしておりまして……」

この日の朝、店の旦那衆は奉行所から呼び出されたという。先の訴えについての吟

味をするという話であった。共に訴え出たのは、呉服、木綿、繰綿などの七十二人。その代表となる五人が奉行所に出向いた。供をしていた奉公人たちは外で待つように申し伝えられたのだが、主たちは入ったきり、待てど暮らせど戻らない。

確かめるために問い合わせると、暫《しばら》くして、

「不届き故に捕縛し、牢に入れた」

と役人からの回答があったのだという。

奉公人は慌てて店に引き返した。それを知った番頭たちは詳しい話を聞こうと奉行所まで駆けつけたが、中に入れてもらえず、話も聞かせてもらえない。困り果て、樽屋や弥三郎らに町飛脚を走らせたというのだ。

すると年若い一人が、ずいと前へ進み出た。

「杉茂さんのやりようはひどい。私どもの預けた金を返してもらいたいと話しただけですよ。それをして牢に入れるのは横暴でしょう。これを樽屋様は認めておられるんですか」

樽屋はぐるりと囲まれ額から冷や汗を流す。弥三郎は樽屋を守るように背に庇《かば》った。

「落ち着きなさい。樽屋様も今、ここに来て、初めて事情を知ったところなのですから」

しかし、番頭たちは主の為とあって怒りが収まる様子はない。弥三郎は居合わせた面々を見回す。

「ところで、大和屋の三作は」

「はい。大和屋の三作さんが今回のお話の発端でございますれば、今朝も旦那様と御一緒に」

「何を訴えたかご存知か」

「三橋会所からの差加金の払い戻しを……それが叶《かな》わないのならば、会所の解体をと」

弥三郎は三作の話を思い出す。ただの愚痴だと言っていたが、あれは本気だったのだと改めて思い知らされた。

樽屋は何も知らなかったのだろう。目を丸くして弥三郎を見た。弥三郎は頷く。

「樽屋様、ともかく私どもも、お奉行様にお話し申し上げましょう」

「ああ。ひとまずここは私に任せてくれ」

樽屋は弥三郎と共に奉行所へと足を進めた。奉行所の役人は、相手が町年寄だというこことで渋々といった様子で中へ招き入れた。二人は、役人に先導されるままに奥の間へと向かう。

「町年寄が参りました」

「入れ」

襖《ふすま》が開き膝《ひざ》を進めると、上座には北町奉行永田正道。その手前には肩衣を着けた杉本茂十郎が座っていた。

「おや、樽屋様と兄さんもいらしたんですか」

茂十郎は微笑みすら浮かべていた。樽屋はどちらに何を言うべきかを迷っている様子であった。が、ようやっと奉行の方へと顔を向け口を開く。

「木綿、呉服、繰綿問屋の旦那衆が、牢に入れられたとの由《よし》。商人たちから御主《おしゅう》を返して欲しいとの声が寄せられております。何卒《なにとぞ》、穏便にお願い申し上げます」

樽屋が頭を下げる傍らで茂十郎は顔を上げたままである。

「いいじゃありませんか、樽屋様」

応《こた》えたのは奉行ではなく茂十郎である。樽屋は顔を上げて茂十郎を見上げた。茂十郎は樽屋を見据えたまま言葉を継いだ。

「あの旦那衆が何と言ったかご存知ですか。差加金を返せというだけならともかく、会所を解体しろとまで奉行所に訴えたのです。そんなことをすればこの町がどうなるか……そこまでの考えにも至らない。お灸《きゅう》を据えて頂きたいと申し上げたのですよ」

茂十郎の口ぶりはいつになく苛立《いらだ》ったように聞こえた。弥三郎は茂十郎に向き直る。

「木綿問屋の者たちの言い分も少しは聞いてやってくれ。冥加金を払い、差加金も払っている。しかし未《いま》だに仲間外商人も多く、会所による取り締まりは甘い。せめて差加金を返して欲しいと伝えたのに、会所に突っぱねられた。その不服を述べているのではないか」

「仲間外のことについては、我らが関わる以前からの話でしょう。それとこれとは話が別です。もし、それで潰《つぶ》れてしまうというのなら、そこまでの店だということ。会所にはさほどの痛手もありません」

「それはあまりに」

「非情と思いますか。しかし、それは商いの道理でしょう」

弥三郎は絶句する。永田正道はただ黙ってそのやり取りを見つめていた。弥三郎は永田の視線を感じながらも口を開く。

「差加金のこととてそうだ。お上のご下命とはいえ、お前さんの相場でのしくじりを、何故、我らが払わねばならないのかと、不満を感じている者もいるのは知っているだろう」

「己の帳場のことしか見えていないから困ったものです」

茂十郎の言いようには棘《とげ》があり、その口ぶりに焦《あせ》りがにじむように見えた。米相場でのしくじりは茂十郎にとって、想定外のことであったのではないか。それによって受けた打撃は、大きかったのかもしれない。

重い沈黙が下りて来る中、樽屋は意を決したようについと膝を前に進める。

「お奉行様。せめて旦那衆の話だけでも……」

「ご無用です」

茂十郎は樽屋の言葉を遮った。

「繰り言のような話をお聞かせしたところで、会所を潰すわけにはいかないとお奉行様も仰《おお》せです。だとしたら話は聞くだけ無駄というもの」

樽屋は窺うように永田を見上げた。永田は樽屋ではなく茂十郎の方を見やると、小さく咳《せき》ばらいをした。

「杉本の言やよし。徒《いたずら》な情けをかければ、商人どもが増長することになろう」

「しかし……」

「樽屋様」

反駁《はんばく》しようとする樽屋を茂十郎が止める。樽屋の額から汗が滴《したた》る。茂十郎は涼しい顔をして樽屋に向かって微笑みかけた。

「お奉行様は私どもの会所の為《ため》に、御力を尽くして下さっているのです。お礼こそすれ、不服を申し立てるのは筋が違います」

茂十郎は改めて奉行に向き直ると、そのまま深く頭を下げた。

「三橋会所頭取杉本茂十郎。非才の身ではございますが、今後とも、御国御為、御恩に報いるべく努めて参ります」

奉行は樽屋と弥三郎を眺めやり、最後に茂十郎と目を合わせて、うむ、としっかりと頷くと、その場を立った。永田が部屋を出て行くと、茂十郎はふうっと息をついた。

樽屋はずいと茂十郎ににじり寄る。

「茂十郎、余りじゃねえか」

「お静かに」

茂十郎は樽屋を窘《たしな》めるように、小声で応えた。

「此度《こたび》のこれを認めますとね、我も我もとみな手を上げる。そんなことになれば会所は立ち行かなくなりますよ。会所はただの御店じゃあない。今や江戸の金の流れの要《かなめ》です。それが崩れると町人の暮らしとてままならない。そうでしょう」

「しかし、会所を守る為に旦那衆を牢に入れたとあっては……」

「仲間外のことにせよ差加金のことにせよ、不満は分かります。それならばまず私に言うのが筋でしょう。一足飛びに奉行所に申し出て、挙句に会所を解体しろとは横暴がすぎます。会所を壊してどうするのです。次の案もないままそんなことをすれば、徒に市場は混乱し、ひいては己の商いさえも危うくなる。それが分からぬ阿呆《あほう》ばかりとは」

「茂十郎」

弥三郎は声を荒らげ茂十郎を制した。茂十郎は弥三郎の声に、

「過ぎました」

不承不承、口を噤《つぐ》む。弥三郎はその茂十郎の様子を見て、そして部屋の中と外に耳を欹《そばだ》てる。辺りに役人がいないことを確かめると、声を潜めた。

「買米のことで、痛手があったのか」

弥三郎の問いかけに茂十郎は、ははは、と、軽く笑ってみせる。

「相場ですから波はあります。しかし数年あれば取り戻せます。差加金とて返さないとは言っていません」

確かに、差加金については五年の間、会所預かりとなっている。それを過ぎたらいつでも差し戻せる約束になっているのだ。

「買米で損を出したことで、私の力が弱まると思われたのでしょう。それに乗じて、

一波乱を起こそうという肚でしょうがそうは参りません」

茂十郎は唾棄《だき》するように言い放つ。そして、弥三郎をじっと見据えた。

「大和屋の三作さんは、兄さんとお親しい間柄でしたね。何かご存知ではありませんでしたか」

どこか詰問《きつもん》するような口ぶりである。弥三郎はその眼差しの強さにのまれそうになりながら、ぐいと胸を張った。

「だとしたらどうする。先方の言い分は言い分だろう。それに対して奉行所の力を借りるとは、私とてもやり過ぎだと思う」

茂十郎は唇を引き結んで、弥三郎から目を逸《そ》らした。更に弥三郎が諌《いさ》める言葉を口にしようとしたその時、樽屋が身を乗り出す。

「ともかくも旦那衆を牢から早く出してやって、話し合え」

茂十郎はその樽屋の様子に苛立ったように眉《まゆ》を寄せた。

「話し合える間柄なら、こんなことにはなりますまい。あちらが喧嘩《けんか》を売ったのですから、それ相応に対処したまでですよ」

茂十郎は面倒そうに立ち上がり、己の袴《はかま》の裾《すそ》を整えた。

「樽屋様、みなで楽しく和やかに過ごしていたいのなら、町年寄なんぞ辞めて庵《いおり》でも結んでご隠居なされればいい。嫌われる覚悟も金勘定する才知もなければ、また橋が落ちますよ」

茂十郎はそう言い捨てて樽屋を見下ろす。

樽屋は口を噤んで俯《うつむ》いた。茂十郎は弥三郎を一瞥《いちべつ》して肩をいからせて部屋を出ていく。弥三郎はその背を見送ってから、俯いたまま座っている樽屋の傍らに寄った。

「樽屋様、参りましょう」

樽屋の肩を支えて立ち上がらせた。樽屋は弥三郎に引きずられるように、奉行所の廊下をゆらりゆらりと歩き始める。

白髪になっても尚《なお》、若い時分と変わらず闊達《かったつ》としていた面差しが、このわずかな間に一気に老《ふ》け込んだように感じられた。

「弥三郎……私は、間違えたんだろうか……あの男に力を与えたことは、私にも責がある。しかし気づけば、町はあの男の思うままになっていやしないかい」

弥三郎は樽屋の言葉を否定しようとして、言葉が見つからずに口ごもる。

最早、茂十郎の中には町年寄のことを立てる心持など残っていない。奉行もまた、町年寄の樽屋を差し置き、町年寄次席である茂十郎こそが町の実権を握っていること に何の疑問もないようだ。茂十郎の視界には樽屋も、弥三郎も他の旦那衆も入っていないのではないか。

弥三郎はそう思いながら、樽屋を支えて奉行所を出た。

外へ出ると、そこには大勢の人がごった返していた。捕らわれた旦那衆を見舞いに来たと、他の御店の旦那衆や奉公人たちまでやってきて大騒動になっている。先に出ていた茂十郎はその人々に囲まれているが、顔には不敵な笑みが浮かんでいた。

「大騒ぎするほどのことではありません。旦那様方が困ったことをおっしゃるから、少しお奉行様にご相談申し上げただけのこと。あとはお上が判じて下さいます。私が悪ならば裁かれましょう」

堂々とした態度に、茂十郎を囲んでいた連中がやや怯《ひる》んだ。茂十郎はその町人たちをぐるりと見回してから、ゆっくりと人垣を割って歩いて行く。その背を遠くに見ながら、弥三郎は樽屋を人目から庇って路地に入った。樽屋は唇を嚙《か》み締めたままでいる。

かつては、猿屋町会所で老中とさえ渡り合った凄腕《すごうで》の町年寄だった樽屋が、力ない老人のように見えた。それは弥三郎にとって寂しいものであった。

その日弥三郎たちが奉行所を出た後、捕らわれた旦那衆の見舞い客の為に、いずれかの御店がわざわざ仕出し弁当を出した。するとそこへ、物見高い町人たちが、

「大店の旦那衆とは縁もゆかりもない者も、弁当がもらえるらしい」

と言って、行列に交じった。更には、

「金持ちが集まっているらしい」

と祝儀《しゅうぎ》を目当てに芸人たちが舞やら萬歳《まんざい》辻芸まで披露して、さながら宴席のような騒ぎ。なんと八百人を超える見舞い客が訪れることとなり、奉行所も流石《さすが》に二日余りで旦那衆を解放するに至った。

解放された三作に会いに大和屋を訪ねた弥三郎は、掛ける言葉が見つからず黙り込む。すると三作は、ははは、と自嘲《じちょう》するような乾いた笑いを漏らした。

「やはりあのお人は怖いですね。でも今、私に悔いはありませんよ」

そう言ってひたと弥三郎を見据える。その眼差しの強さは、日ごろの瀟洒《しょうしゃ》な風情《ふぜい》とは違い、確かな自信を感じさせた。そのことに驚きながらも、改めて三作の性根を知るような心地がした。

帰途についた弥三郎は三作の言葉を反芻《はんすう》する。

「あのお人は怖い……か」

茂十郎の意に染まぬ者であれば、奉行所を動かして牢に入れ、果ては江戸を追うことさえできるだろう。それは善悪の是非ではなく、明らかに町人の分際を越えた力だ。

弥三郎は知らず身震いがした。

＊

木綿問屋の一件を経て、三橋会所とその頭取杉本茂十郎の力は、益々、増大していった。

何せ、十組問屋に名を連ねる大店の旦那衆でさえ、茂十郎の意向によって牢にとらわれたのだ。奉行所が茂十郎の言いなりに動いたという事実は、商人たちを震え上がらせるのに十分であった。

旦那が牢に入れられてしまったのでは、お上の顔色を窺う武家、商人の多いこの江戸においては店を失うことにもなりかねない。

「杉茂様には逆らわぬのが賢かろう」

というのが会所に名を連ねる大店たちの声であり、以後、冥加金の出し渋りや縁切りの申し出などはなくなっていた。

そしていつしか賢い旦那衆は、茂十郎から少し間を取って沈黙し、顔色を見て媚びる旦那衆ばかりが茂十郎の周囲を固めるようになっていった。

「杉茂様のやりように異を唱える輩には、強気に出ても良い」

そう言い放ち、俠客《きょうかく》まがいを引き連れて冥加金を取り立てる旦那連中もいる。また、話し合うことが肝要だという茂十郎の言葉尻《じり》を取って、会合と称して、日本橋の料亭で連日酒宴を催す旦那連中もいる。その有様を見て良識のあるさる老舗の旦那なぞは、

「昨今の会所は怪所になり果てた」

と、眉を寄せている。

そうした変化に茂十郎自身はさほどの関心を持っていない。三作がかつて、

「杉茂さんは、私たち商人に関心がない」

と言っていたのは一理あり、他の旦那衆が何を考えていて、何をしているのかには関心がなく、己が為《な》そうとしていることにのみ心がいっている。

しかしそれを放置はできない。弥三郎は太鼓持ち連中に苦言を呈しているが、のらりくらりと躱《かわ》される。同じく会所の重役である町年寄樽屋は最早、実質的な力を茂十郎に奪われたと感じているため、

「私が何を言ったとしても、聞きはすまい」

と言って、関わり合うことを避けている。

こうした旦那衆の狼藉《ろうぜき》も怪所という悪評も、茂十郎の管理不行き届きにほかならな

い。茂十郎とゆっくり話そうにも、このところ更に多忙さを増している茂十郎を捕まえるのは至難の業であった。

木綿問屋の一件から二月《ふたつき》余り経《た》った七月になって、ようやっと弥三郎は茂十郎と会う約束を取り付けた。

恵比寿庵を訪ねると、茂十郎が自ら出迎えた。

「兄さん、こちらへ」

そう言って導かれたのは、恵比寿庵近くの日本橋川西河岸である。そこには一艘の屋根舟がもやってあった。茂十郎は女中から渡された重箱を片手に舟に乗り込み、弥三郎もそれに続いた。

舟がゆっくりと動き出す。

「夏らしく舟遊びと洒落こみましょう。そうでもしないと、すぐに人が呼びに来て話にもなりゃしねえ」

茂十郎はそう言って、ついと視線を外へと向けた。

舟は日本橋川を滑っていく。魚河岸の若い衆が威勢のよい声を上げ、どこからともなく三味線の音色と、明るい笑い声がする。川風が心地よく吹く舟で、弥三郎もまた少し心が晴れる思いがした。

「お文ちゃんは、いくつになりました」

「八つになりました」

茂十郎は頬を緩めた。

大坂屋の十代目茂兵衛夫妻の養女となっている茂十郎の娘、お文は健やかに育っている。茂十郎が訪ねると人見知りをして、養母である茂兵衛の嫁お静に縋《すが》りついてしまう。

「お義兄《にい》さんが大きくていらっしゃるから驚いているだけです」

とお静は笑う。それは茂十郎にとっては寂しいことではあるが、お静がお文のことを大切に育ててくれていることの何よりの証《あかし》であると、安堵《あんど》もするのだ。

「いつの間にか、栄太郎の年を追い越していた……そのことに戸惑います」

茂十郎の呟きに、弥三郎はぐっと息を呑む。

永代橋崩落で命を落とした栄太郎の小さな亡骸《なきがら》を抱えて、泣き崩れていた茂十郎の姿を思い出す。あの慟哭《どうこく》は、今もなお弥三郎の中にはっきりと残っていた。

しばし沈黙が続いた後、茂十郎はふと思い出したように、

「さ、どうぞ。仕出しではなく、うちの女中に頼んだものなので、凝ったものではあ

りませんが」

と舟上で、茂十郎が重箱を開けた。中には茗荷《みょうが》の和《あ》え物に小海老《こえび》の佃煮《つくだに》、蒲鉾《かまぼこ》に握り飯が丁寧に詰められていた。茂十郎が差し出す湯呑を取ると、竹の水筒から茶が注がれ、弥三郎はそれをゆっくりと飲んだ。

船が静かに進んでいくと、ゆったりと流れる大川にたどり着く。その視線の先には永代橋の堂々たる姿があった。茂十郎は、その姿をじっと見やるとそのまま静かに手を合わせた。弥三郎もそれに倣《なら》って手を合わせ、二人は暫くそうして黙り込んでいた。

やがて茂十郎が徐《おもむろ》に口を開いた。

「兄さんには、すみませんでした」

唐突な詫《わ》びの言葉に、弥三郎は驚いた。

「何のことだい」

「大和屋の三作さんのことです。親しくしていらしたのに」

「ああ……あれはお前さん、やり過ぎだ。三作と私が親しいから言っているのではない。もしもそうでなくても、あんな真似をしていれば、お前さんから人が離れていく。賢いやりようではないな。それは分かるだろう」

「……はい」

茂十郎は小さく頷いた。その様子は、どこか疲れているようにも見えた。

「お前さん、忙しすぎるんじゃないのかい。少しは休んだらいいだろう」

「仕方ありません。今はともかく為さねばならぬことがある」

「橋は見事に架かった。橋銭もかからず町人の往来の要となった。よくやったよ。まだ足りないかい」

弥三郎は目の前に架かる永代橋を指す。長さ百十間、幅三間一尺五寸。大勢の人々が足音を立てて行き交い、荷を引く牛や馬、大八車が通り過ぎていくが、揺らぐことない堂々とした佇《たたず》まいで、大川を横切っている。しかし、茂十郎は首を横に振った。

「金です。金を増やさねばなりません」

「金といって……三橋会所には、十分な金があるだろう」

「いえ、まだ足りない」

そう言い切ってから、重箱に入っていた握り飯を一つ取り上げると、それを口へ放り込んだ。弥三郎が眉を寄せて首を傾げると、茂十郎は失笑交じりに言葉を継いだ。

「散々苦労して、ようやっと造った船ですがね、先に時化《しけ》で一艘《そう》は海に消え、七艘は破損……また修繕ですよ」

大時化があったという話は聞いていたのだが、早くも新造の船が破損していたとは知らなかった。

「時化の時には休んでもらわなければ困る。無理に出せば船も荷も、水主《かこ》も危うい。目先の稼ぎに囚《とら》われて、先のことが見えない。このままでは、菱垣廻船はまた元の木阿弥ですよ」

そして、さながら酒を呷《あお》るように湯呑の茶を飲み干すと、ふうっと深くため息をつく。

「それだけじゃありません。お上の蔵も危うい。何でも勝手方や勘定方にうかがいますとね、天明の飢饉《ききん》から寛政の改革で持ち直したはずの金子《きんす》が、今またじわじわと減っているのだそうです。今や天明の飢饉の頃とさほど変わらぬ有様だとか」

その理由については、はっきりとしたことは分からない。田沼意次《おきつぐ》の時のように、開拓に金をつぎ込んでいるわけではない。明確に減る理由はこれといってないが、どこかに小さな穴が空いているように、金は漏れて行く。そして止めることができない。

「お上の仰《おっしゃ》りようを聞くところ、その小さな穴を空けておられるのは、上様やその周囲とか……例えばかの、一橋民部卿《ひとつばしみんぶきょう》であるとか」

茂十郎は舟から見える永代橋を睨む。

「私はここで大きく金を動かして、お上に貸しを作りたいんですよ」

「ええ。勝手掛老中の牧野備前守《びぜんのかみ》様は、買米令という形で会所に助けを求めた。それを突っ撥ねれば我らには何ら利はありません。米価が下がれば商いにも影を落とします。しかしここで圧倒的な力を見せつけ、米価を高止まりさせる。それができるのがこの三橋会所だということを知らしめるために金をつぎ込んだのです」

「貸しを作れたと思うのかい。むしろ、お上は借りとさえも思うまい」

「兄さんの言いたいことは分かりますよ。あちらはこちらを見下している。しかしその一方で恐れてもいる。これだけの効果を表す大金を、我らが握っているということを、今回お上は知ったのです。こちらの機嫌を損ねることをして、金を出さないと言われたくない。そう思うでしょう」

　確かに三橋会所がもたらした大金は、お上にとって劇薬だった。あっという間に米価を上げて、財政に効果をもたらした。しかし逆に、金を出さないと商人から言われたら、途端に財政は崩れ落ちることになる。ここから先、お上は商人の顔色を窺わなければならなくなった。

「その力を盤石なものにするためには、先の相場で儲《もう》けていなければならなかった。それが悔しい。だから私は米会所を江戸に持って来たんですよ」

「貸し……かい」

茂十郎は弥三郎をひたと見据えた。

木綿問屋の騒動に先立つ四月、茂十郎は日本橋の伊勢町《いせちょう》に米会所を開いた。これはもちろん、町奉行所や老中に至るまでの後押しを受けて実現したことである。

「大坂の力の源は、あの米市場にこそあるんです」

茂十郎は高揚したように言う。

大坂は商都であり、天下の台所と呼ばれる。その所以《ゆえん》は、米の値を決める米市場が大坂にあればこそである。

大坂は武士が少ないためか、華やかな色を纏《まと》う人が多く、商人たちが大手を振って闊歩しているのを、かつて弥三郎もその目で見た。中でも最も活気があるのが堂島米市場であった。米市場は米そのものの取引だけではなく、米の値を予測して、その分の金を取引する帳合米商《ちょうあいまい》いも行われている。つまり米ではなく、切手のやり取りがこの市場の主な役割であった。そしてそこには毎日、数えきれないほどの群衆がひしめいて、その取引の末にたたき出された米の値を、米飛脚が走って江戸をはじめ各地へ伝える。昨今では、鳥や手旗を使って、一刻も早くその値を伝えるために知恵を絞っていた。

「堂島の米市場で人々と金が行きかう躍動は、まさに獣のようだ。伊勢町はまだ堂島ほどの勢いはないがいずれあんな風に育っていきます。その熱はきっと力の源になる。兄さんとて、江戸の弥栄《いやさか》を望むでしょう。そして江戸が豊かになれば、それ以上に望むことがありますか」

茂十郎の頭の中には勢いよくその獣が跳ねて咆哮《ほうこう》を上げているのだろう。

「米会所を持ち、菱垣廻船積株仲間はどんどんと力をつけていく。この江戸の商人たちこそが、天下の金の流れを握る。それはお上を動かす力になる」

茂十郎のその言いようは、忠義を尽くしてお上に従えと語る、『顕元録』の御国恩冥加とはかけ離れているように聞こえる。むしろ、お上を利用しようという肚が透けている。

「『顕元録』を書いた心学の先生の言葉とは思えないね。お前さんの本音はそこかい」

すると茂十郎はきっと視線を弥三郎に向ける。

「心学はもちろん信奉しています。それに、私の中に確かに忠義はありますよ。ただ忠義というのは両刃《もろは》の刃《やいば》。忠義の先を間違えて盲目になっていると、手前の大事なものを失うことになるんだって、脳天をぶん殴られるような心地を味わったんですよ、あの橋でね」

茂十郎の肩先からは、落橋の頃と変わらぬ怒りの焔《ほのお》が立ち上るように感じられた。

「会所を営みお上に近づくほどに、見えて来ることがあります。町のための金がないというのは嘘《うそ》ですよ。単に金繰りが下手なのです。それなのに永代橋の管理を町に丸投げし、修繕の金も出し渋る。さようなお上に、落橋の責がないとは言い切れない。さすれば栄太郎は、お八尾は、お上に殺されたのではないか……そう思うこととてあります」

茂十郎は舟から永代橋を見据える。その目には涙が滲《にじ》み、それを堪《こら》えるように見開かれている。弥三郎は思わず固唾《かたず》を呑んだ。

「それで、お前さんはどうする」

「今はともかく、御国恩冥加に報いる志で、商人たちから金を集めてお上に尽くす。それに対してお上はどう応えて下さるか。それによって忠義に値するかどうか。見極めなければならない」

「見極める……って、お前さんがお上をかい」

「ええ。お上がお上として敬うに値するのならば、商人たちは皆、忠義は自《おの》ずから抱きましょう。しかしそうでない時は、金を出す分、政《まつりごと》に口も出す。そういう力が商人にあってもいい。要は、腐ったお上に成り代わる……忠義なんざ糞《くそ》くらえって話でさ」

弥三郎にしてみれば、畏《おそ》れ多いと萎縮《いしゅく》しそうなところではあるが、茂十郎はその垣根をいともたやすく越えていく。

「見捨てる前には尽くしてみるのです。だからこそ何度でも繰り返し、御為《おんため》の忠義、御国恩冥加と言うのです。それはこの国を富ませるための呪文《じゅもん》ですよ」

そして懐《ふところ》から一枚の小判を取り出した。それは夏の日差しを受けて、屋根舟の中できらきらと眩《まばゆ》い光を放った。

「こんなもののために、永代橋で多くの人が死んだ。そして手前はこんなもののために血道をあげて生きている。滑稽《こっけい》に思えることもありますよ。武士ならば刀を振るって人をねじ伏せられて、もっと話は容易《たやす》かろうと思うことさえある。でも刀を振りかざせば人は間違いなく逃げますが、小判を振りかざせば、人は迷いなく寄って来る。どちらがより強く、恐ろしいか……」

茂十郎はそこまで言ってから弥三郎をひたと見据えて、謡《うた》うように更に言葉を継いだ。

「いざとなればね、金は刀よりも強いんですよ」

屋根舟の中、小判の光を浴びて茂十郎の眼差しだけが、獣のように輝き、口の端《は》がゆらりと上がる。弥三郎はぐっと息を呑み、その眼差しに射抜かれたようにそこに座っていた。

＊

永代橋崩落から六年が過ぎたこの頃、杉本茂十郎は十組問屋と三橋会所の頭取、町年寄次席という肩書を持ち、更に菱垣廻船積株仲間、米会所の双方を取りまとめていた。正に江戸市中を巡る金の流れのほぼすべてを掌握しており、

「江戸で商いをするならば、まずは杉茂詣《もう》でに出かけねばならぬ」

とさえ言われるほどであった。

その茂十郎が取り仕切る菱垣廻船積株仲間は、大店による独占市場を作り上げていた。それは商人の力を増したかに見えたが、一方では小さな商店があちこちで潰れるという話が聞こえ始めた。

相談が寄せられた弥三郎は茂十郎に切り出した。

「不安に思う者もいるのではないか」

しかし茂十郎は聞く耳をもたない。

「潰されるというのならば、大店に株を買い取ってもらえばいいじゃありませんか」

「しかし、代々守ってきた暖簾《のれん》を丸ごと受け渡すのは忍びないのではないか」

「では、共倒れしますか。みんな仲良く江戸の御店が並んでいた方がいいというのも分かります。しかしそれでは何も変わらない」

天明の頃のように、事が起きると矢面に立たされて打ちこわしに遭い、路頭に迷う商人が出る。店を奪われぬように金を貯《た》め込めば、棄捐令《きえんれい》のようにお上に力ずくで手形を奪われる。そして、お上が失策することがあれば町人から石礫《いしつぶて》をもて追われ、金を稼げば謗《そし》られる。相変わらずその立場は安定することなく、常にお上の顔色をうかがい続けなければならない。

「江戸の商人が、より大きな力を持つためには、これしかないんです」

この株仲間の商人たちが冥加金《みょうがきん》として金を納める。その代わり、お上から江戸での商いを保障してもらう。お上と商人が、互いに助け合う間柄を新たに作っていく。

「これができれば、商人の立場は大きく変わる。棄捐令のような形で手形を奪われることもない。橋が落ちることもない。飢えることも、打ちこわしに遭うこともない。商人にとっての盾になる。私が求めていた答えがここにある。正に、金は刀より強い」

茂十郎は、高揚しているようにさえ見えた。

しかし同時に、集まってしまった強大な力に振り回されているようにも見えていた。

十月、勝手掛奉行牧野忠精《ただきよ》が、深川の下屋敷にて観菊の宴を催した。茂十郎は牧野に招かれ、菱垣廻船積株仲間設立の御礼を兼ねて大店の旦那衆共々、宴へ出向くことになった。

黒羽二重に五つ紋付を着た一行は、茂十郎を先頭に樽屋与左衛門に肝煎名主《きもいりなぬし》、それに大丸屋、白木屋、小津屋などといった大株主の旦那衆と、堤弥三郎ら三橋会所の重役、それに付き従う下男や駕籠《かご》かきらも混じり、三十人近い大行列となっていた。ざっざっと足音を響かせながら永代橋を渡って行く。

道行く者たちはその行列を遠巻きに見やりながら、何やら金持ちの集団らしいと噂《うわさ》をし合っていた。

牧野備前守の屋敷には見事な菊花が並べられており、商人のみならず文人や幕府の要人らも出入りしている。和気藹々《あいあい》とした雰囲気の中であるが、訪れた者たちの間では肚の探り合いもある。

「先ほど顔を出していた三井の江戸本店《ほんだな》の番頭が、杉茂が来た途端に帰っていったよ」

「どうやら昨今、あそことは上手《うま》くいっていないようだ」

そう囁《ささや》き合う声が弥三郎の耳に聞こえた。さすがは目敏《めざと》く、耳聡《みみざと》い商人たちである。この天下において最も力を持つ商家である三井が、米会所の開設から茂十郎との間に距離を置いている。

そのことを弥三郎は当の三井から聞いていた。

一月ほど前の九月。弥三郎は紀州の江戸家老三浦長門守為積《ためあつ》から屋敷に招かれた。三浦は代々、紀州徳川家の家老の家柄であり、この年三十三歳。江戸に来て五年になる。

「今日は、そこもとに引き合わせたい者がある」

そう言って庭に設《しつら》えた茶室へ導かれた。

「こちらで待て」

それだけ言い置くと、三浦は茶室には入らずに出て行った。

暫くして奥の襖が開き、そこから一人の男が姿を見せた。それは三井北家の当主であり、紀伊徳川家と昵懇《じっこん》の間柄である三井八郎右衛門《はちろうえもん》こと三井高祐《たかすけ》である。

弥三郎もこれまで八郎右衛門とは、紀州の江戸屋敷において何度も顔を合わせている。弥三郎よりも幾分年かさで、落ち着いた雰囲気を持った男である。しかし、こうして二人きりで対峙《たいじ》するのは初めてであった。

三井家は室町の時代から続く商家である。京都、江戸、大坂に呉服商や両替商を営んでおり、それらの莫大《ばくだい》な全資産を預かるのが、三井同苗《どうみょう》と言われる十一家からなる三井一族だ。その頂点である北家の惣領《そうりょう》がこの八郎右衛門である。江戸をはじめ上方の大坂、京においても常に目を光らせており、商人といえども及ぼす力は、大名にも勝るとさえ言われていた。

その三井は大名家への貸付を制限しており、どれほどの大国であっても、三井の首を縦に振らせることは難しい。しかし唯一《ゆいいつ》の例外が、三井の初代にとっての大恩ある紀州徳川家であった。その縁は今なお続いており、当代三井八郎右衛門は、紀州徳川家において重臣にも並ぶほどの大きな存在である。

八郎右衛門は型通りの挨拶をした後、無言のまま茶を点《た》てて弥三郎に差し出した。

弥三郎は茶を静かに飲み干すと、

「結構なお点前《てまえ》で」

と頭を下げる。

「まあ、お楽に」

改めて手の内にある茶碗《ちゃわん》を見ると、それは赤い釉《うわぐすり》の美しい、艶《つや》やかな楽碗である。

時代がついているのはもちろん、三井のものであるからには相応の品なのであろう。

「銘は……」

弥三郎が問うと、八郎右衛門はにっこりとほほ笑んだ。

「夕暮、と申します」

その言葉に聊《いささ》かの含みを感じて弥三郎は眉を寄せる。八郎右衛門はその弥三郎の様子を見て表情を引き締めた。

「夏の盛りもいずれは過ぎ、秋の夕暮れが訪れます。それもまた、一興と存じますよ」

「何やら含みがございますな」

「お察しのいいことで」

京なまりの柔らかい口調ではあるが、ちらりと顔を上げた時の目は鋭く光る。

「杉本茂十郎のことでございますか。しかし、元々は三井の方々も茂十郎を支えてこられた。恵比寿庵には今も、応挙の恵比寿図の掛軸が掛かってございますよ」

「ああ、あれは差し上げましたんや。江戸のお人が恙《つつが》なく暮らせるように橋を架け、船を新造する。それは私どもの江戸店《だな》にとりましても良いことでございますからなあ。しかし……」

八郎右衛門は湯で茶碗を清める手を止めて、柄杓《ひしゃく》を置くとついと膝を弥三郎に向けた。

「米会所まで手え出さはって、菱垣廻船積株仲間やら……あれは、どないですやろ」

「江戸を栄えさせたいというのが、茂十郎の願いでございます。そしてそれは、決して八郎右衛門様はじめ三井の皆々様にとっても、損にはなりますまい」

八郎右衛門は穏やかな微笑《ほほえ》みを顔に張り付かせたまま、静かに顔を上げて弥三郎を見た。

「損得というお話とは違います。ただ、それぞれの領分というものがございます。京は天子様、江戸は大樹公《たいじゅこう》、そして大坂は米市場……いずれも天下を支える柱でございます。その領分を侵せば天下が揺らぎます。そこまでお考えにならはりませんか」

「しかし、お上からのご下命もあり……」

「商いのことについては、上《うえ》つ方は何もご存知あらしません。お上よりも、お前様方が気にかけるべきは上方や。京、大坂を蔑《ないがし》ろにして江戸だけで商いができるとは、甚だ見当違いというもの。それだけやあらしません。船は海の上を走るもの。江戸と大坂の間の三百五十里のうち、二百里は紀州の持場でございます。こちの紀州とどう向き合うおつもりか……その辺りのこと、杉茂さんは分かってはると思いましたけどなあ」

茂十郎は、江戸の中では随一の力を持っていた。しかしそれを更に大きくしようとすれば、そこには上方の大商人である三井の力が立ちはだかる。天下の趨勢《すうせい》さえも睨《にら》んで商いをする三井の動きは、市場と共に商人の関心を集め続けている。そして三井の力についてはお上もまた大いに頼っており、買米についても杉本茂十郎に命じるとともに、上方においては八郎右衛門に力を借りている。

その三井が、三橋会所開設にあたり杉本茂十郎の味方についた。そのことは江戸の大店たちの求心力となっていたのだ。

しかし今、米会所の開設と菱垣廻船積株仲間について苦言を呈している。その話を、よりによってこの紀州藩の家老邸で弥三郎に持ち掛けている。それは、紀州が三井の味方であることを表していた。つまり、海路において三井の方が菱垣廻船積株仲間なぞよりも遥《はる》かに強い力があることを示唆《しさ》していた。

「さすれば、八郎右衛門様は、これより先は杉茂の味方をして下さらぬということでございますか」

八郎右衛門は軽く首を傾《かし》げて苦笑する。

「そうですなあ……もしも、大店の何方《いずかた》かから問われたのならば、取り立てて今は杉茂さんを贔屓《ひいき》にする気はございませんと、そうお答え申し上げるということでございます」

八郎右衛門はそこまで言うと、改めて弥三郎に向き直った。

「噂に聞けば杉茂さんは、お前様のことは兄のように慕っておいでとか。ほんの少しだけ、この八郎右衛門の胸の内をお話し申し上げておこうと思いました次第」

八郎右衛門はそこまで言って深々と頭を下げると、そこでふと顔を上げてちらりと床の間を見やった。

「聞かれもせんうちに話をするのも無粋や思いますが、御軸もご覧下さいませ」

そう言って下がった八郎右衛門を見送り、弥三郎は床の間の軸に目をやった。そこには誰の墨蹟《ぼくせき》かは知らないが墨色も鮮やかに「竹有上下節」と書かれている。一本の竹を成す節はいずれも等しくはあるが、区別は然《しか》るべくある。暗に、上方と江戸で、同じく天下を支えるにせよ、領分を弁《わきま》えよと言いたいのであろうことが窺《うかが》えた。

茶室を出て庭を渡り、屋敷に戻ると、そこに三浦為積が立っていた。

「亭主の茶は如何《いかが》であった」

「苦うございました」

弥三郎が言うと、三浦は、かかかと声を立てて笑った。

「私は、町方の商人のことはとやかく申すつもりはない。されど、三井の言うことには全幅の信頼を寄せている」

つまり、紀州と八郎右衛門が同意であることを示していた。弥三郎は、は、と短く答えるほかはなかった。

そして今、三井は既に茂十郎の弾劾《だんがい》を求めるべく動いているという話を耳にした。茂十郎のやりように対してお上に異議を申し立てるため、先に茂十郎と揉《も》めていた木綿、呉服などの商店主たちの許《もと》を三井の番頭たちが訪ねて回り、お上への上申書に対して印を求めたのだという。

「うちにも参られました」

と、古くから付き合いのある木綿問屋から弥三郎は聞かされた。

しかし、いずれの御店も先に仲間が牢《ろう》に入れられた苦い経験もあって、口では三井の言い分に賛同したものの印も署名もしなかった。

それは、江戸における茂十郎の力の強さの表れでもある。だが力による支配である限り、均衡が崩れれば一気に崩れる危うさを含んでいた。

弥三郎は、観菊の宴に居並ぶ旦那衆を見る。いずれ劣らぬ大店ではあるが、茂十郎の真の味方はどれほどいるのか……。三井に靡《なび》かずとも、いずれこの茂十郎の力が衰えるのを待ちわびている者が少なからずいることを痛感する。

帰途、挨拶《あいさつ》を受けている茂十郎の様子は溌溂《はつらつ》と明るい。その堂々たる様は正に自信に満ちて見える。大柄な体軀《たいく》も手伝い、逆らうものを許さぬ威風さえ感じさせた。

大方の人々が引いたところで、弥三郎は茂十郎のもとに歩み寄った。

「ああ、兄さん。本日はありがとうございました」

満面の笑みで言う。その顔には、いつぞや菱垣廻船新造の話を取り付けた時と同じように、達成感があった。しかし、弥三郎は一つ大きく息をつく。

「大したものだ。三橋会所を立ち上げてから四年……ここまで駆けて来たお前さんの尽力が、報われた」

「ありがとうございます」

「そんなお前さんに苦言できる者も最早《もはや》おるまいから言っておく」

弥三郎は改めて背筋を伸ばし、茂十郎に向き直り静かな声で語りかけた。

「驕《おご》りなさんなよ、茂十郎」

茂十郎はその言葉に驚いたように目を見開く。次いですっと目を細めた。

「私のどこが、驕っているとおっしゃるんです。私は何も変わっちゃいません。元々思い描いていたことを、一つ一つ叶《かな》えているだけです」

「そうだろう。お前さんの中ではそうなんだと思う。しかし今やお前さんは江戸市中で最も力を持っている商人だ。力の使い方を誤れば、多くの人を巻き込み傷つけることになる。江戸の弥栄を求めた初心を忘れなさんな。さもなくば……」

弥三郎は次に続く言葉が出てこずに、ぐっと言葉を呑《の》み込んだ。危ういと言うべきか。打たれると言うべきか……逡巡《しゅんじゅん》する弥三郎の顔を、茂十郎はじっと見つめていた。

そして深く頷《うなず》いた。

「兄さん、ご心配ありがとうございます。もしも私が、どうしようもないと思いましたら、どうぞその手で……」

そこまで言って茂十郎は己の手で手刀を作ると、それをトンと自分の首筋に当てた。

「切り捨てて下さい」

そこには一寸の揺らぎもない。この男は、最早、己のことに何の未練もないのかもしれない。

その捨て身の強さは無謀でもあり、恐ろしい。弥三郎はそう思った。

十一月になって、先の木綿問屋の騒動についてのお裁きが下った。

大和屋の三作は、御店の主《あるじ》ではないものの、今回の騒動を唆《そそのか》したとして、家屋敷を奪われ、商いに関わることを禁じられ、江戸からの軽追放という処罰をうけることとなった。

江戸を旅立つ日、弥三郎は大伝馬町《おおてんまちょう》の大和屋まで三作の見送りに訪れた。旅の装《よそお》いの端々にもこだわりが見え、腰に下げた印籠《いんろう》は、漆に金蒔絵《きんまきえ》で蛙《かえる》が描かれていた。

「井の中の蛙《かわず》でしたから、外へ出てみます。そしていずれまた、ここへ帰るつもりでして」

「お前さん、江戸を離れて暮らせるのかい」

生まれた時から江戸にいて、その喧騒に慣れてきた。江戸を離れてどうして生きていけるのかと、弥三郎は案じた。しかし、当人は至って明るい。

「憂《う》き世を離れた暮らしを楽しむつもりです。時が来ればまたお会いしましょう」

茂十郎が力を増す一方で、弥三郎にとって長年の友である三作が遠ざかる。言い知れぬ寂しさと不安が、じわりと弥三郎の中に広がった。

＊

樽屋と杉茂が酒宴で揉めたという話は、この一年余り幾度聞いたか分からない。

文化十一年、年の瀬を迎えようというその日も、会所の奉公人の一人が弥三郎にそう告げたのだが、弥三郎はさほど気に留めなかった。聞けばいつものごとく酔った樽屋が絡《から》んで、

「お前さん、私を見下しているね」

と言った。滅相もないと茂十郎は答えたが、尚も言い募った。

「そもそも、この樽屋がお前様を取り立ててやったのだ」

と恩に着せ、最後は、

「酒が不味《まず》くなるから帰れ」

と怒鳴る。そして座を白けさせたからと言って、茂十郎が席を立つ。

このところ顔を合わせる度にそうなので、茂十郎も樽屋との同席を避けるようにしていたのだが、そうなればそうなったで、

「私に会いたくないと見える」

とあちこちで吹聴《ふいちょう》される。

町の政において、町年寄よりも次席であるはずの茂十郎の方が今や大きな力を持っていることに、樽屋が不満を募らせていたのは知っている。そこへ来て、茂十郎に対して反感を抱いている旦那衆が、樽屋にすり寄って、

「樽屋様を蔑ろにする杉茂さんは、如何なものでしょう」

「もしや樽屋様の地位を奪おうとしているのでは」

などと樽屋を煽《あお》っている。

そうした連中は、はじめは弥三郎にもすり寄ってきたのだが、弥三郎が相手にしないのを見て取ると離れていった。樽屋も元来誇り高い男であり、そうした声に耳を貸す性質ではなかった。しかし今は顔つきも暗く剣呑《けんのん》になり、自信を失っているように見えた。

弥三郎はその件について、樽屋の跡継ぎである忠義《ただよし》から相談を持ち掛けられていた。忠義は十代目樽屋の息子で、当代樽屋とは縁続きである。幼い頃から町会所に出入りしており、樽屋はこの忠義を「倅《せがれ》」と呼び、忠義もまた「父」と呼んで慕っていた。その忠義にとっても、このところの樽屋と茂十郎の間の溝が気がかりのようであった。

「年のせいもありましょう。近頃は特に、永代橋の話をしては杉茂さんが私を恨んで

いると言う。そうかと思うと、杉茂さんは町年寄の役目を私から奪う気だ、お前も気をつけろと言う。それに加えて父が、私を町年寄次席に加えろと杉茂さんに無理を申しまして」

「それで茂十郎は」

「次席というお役は徒花《あだばな》のようなものだからと、お断りになりました。私も樽屋を継ぐ覚悟はございますが、杉茂さんと争うつもりはないので……」

徒花とは言い得て妙である。

町年寄次席などという役は、本来は要らないのだ。三橋会所を立ち上げ奉行所に貢献した茂十郎のために急ごしらえした役に過ぎない。

その話を聞いてからというもの、弥三郎なりに樽屋と茂十郎のことは気にかけていたのだが、樽屋の中で生まれてしまった茂十郎への倦《う》んだ思いは、最早、嫌悪《けんお》へと膨れ上がっているようであった。

そんなある日、弥三郎が深川の御用先に向かって永代橋を渡っていると、向こうから縞紋《しまもん》を粋《いき》に着こなす茂十郎が歩いて来た。その両脇には、用心棒の男を二人従えていた。今や、茂十郎が倒れると江戸の町が回らないと案じた会所の連中が、茂十郎を守る為と称して腕の立つ浪人者を用心棒として雇い入れたのだ。茂十郎一人でも大柄で威圧感があるのだが、その両脇に阿吽《あうん》像のような黒法被《くろはっぴ》の二本差しを連れているので、否応《いやおう》なく遠目にも目立つ。

弥三郎にしてみると、いささかやり過ぎなのではないかとも思われた。

「ああ、兄さん。どちらへ」

弥三郎を見かけて気さくに声を掛けて来る。弥三郎は軽く手を上げて答えた。

「ちょいと深川に。お前さんは」

「ええ、今し方、木場に行ってきました。これから樽屋様のところに伺うんですよ」

「また、宴席で揉めたと聞いたよ」

「ええ、まあ……」

茂十郎はそう言って橋の欄干に寄り掛かる。黒法被の男たちは少し離れたところに控えていた。弥三郎は、茂十郎と並んで立った。

「またご機嫌を損ねたようですよ。このところ人前で顔を合わせると、どうにか私をやり込めたいようで。そんなことをしても、樽屋様の株が下がるだけなのですがねえ……」

「あちらは町年寄、お前さんは町年寄次席。少し立てて差し上げるように、心がけた方が良いんじゃないかい」

「そのお役目の大半を、私に向かって丸投げしたのはあちらなのですがね……このところ寄ると触るとさながら奉行所のお取調べよろしく、あれやこれやと聞いてくる。今やお奉行様でさえ私に任せてくれているものを、事細かに知りたがるのです。以前はそういう人ではなかったが……耄碌《もうろく》されたかな」

「おい。言葉が過ぎるぞ」

「おっと、こいつも私の驕りですかい。でも、私が苛立《いらだ》つのも分かって下さいよ」

茂十郎はそう言うと、寄り掛かっていた欄干から離れ、弥三郎に会釈《えしゃく》を一つすると、そのまま橋を渡り、樽屋の屋敷へ向かった。

「間違えたんだろうか……か」

樽屋が呻《うめ》くように口にした言葉を思い出す。茂十郎に会所を任せたことが誤りだったと、自省をしていた樽屋の声は、低く重い。

そして弥三郎は永代橋の上からその下を見下ろす。川の流れは滔々《とうとう》と、黒く冷たい。

この永代橋は町のものであった。老朽化していたのならば、町によって架け替えが行われなければならなかった。しかしその長である町年寄樽屋与左衛門は、永代橋崩落に於《お》いて何ら責を負わなかった。それどころか茂十郎によって三橋会所の重役として名を連ねた。

「橋を落とした樽屋が、橋で妻子を亡《な》くした茂十郎に招き入れられた」

それは町人たちの石礫から樽屋を守ることにも繋《つな》がった。そして茂十郎はというと、樽屋の名を後ろ盾にすることで、町年寄次席として力を得た。

しかし、茂十郎の本心はどうであったのか。樽屋に対しての怒りや恨みはなかったのか。その奥底に潜む思いを感じるからこそ、樽屋は茂十郎に追い落とされると恐れているのかもしれない。

最早、茂十郎にとって樽屋の後ろ盾は重要ではない。何せ老中と三奉行が後ろ盾になっているのだ。樽屋は己が軽んじられていると感じるからこそ、疑念は膨らみ、次第に両者の溝《みぞ》が深まっているのかもしれない。

川風の冷たさに首を竦《すく》めながら、弥三郎は深川への道を急いだ。

その翌朝のことである。弥三郎が三田の屋敷で朝餉《あさげ》を食べていると、下男の庄吉が廊下から姿を見せた。

「旦那様、樽屋様からの御遣いがこれを渡して下さいとのことでした」

そう言って文を差し出した。弥三郎は箸《はし》を置いて文に目を落とす。そこには、

「樽屋死す」

と書かれていた。弥三郎は目を見開き、腰を浮かせる。

「どうなさいました」

お百合が怪訝《けげん》な顔をして問いかける。弥三郎は、ああ、と嘆息してから、眉《まゆ》を寄せる。

「樽屋さんが亡くなられたそうだ」

「ご病気でいらしたんですか」

「いや……」

数日前には料亭で茂十郎相手に絡んでさえいたのだ。

「とりあえず、朝餉を終えたら、御悔やみに伺うよ」

残りの飯を口に運ぶが、噛《か》むほどに味がしない。砂を食べているような心地になる。

自害したのだ。

そう思った。

そして、樽屋の屋敷を訪ねて、それが間違っていなかったことを知る。

「深更《しんこう》、一人で、逝《い》きました」

忠義が訥々《とつとつ》と言葉を紡《つむ》ぐ。

横たえられた樽屋の傍らに寄ると忠義が顔にかけられた白布をとる。その死顔は、能面の顰《しかみ》にも似ていた。首筋に刀傷が走っていた。

「自ら、首を」

「……はい」

「何故《なにゆえ》」

忠義は黙り込み、唇を噛み締める。弥三郎は忠義の様子を見つめ、ついと膝《ひざ》を進めた。

「昨日、茂十郎が来ましたね」

「はい」

「何かありましたか」

忠義は暫《しばら》く黙り込み、やがてゆっくりと口を開いた。

「昨日昼過ぎに、杉茂さんがいらっしゃいました」

茂十郎は忙《せわ》しない様子であったという。来るなり、

「御用と伺いましたが、何かございましたか」

と問いかけた。樽屋はそれに対して苛立った様子で、上座に座って茂十郎を見据えた。

「お前様は、町年寄を軽んじておいでのようだ」

忠義は、また始まった、と流石《さすが》に茂十郎に対し申し訳ない心地になった。しかし茂十郎は気にする様子もなく愛想のいい笑みを浮かべて、ゆっくりと首を横に振った。

「滅相もない。樽屋様があってこそ、こうして三橋会所は回っております。御蔭様《おかげさま》でその名の通り、三つの橋は壊れる心配はございません。お上の信も得て、この江戸の町は豊かになりました。これも偏《ひとえ》に……」

「全《すべ》て、お前さんのやったことだ」

唾棄《だき》するように樽屋は言った。

「お前さんが私の名を借り、次席となった。その上、私を通り越して奉行らと繋がり、橋のこと、株仲間のこと……次々と為《な》して来たことだ」

その言いようは、明らかに茂十郎を責めているように聞こえた。

「父様……」

忠義は、樽屋を宥《なだ》めようとするが、樽屋は忠義の方を見ようともしなかった。

「いいんですよ、忠義さん」

茂十郎は忠義の気遣いを止めた。そして、背筋を正して真っすぐに樽屋を見据えた。

「何がお気に召さぬかこの茂十郎には分かりかねます。この江戸のため、樽屋様のお力添えの下、尽力して参る心に変わりはございません。つきましては……」

そう言って、懐《ふところ》から袱紗《ふくさ》を取り出すと、それを樽屋に向かって差し出した。

「お納めを……」

樽屋は目を見開いて茂十郎を睨んで立ち上がると、やにわに袱紗包みを摑《つか》み、投げつけた。それは茂十郎の額に当たり、山吹色の小判が膝元に散らばった。

「金、金、金と、それさえあれば、何とでもなると思うか」

茂十郎は散らばる金を凝視し、ゆっくりと顔を上げた。その顔には、先ほどまでの愛想のよい笑顔はない。そしてすっと姿勢を正す。

「金を侮《あなど》られては困りますよ、樽屋様」

その声は低く響いた。

「金がなければ天下は回りません。そのことは重々ご承知でしょう。金があるからこそ、樽屋様は通人として粋に遊べるし、芸者も囲える。三味線を鳴らして料亭で座っていられる。金の恩恵に浴しているではありませんか」

茂十郎の目には冷ややかな光が宿った。

「それだけ遊ぶ金があったならば、古くなった橋は架け替えられた。そうしたら私は妻子を失わず、三橋会所なぞ建てなくて良かった。後継ぎとなる息子のために、大坂屋の主でいた。町年寄次席なんぞにならなかった。そうでしょう」

その言葉を聞いた時、樽屋の顔が怒りの赤から、青ざめていく。そしてよろよろと膝を折りその場に座り込む。

「橋が落ちたのは、私のせいだと言うのか」

問いに対し、茂十郎は真っすぐに樽屋を見返した。

「町の政を司《つかさど》る町年寄たる樽屋様の外に、誰のせいだと言うんです。まさか、己に罪はないとお思いではありますまい」

それは重く静かに響き、樽屋は金縛りにあったように硬直した。茂十郎はそれ以上何も言わず、散らばった小判をかき集め再び袱紗に包むと、そっと樽屋の前に置いた。

暫く沈黙が続いた。

茂十郎は深く吐息して居住まいを正した。

「樽屋様は代々続いた町年寄。私のような新参者がその位を脅《おびや》かすことなどできようはずもございません。しかし、代々続いているからこそ守らねばならぬこと、できぬこともある。お上に対し物申せぬこともある。そう思えばこそ私は次席としてここに在り、お上に対し金も出すが物も申すのです。出過ぎた真似《まね》をしたとお怒りなのは重々承知。それでもやらねばならぬことがある。樽屋様には分かって頂いていると思っていましたが」

そう言って茂十郎は忠義を見て、微笑んだ。

「立派な跡取りをお育てになられた。羨《うらや》ましいですよ」

それは、己が跡取りを失ったことに対する恨みに聞こえた。茂十郎はそのまま深く頭を下げて立ち上がり、部屋を出て行った。

忠義は樽屋の様子も気になりながら、茂十郎を見送りに立った。

忠義にしてみれば、樽屋を庇《かば》いたい思いもあった。しかしあの落橋において、町年寄に責がないとは言い切れない。まして、この杉本茂十郎はそこで妻子を亡くしていることも知っていた。

忠義は慌《あわ》てて茂十郎の後を追い、

「杉茂さん」

と呼び止めた。茂十郎は忠義に向かって頭を下げた。

「少々、言葉が過ぎました」

「いえ」

「しかし……」

そして茂十郎は出てきた部屋の方を眺め、次いで忠義を見た。

「樽屋様は、お体はいかがですか」

「これといって病は。無論、年が年でございますから……」

「そうですか。ご様子が、常とかけ離れておられたから……」

そう言われて、忠義はこのところの樽屋の様子を思い返し、少し不安を覚えた。

「取り越し苦労であれば良いのです。お大事になさってください」

忠義が茂十郎を見送って座敷に戻ると、樽屋は目の前に置かれた袱紗に手をつけることもなく、ただ両手をついて項垂《うなだ》れていた。

「父様」

声を掛けたが、何も答えることなく、じっと畳の目を睨んでいたが、やがて苛立ったように頭を掻《か》きむしった。

「父様」

忠義が駆け寄りその肩を抱くと、樽屋はぎゅっと強く目を閉じて、目の前を払うような仕草をする。

「どうしました」

「霞《かすみ》がかかったようだ……」

やがて、落ち着いたようで自ら立ち上がり部屋へ帰っていった。忠義は残された袱紗の金を扱いかねて、とりあえず金簞笥《かねだんす》へ入れた。

「……それが、昨日のことでございます」

　忠義はそう言って、弥三郎を見やった。

「お前様は、茂十郎のせいだとお思いですか」

　忠義はしばし黙り、傍らで横たわる樽屋の骸《むくろ》を見る。

「分かりません。父様と呼びこそすれ、実の父ではない。しかしながら、私にとっては幼い時分から敬うべき人でありました。その父が柄にもなく激昂《げっこう》し、項垂れている様を見たのは辛《つら》いことではあります」

　その時、外から声がした。

「御免下さい」

　それは聞き覚えのある茂十郎の声である。忠義の身が稲妻にでも打たれたように、ぴりりと緊張するのが見て取れた。そして弥三郎にすがるような眼を向ける。

「弥三郎さんも、ここにいらしてください」

　女中に案内されて茂十郎がやって来た。茂十郎は弥三郎を見つけると、ややほっとしたように息を吐いた。そして改めて膝をつき、忠義に向かって頭を下げる。

「この度は……」

「わざわざ、お運びいただきまして、有難うございます」

忠義の声は硬い。茂十郎もそのことに気づいているようで、はい、と短い返事をした。

「急なことでお騒がせを……」

忠義はそう言いながら、茂十郎に樽屋の顔を見せようとしない。茂十郎は、答えを求めるように弥三郎を見た。弥三郎は小さく首を横に振り、これ以上何も問いかけるなと合図する。茂十郎は型通りに線香を手向け、両手を合わせた。

「わずかではございますが……」

茂十郎が懐に手を入れた瞬間、

「いえ」

忠義が制した。その声は思いがけず大きく、弥三郎も驚いて忠義を見た。忠義自身も己の声の大きさに戸惑ったようであるが、すぐさま背筋を伸ばし茂十郎に頭を下げる。

「昨日、頂戴《ちょうだい》しております。これ以上頂いては、父に叱《しか》られてしまいますから」

重苦しい沈黙が下りて来る。弥三郎はその中で、漂う線香の煙を見つめていた。煙の先が茂十郎に届く頃、

「さて」

と、弥三郎は声を上げた。茂十郎と忠義が共に弥三郎を見る。

「そろそろお暇《いとま》致します。ご葬儀には改めて」

「はい」

忠義が言い、弥三郎は茂十郎を促した。

弥三郎と茂十郎は共に樽屋の屋敷を出た。

「昨日のこと、忠義さんから少しだけ聞いたよ」

弥三郎が言うと、茂十郎は小さく頷く。

「分かっていると思うが、自害だよ」

すると茂十郎はやや目を見開いてから、眉を強く寄せた。

「そうですか……ならば仕方ない」

茂十郎は、素っ気ない口調でそう言った。

「仕方ない……かい」

「ええ。死にたいという人に、何を言うのです」

それは奥深くに熱い怒りを秘めたまま、平静を装って発せられた声に聞こえた。

弥三郎は何も言えず、黙り込んだ。

茂十郎は足を止めて、樽屋の屋敷を振り返る。その目には涙が浮かんでいた。そしてそれを隠すように弥三郎から顔を背けた。

「信じてもらえないかもしれませんが、私は私なりに樽屋様が好きでしたよ」

自嘲《じちょう》するように笑い、歩き始める。

「丁度、兄さんから樽屋様を紹介されて間もない頃、さる旦那の宴席に招かれましてね」

行ってみると、大勢の通人と呼ばれる旦那衆が居並んでいた。いわゆる芸者遊びをする見慣れた宴席ではなく、謡《うたい》の集まりであった。

「大坂屋さんも何か、心得がおありでしょう。ささ、何か見せて下さいませ」

屏風《びょうぶ》の前に座らされ、隣には黒紋付を着た鼓方《つづみかた》の男が愛想のない顔つきで座っていた。金屏風の前、謡も知らず、仕舞いも舞えぬでは場は収まらぬ。そう思い、

「ヤアトコセ　ヨイヤナ」

声を張り上げて住吉踊りを踊ってみせた。幇間《ほうかん》などが宴で披露する大道芸の類であり、謡や仕舞を好む者からすれば、甚だ下品に見えるであろうが、そんなことは知ったことではない。

そう思っていたところに、樽屋が遅れて現れた。

「おお、大坂屋。住吉踊りかい。粋で上手いなあ。教えてくれよ」

そう声を上げ、一緒になって隣で踊った。お蔭で旦那衆もそれ以上、茂十郎を嘲笑《あざわら》うこともできず、苦虫を嚙み潰《つぶ》したような顔で黙り込んでいた。

樽屋はその宴の終わりに、茂十郎の傍らに座って言った。

「お前さん、この通人たちを前に住吉踊りを踊るとは、なかなか度胸があるね。こういう連中と渡り合うのなら、それなりに知っておいた方がいいこともある。色々と教えてあげるから、遊びにいらっしゃい」

茂十郎はそれから、樽屋の許に出入りをし、茶の湯や俳諧《はいかい》、謡や仕舞に一中節まで教えてもらい、その後は師匠を紹介された。

「お蔭でその後、遊び好きな旦那衆を相手に、怖気《おじけ》づくこともなく、ここまで来られましたよ」

「……そうか」

茂十郎は唇をぎゅっと引き結び空を仰いだ。

「無論、永代橋のことでは思うところがないとは言わない。けれど、それでも……恨みつらみだけを抱えていたわけじゃない」

恐らくそれは、茂十郎の本心なのだろう。奥底に重く揺蕩《たゆた》っていたものが、昨日はふいと口をついて出てしまった。それがもしも樽屋を追い立てたのだとしても、茂十郎を責めることはできないと思った。

「兄さん……樽屋様は、どんな顔をしていましたか」

弥三郎の脳裏に、口角を下げ眉を寄せた「顰面」の顔が思い出された。それは口惜《くや》しさと恨めしさを感じさせる死顔だった。

「……穏やかだったよ」

弥三郎の嘘《うそ》に、茂十郎はふっと頬を緩めた。

「有難うございます」

その言葉は、教えてくれたことに対するものなのか。或《あ》るいは、弥三郎の気遣いに対するものなのか。それは分からない。

樽屋与左衛門は世を去り、その後継者として、忠義が新たに十三代目を名乗ることになった。

「さすがの杉茂も終わりだな。樽屋の後ろ盾がない次席なんぞ、何の力もない」

葬儀に参列する茂十郎に対し、聞こえよがしな声がする。新たな十三代目は、かつての樽屋のような支えにはならないだろう。

線香の香りが立ち込める中、凛《りん》と立つ茂十郎の背中を見つめながら、弥三郎は一抹《いちまつ》の不安を覚えていた。

四　嗤《わら》う

「毛充狼《もうじゅうろう》」という呼び名は、樽屋の死をきっかけに町人の間に広まり始めていた。

「この頃、甲斐《かい》の山奥大坂の杉本に、毛充狼と云《い》う獣《けだもの》現る。その声、メウガメウガと吠《ほ》ゆる。一たびこれを聞く人、皆阿呆《あほう》となる」

甲斐の生まれで大坂屋の主《あるじ》だった杉本茂十郎。冥加金《みょうがきん》を求め歩き、老中、寺社奉行、町奉行、勘定奉行の支援を受けて権力を揮《ふる》う獣。「毛充狼」には、これだけの揶揄《やゆ》が詰め込まれていた。

そしてその姿かたちは、次第に奇妙なものへと変わっていく。体は狼《おおかみ》、手足は狐狸《こり》、尾は蝮《まむし》で頭は人、その額には「老、寺、町、勘」という四字が刻印のように記された奇妙な獣……それはさながら謡曲「鵺《ぬえ》」に出て来る妖《あやかし》によく似ていた。

その「毛充狼」の出処《でどころ》は、巷間《こうかん》に出回り始めていた『感腹新話』という本だという。作者の名は桂雲院三作。あの大和屋の三作であった。

江戸から追われて武蔵野に隠棲《いんせい》していた三作であったが、文筆を止めることはなかった。やがて主家である大和屋が三作の家屋敷を買い戻し、商いを禁じられこそすれ江戸に住まうことは許されることとなった。

しかし当の本人は、

「江戸の市中はうるさくっていけない」

と風流人を気取って向島《むこうじま》の別宅となる寮に住まい、家作を貸して悠々自適の暮らしをしている。髪を総髪にし、さながら文人のような佇《たたず》まいで、相変わらず長い羅宇《ラウ》の煙管《キセル》で煙草《たばこ》を燻《くゆ》らせて世情に悪態をついていた。

一方、「毛充狼」とあだ名された茂十郎は、あだ名にはさほど応《こた》えた様子もなかったが、さすがに樽屋の自死は応えたようであった。

これまで傍若無人に会所を運営してきたのだが、菱垣廻船《ひがきかいせん》積株仲間が軌道にのったところで、少し従来の落ち着きを取り戻してきた。そんなある日茂十郎は弥三郎を訪れて頭を下げた。

「改めて、兄さんには会所の重役《おもやく》としてお力添えを願いたい」

無論、弥三郎は変わらず助力をするつもりであったが、こうして落ち着きを取り戻した茂十郎を見て安堵《あんど》した。

「まずは、会所が怪所と呼ばれる現状を見直さなければならない」

弥三郎はそう助言した。

実は昨今、巷間において樽屋の自害についてあらぬ噂《うわさ》が流れていた。それは、樽屋が自ら会所の金を着服し、酒宴や女に使い、それを苦にして自害したというものである。しかし実際にはそんなことはなかった。樽屋は元々、町年寄として相応の禄《ろく》があった。遊興も好きだし、女を落籍《ひか》しているが、それらは三橋会所に名を連ねる以前からのことである。

噂の出処を探ると、会所に名を連ねている旦那衆《だんな》であった。そしてその旦那衆たちこそが、会所の金で会合と称して連日の宴を開いていたのだ。それを他の旦那衆や、料理屋の者に見咎《みとが》められた時に、

「樽屋様もそうしていた」

と嘯《うそぶ》いたのが始まりだった。

茂十郎はそれらの旦那衆に、暫《しばら》くの間、会所への出入り禁止を申し渡した。

そして改めて人材を見直し、堅実な商いをする者を重用することに決めた。更に仲間内で新たな商売に挑戦する者には、支援の金を会所から融通するなど、会所そのものの機能を見直した。

そうして樽屋の死から三年が経《た》った文化十四年。

下落していた米価が凶作で値上がりし、一時は負債を抱えていた三橋会所は、備蓄の米を売ることによって潤《うるお》った。買米においての失敗を回復して、差加金《さしくわえきん》の返還も行われたおかげで旦那衆も納得をし、その後も冥加金は安定して集められた。

一方で、町人たちの間では「毛充狼」という名が独り歩きするようになり、会所頭取茂十郎ならぬ「怪所盗取毛充狼」と称され、冥加金を集める様をして「メウガメウガと鳴く毛充狼」と揶揄されている。実際のところ、町人からは何ら金を徴収することもないのだが、

「江戸市中の物の値を吊《つ》り上げているのは、あの毛充狼である」

という話が喧伝《けんでん》されていた。事実、菱垣廻船積株仲間の結成は従来の商人の力を大きくし、お上に対する影響力、上方への存在感を増大させることができたが、同時に新規に商いをする者にとっては障壁ともなり、物価高の要因の一つになってもいた。

ある時、茂十郎は奉行所に上納金を納めに出向いた。肩衣《かたぎぬ》を着て馬に乗り、左右に阿吽《あうん》像の如《ごと》き屈強な用心棒を引き連れた様は、正に「毛充狼」の名に相応《ふさわ》しい威圧感があった。町人たちはその様を見て、武士ではないながらも道を空ける。ある時、一人の子どもが進み出て茂十郎を指さし、

「毛充狼だ」

と声を上げた。恐らくは大人たちがそう噂しているのを聞いているからなのだろう。親は慌《あわ》ててその子の口を塞《ふさ》いだが、茂十郎はその場でぴたりと馬を止めた。

ざっと馬を降りて立つ姿は、その辺の侍なぞよりも余程迫力がある。母親がその子を抱え込む。

「申し訳ありません、子どものことでございますので」

と、縮こまる母をすり抜け、茂十郎の手は子どもの頭をそっと撫《な》でた。呆気《あっけ》にとられた母親が硬直したままでいると、茂十郎は満面の笑みを浮かべた。

「私はそれを悪口だと思っちゃいませんよ」

そして固唾《かたず》をのんで見守っている野次馬たちに向かって大きく両手を広げてみせた。

「名にし負う毛充狼。狡《ずる》い狐《きつね》や狸《たぬき》どもとは違います。この江戸の弥栄《いやさか》を祈念申し上げ、時には橋を架け、道を直し、お上と町とを繋《つな》ぐために、日々、獣のごとく走り回ってございます。皆々様の御為《おんため》、ひいては天下の御為に尽力申し上げております故《ゆえ》、以後、お見知りおき願いたく候《そうろう》」

さながら千両役者のように朗々と述べた。

その様は瞬《また》く間に噂好きな江戸町人の間に広まった。

「言うほど悪い奴《やつ》でもないんじゃないか」

面白いことが何より好きな江戸町人たちにとって、毛充狼という呼び名そのものが愛称へと変わっていった。

樽屋与左衛門が自害したことは茂十郎にとって大きな痛手であったし、何よりも、縁起を好む江戸町人にとって、死者を出した三橋会所をともすれば忌避する向きがあってもおかしくなかった。しかし、茂十郎自身が懇《ねんご》ろに樽屋を弔い、その後継となる忠義にも礼を尽くした。また、三井が手を引いたことについても、三井の江戸店《だな》に対して、却《かえ》って丁重にもてなすことによって周囲からの反発を抑えた。町人たち相手には、毛充狼という呼称を敢《あ》えて使わせることによって、身近な者として印象づける一方で、大店相手には手を緩めることなく冥加金を集める。それは、日ごろ、豊かな大店の旦那衆に対して妬《ねた》みにも似た思いを抱く町人たちの溜飲《りゅういん》を下げることにもつながった。

その手管は正に「しぶとい」と言うに足る。

そこに再び強い逆風が吹き荒れ始めたのは、その夏のことである。

昨年の末に倒れた老中首座松平信明《のぶあきら》の容態の本復が見込まれないことが明らかになった。果たして誰が次の老中になるのか。

「牧野様であれば良かったのだが、昨年に老中を退かれているから……」

茂十郎は弥三郎に漏らしていた。

茂十郎とも懇意であった勝手掛老中牧野忠精《ただきよ》は、昨年に老中を辞している。かつて一時は首座として実権を握っていたことから、松平信明の後には再び首座に返り咲くのではないかと言われていた。しかし越後長岡の藩主としての役目に尽力するとしてその座を退いていた。

茂十郎はこれまでの流れから、大坂城代、京都所司代を歴任した人物であると見込み、老中として既に幕閣入りを果たしている青山忠裕《ただやす》との繋がりを強めていた。しかしここへ来て老中首座の候補として筆頭に上がったのは、新たに老中格となった水野忠成《ただあきら》という男であった。

「水野忠成……とは誰ですか」

茂十郎は呻《うめ》くように呟《つぶや》いた。幕閣人事に精通していたはずの茂十郎でさえ予想外の人物であった。

水野忠成は、五十六歳。将軍家斉《いえなり》の側用人《そばようにん》であった。側用人とは、いわば将軍の側近として、将軍の言葉を幕閣に伝える役目を負う。最も将軍に近い存在でもあり、かつても田沼意次《おきつぐ》は側用人から老中になっている。

家柄としても、徳川家康公生母の生家である水野家に連なる者で、駿河国沼津藩主であった。元は旗本であったが、先の沼津藩主であった水野忠友《ただとも》の養子となり家督を継いだ。この養父忠友は亡《な》き田沼意次と共に松平定信《さだのぶ》と対立していたこともある。

「しかし、一体どういう御仁なのか、まるで見当がつかない」

茂十郎が言うのも無理はない。幕閣ならば政《まつりごと》に直《じか》に関わっているので、その思惑なり指針なりを測ることはできる。しかし側用人は上様に近いながらも、表に出て来ることが少ない。

「少し心当たりがある。探ってみよう」

弥三郎が訪ねたのは、向島にある三作の寮であった。

蜩《ひぐらし》の鳴く中、絽《ろ》の着物に献上の帯という相変わらずの粋《いき》な装《よそお》いで出迎えた三作は、

「ようこそ、お運びくださいました」

と、弥三郎に笑顔を向けた。

趣味人として名の通った三作の許《もと》には、文人のみならず武家も数多く訪れ、ことあるごとに茶の湯や連歌に興じているという。その中には幕閣の御大家の家臣らも多く、弥三郎も何度か会ったことがあった。

静かな庵《いおり》といった風情《ふぜい》の寮には夏草が茂る庭があり、そこに蓼《たで》の花が紅をさす。三

作はその庭を眺めている弥三郎に麦湯を差し出した。

「おいでになるんじゃないかと思っていました。老中のことでしょう」

「察しがいいね」

「あれは意外でしたねえ」

幕閣の家来たちも先の老中が倒れた折から「次こそは我が殿が」と密《ひそ》かに期待していたという。しかし思いがけず、側用人であった水野忠成が将軍の後押しを受け老中首座の如く振舞っている。どうにも納得できずに「何故、あやつが」と、皆地団駄を踏んでいるらしい。

「一体どういった御仁なんだ」

弥三郎の問いに、三作は首を傾《かし》げる。

「まあ私も実際に会っていませんし、人伝《ひとづて》ですけれどね。どちらの御家来衆も、旦那衆も、御当人を見知っている方々は口をそろえておっしゃいますよ、上様の傀儡《かいらい》……と」

辛辣《しんらつ》な評である。しかもそう言う者が一人や二人ではないという。

「実際は、どうかは分かりません。ただ、少なくとも、先の松平信明公のように上様に異を唱えはなさいますまい。派閥が違います」

幕閣の中には大きく二つの派閥があった。

一つが、寛政の改革を手掛けた松平定信の派閥である。質素倹約を心掛け、緊縮財政を打ち出してきた。そのため時には、浪費家である将軍家斉と対立もし、その父である一橋治済《はるさだ》にも苦言を呈してきた。それ故に同じ派閥である先の老中松平信明は、上様から老中首座を罷免《ひめん》されたこともある。しかし老中首座に返り咲いてからも、信明はその手腕を発揮してきた。

もう一つが、田沼意次の派閥である。田沼は積極的な財政を打ち出し、異国との交易をも視野に入れ、開拓事業にも多額の費用を掛けてきた。水野忠成の養父はその田沼と近しい間柄であった。

三作は首を傾げる。

「となると水野忠成様は、むしろ田沼様に近いかと思ったんですけどね。どうやらそうでもない……そも、あのお人は老中首座という地位に色気こそあれ、政に志があるかどうか」

「どういうことだ」

「田沼様に近しくして、出世の階《きざはし》を登ってきたけれど、果たして志も同じくしているかというと、そうでもない。長いものには巻かれるのが性《さが》なのだとか。だから皆さまが口を揃《そろ》えて傀儡というのでしょう」

「では、上様の意のままに動く傀儡だとして、その上様の意はいずれにあると思う」

「畏《おそ》れ多くもそこまでは……しかしまあ、これまでの話を聞く限り上様は身内に大層甘い。尊号の一件をご存知でしょう」

尊号の一件とは、将軍家斉の父、一橋治済が「大御所」の称号を求めて、時の老中松平定信と対立した件である。

将軍が退位した後の尊称である「大御所」は、時に将軍よりも力を持つことになる。本来将軍に就いたことのない一橋治済が受けるべきものではない。だが、そのことに納得がいかなかった治済は、時の帝《みかど》である光格《こうかく》天皇を巻き込んで騒動を起こした。

時の帝である光格天皇は、皇子のなかった先代後桃園天皇の養子であった。そのため、自らが帝となった折に実父である典仁《すけひと》親王に対して太上《だいじょう》天皇の尊号を与えたいと幕府に申し出た。この尊号一件は、ともすると都の宮中のことに思われる。だが、その背後には治済の思惑があった。治済は、自らが将軍の父として実権を握る「大御所」の称号を得るために、帝の尊号という前例を作ろうとした。この父、治済の暴挙に対し、家斉は諌《いさ》めるどころかむしろ老中らにも認めるように命じたのだ。

しかし松平定信ら幕閣は禁中《きんちゅう》並公家諸法度《しょはっと》に反するとして、帝の願いを取り下げた。

帝の御名を以《もっ》てしてもご法度は覆《くつがえ》らない。ましてや将軍の父であっても、治済に「大御所」の号はつけられない。松平定信は帝や上様と争っても、法度を貫いたのだ。

家斉はその罪滅ぼしの為か、父治済や弟一橋民部卿には湯水の如く金を使わせ、咎めることをしない。

「此度《こたび》の水野忠成公は、松平定信公のような強さはありますまい。ささどうぞどうぞと、上様の言いなりになりかねない」

三作はそこまで言ってから立ち上がり、縁側から庭へ出ると、弥三郎を手招く。そして生垣の向こうを指さした。

「あそこに、随分と凝った造作の寮があるのが見えますか」

そこには、さる藩邸もかくやというような、なかなか荘厳《そうごん》な造りの屋敷があった。寮と言うには大きいようにも見える。

「あれはね、中野播磨守《はりまのかみ》という人の屋敷です。小納戸《こなんど》方の頭取なんですけれどね」

小納戸方頭取といえば、御目見《おめみえ》以上の幕閣ではあるが、そこまで羽振りのいいものでもない。分不相応な屋敷と言える。

「その人の娘が、上様のご愛妾《あいしょう》のお美代の方というのですよ。そのおかげで、小納戸方の頭取に出世。更にはそのお美代の方のおねだりが功を奏して出世した者が多いことから、付け届けが引きも切らず、こうして御屋敷が建ってしまった」

　三作は、苦笑と共にそう語り、呆《あき》れたように嘆息する。

「父上にねだられれば法を曲げても地位を与えようとし、金も湯水の如く使わせる。そして、ご愛妾にねだられて人事を動かす。そういう上様です。政の志と言えるものがあるかどうか」

　弥三郎はその中野播磨守の屋敷を眺めながら吐息した。すると三作は弥三郎をじっと見やる。

「それでもまだ、毛充狼は御国恩冥加《ごこくおんみょうが》と唱え、メウガメウガと鳴きますか」

　茂十郎の御国恩冥加を「粋じゃない」と断罪した三作らしい言いようである。

「これからはこういう身贔屓《みびいき》な人事が広がりましょう。そうなると、碁盤の白黒が逆になるように、杉茂さんや会所を取り巻く事情も変わります。どうなさるか考えた方がいい」

　三作と茂十郎は、どちらも肚《はら》の内には忠義《ちゅうぎ》とは裏腹の心を抱えている。

　茂十郎は、商人にも道はあり、忠義を尽くせと説く心学に深く傾倒している。

　一方で三作は、お上を敬えと教えられる裏で、蔵の中の全《すべ》てをお上に晒《さら》してはならないという面従腹背を、幼いころから叩《たた》き込まれている。だからこそ、いざそのお上が揺らいだ時に、ぐっと足を踏みしめてその双方を見極める目を持っているのかもしれない。

「お前さんは、茂十郎のやりようを否定していると思っていたけれど、案じてもくれるんだね」

「確かに私は、会所に対して一石を投じましたよ。しかし、杉茂さんの全てを否定しているわけではない。罪もあるが功もある。丸ごと是か非かを決めるのは無粋ってもんですよ」

三作はからからと笑った。

日差しが西に翳《かげ》るころ、弥三郎は向島を出た。

蜩の声が一層高く聞こえ始め、寺の鐘が鳴るのを聞く。紀州の茶室で出された「夕暮」という茶碗《ちゃわん》は、こんな色をしていたか……と、ふとこれから迫りくるであろう変化を思った。

*

老中首座松平信明が逝去《せいきょ》したとの報が、会所に届いたのは文化十四年八月の末。後継は未《いま》だ正式に決まっていないが、既に幕閣の中では家斉お気に入りの水野忠成と、その取り巻きが力をつけて大きな派閥となっていた。

それから間もなく砂糖の抜け荷が急増しているという話が聞こえて来た。砂糖問屋の一件以来、三橋会所とは縁が深い河内屋によると、

「江戸市中に仲間外商人が商う砂糖が増えています。少なくとも江戸で作れるものではないのに、何処《どこ》から湧《わ》いて出てくるのか分からない。仲間内で話しても、皆知らないのです」

砂糖そのものが市場に出回る量が増えれば、価格も下がる。このままでは立ち行かない。せめて何が起きているのかだけでも確かめたいという河内屋の訴えを受けて、会所ではその砂糖の流れを調べた。

大店と言われる菓子商などは、長らく付き合いのある砂糖問屋と取引をしている。しかし小さな料理屋などは、名も知らぬ行商人から買っているという。町角の煮売り屋なぞも言う。

「砂糖なしじゃ味が間抜けになっちまっていけねえ。そりゃあ、安いに越したことはないからね」

それほど今や江戸の料理には砂糖を欠かすことはできないのだ。

「品川から調べましょう。木綿や繰綿《くりわた》と違い、砂糖の産地は限られる。しかも大量になれば船で運ぶしかない。となれば、品川を当たればすぐに出所は分かるはず」

　茂十郎はそう判じた。

　元より、品川では菱垣廻船積株仲間として廻船問屋と組んで積み荷を調べていた。砂糖問屋仲間もこの取り締まりに協力していることから、菱垣廻船のみならず、樽廻船に積まれた砂糖の総量も調べることができる。そこまでしても尚《なお》、市場に出回る砂糖の量は会所が把握しているよりも多かった。

　二か月後、その砂糖の出どころが分かった。

「薩摩の御用商人でした」

　茂十郎は苦々しく弥三郎に告げた。

　品川まで薩摩の御用船で樽が運ばれ、それが次々に小舟に積まれると、薩摩の御用商人の江戸店に運ばれた。そこには菱垣廻船積株仲間に入っていないような小さな商店の商人たちが出入りしており、それらが砂糖を売り歩いているのを確かめた。

「その品がこれです」

　茂十郎はそう言って、弥三郎に素焼きの壺《つぼ》を差し出した。精製が粗いせいか、やや茶色い。舐《な》めればえぐみも残るが甘さもしっかりある。いわゆる一流の料亭などで使うには難があるかもしれないが、十分にいい砂糖であると言えるだろう。一つの藩が市場に流すために御用商人の船を使って取引しているとなれば、歴然たる抜け荷である。江戸の商人のみならず、上方にとってもお上にとっても看過できるものではない。

茂十郎はすぐさま北町奉行の永田正道に訴え出たが、永田はその旨《むね》を記した書をそのまま持ち帰るようにと突き返した。永田曰《いわ》く、

「薩摩については、町奉行では手を出せぬ。薩摩を御咎めになれるのは、今は上様の他にはおられぬ」

と言う。

その背景には、家斉が将軍になった経緯があった。

家斉は、本来は将軍の位に就くべき立場ではなかった。第十代将軍であった家治《いえはる》の嫡男《ちゃくなん》、家基《いえもと》が鷹《たか》狩りの帰路に突如体調を崩し僅《わず》か十八歳で身罷《みまか》った。そこで急遽《きゅうきょ》、世継ぎとして名が挙がったのが十にもならぬ一橋家の家斉である。これは家斉の父、治済の強い推挙もあった。しかしこの時既に家斉には薩摩島津の茂姫《しげひめ》という許嫁《いいなずけ》がいた。将軍の御台所《みだいどころ》は代々公家から招くことになっていたが、此度ばかりは致し方ないと、島津の姫を公家の近衛《このえ》家に養女に出し、名を近衛寔子《ただこ》と改めて輿入《こしい》れした。

わずか十五歳で将軍となった家斉を支えたのは、実父である一橋治済と舅《しゅうと》である薩摩の島津重豪《しげひで》である。

重豪は今や七十を越えるが、未だに薩摩の実権を握っている。一時は息子に家督を譲ったのだが、その息子斉宣《なりのぶ》から放蕩《ほうとう》を咎められ緊縮財政を打ち出されると、一転して息子を追い落とし、弱冠十九歳の孫、斉興《なりおき》を藩主として擁立するという暴挙に出て、再び己が実権を握った。

そして薩摩を文化的に発展させるとの名目で、江戸屋敷での宴には文人や絵師、蘭《らん》癖《ぺき》の商人やお抱えの能楽師はもちろん、歌舞伎の役者たちまで招いて放蕩を尽くす始末。

かつて弥三郎の義兄にあたる大口屋が言っていたことがある。

「札差連中は今や、薩摩への大名貸しを恐れている。何せ回収が見込めず、下手をすれば棄捐令《きえんれい》の時のように手形が紙くずになりかねない。ともかく、薩摩の屋敷は鬼門だ」

しかしここへ来て金回りが良くなったのか、幾らか手形が回収できるようになったという。

「なるほど、薩摩の金の泉は、さても甘い砂糖水であったということか」

弥三郎が唸《うな》る。

「薩摩が御用商人を使って問屋を介さずに江戸の市場で砂糖を売り、その儲《もう》けで藩の財政を潤し、江戸屋敷で使うことはもちろん上様にも献上している。そうなると上様としても薩摩のやりように意見しなくなる。町奉行所ではとうてい手を出すことはできない。

「先だって、兄さんが三作さんから聞いて来た通り、身贔屓が過ぎます。……しかし、上様御自ら秩序を乱されるとはねえ」

茂十郎は、苦笑を漏らした。

「勘定奉行の仰《おお》せによれば、何でも、上様は金が足りぬとか」

「そんなことはあるまい」

「恐らくは、これまでは老中様が上様のわがままなご要望を止めていたのでしょう。しかし今、上様の御意向は幕閣の間をすり抜けて、役人たちの手を煩《わずら》わせている」

「一体、何にそんなに金がかかるんだ」

「政ではなさそうですね。一橋民部卿、一橋の大殿、そして大奥……」

将軍家斉は艶福家《えんぷくか》として知られ、四十人を超える側室を大奥に抱えている。それは歴代の将軍の中でも群を抜いて多く、そこで生まれる若君、姫君らにかかる費用も国庫を圧迫していると聞き及んでいた。

「つまり、上様とその御身内のために、砂糖の件は致し方ないと奉行所はお思いのようです」

茂十郎は唾棄《だき》するように言って、いらだちを収めるように一つ息をつくと、会所の奥の間から、紅葉の映える庭を眺める。

「兄さん、いつぞや私は金は刀よりも強いと言った。そしてそれは、一理あると今でも思います。しかしその稼ぎ方や商いについて、私は道を守ろうと努めてきた。それをこんな形で裏切られるとはね……」

茂十郎は弥三郎に振り返って苦笑する。

「金は刀より強い。金の力で政を行う武士をも動かしてきました。しかしさすがに、葵《あおい》の御紋というのは強すぎますねえ……」

これまで、江戸市中最大の十組問屋と争って勝ち、町会所や町奉行所を相手にも負けを知らず、勘定所にも言うことを聞かせてきた茂十郎だが、ここへ来ていよいよ力の及ばぬ絶対的な力を目の当《ま》たりにしたのだ。

しかしその背には諦《あきら》めや敗北は感じられない。これまでにも何度も目にしたような焔《ほのお》の立つ闘志を感じた。

「茂十郎、どうするつもりだ」

弥三郎が問うと、茂十郎は肩を竦《すく》める。

「何って……何もしやしませんよ。今度ばかりはお手上げです」

「それも仕方あるまい。どうすることもできないってこともある。領分というものがある。それを弁《わきま》えないと、お前さん自身が危ないよ」

三井八郎右衛門が示唆《しさ》した「竹有上下節」を思い出す。しかし茂十郎は、かかか、と大口を開けて笑った。

「何もしやしませんよ。取り越し苦労は身の毒ですよ、兄さん」

しかしそれからほどなくして、さる商人の蔵がこじ開けられた。近くの路上に、樽が一つ転がされていた。そこには薩摩島津の丸十の紋が入っており、中にはぎっしりと砂糖が詰まっていた。蔵から樽を引きずったと見え、道にはその深い跡がついていたことから、誰が見ても持ち主は明白に思われた。町方がそれを回収し、蔵の主人である商人、七代目浜崎太平次《はまさきたへいじ》に問い合わせた。

「これは、こちらの蔵から盗まれたものではないか」

しかし浜崎は即、

「存じませぬ」

と答えた。町人たちは、

「どうして手前のもんを手前のもんだと言わねえんだ」

と訝《いぶか》しむ。一方、事の次第を知った商人たちはそれが意味するところがはっきりと分かる。

「抜け荷は、やはり薩摩の御用商人の仕業だったか」

盗むのならば樽ごと運べばいい。その上で何処かへ売り払い、金に換えれば足はつかない。しかしそれをせず、往来の目につくところに丸十の紋付樽を置いた上、中の砂糖もそのまま。つまり、抜け荷は薩摩御用商人である浜崎太平次の仕業であったということを市中に晒したのだ。

それによって、浜崎は菱垣廻船積株仲間を敵に回した。小さな商店たちも、浜崎と取引をすることを避けるようになり、結果として浜崎を追い詰めることになった。

弥三郎はこの話を最初に聞いた時、茂十郎がやったのだと思った。

その一件の少し前に、江戸市中でも名うての俠客《きょうかく》である新場《しんば》小《こ》安《やす》が、会所の若い衆とやり取りしている姿を見かけた。そのことを咎めると、茂十郎は薄く笑みを浮かべた。

「名にし負う毛充狼には、人を蹴落《けお》とす爪《つめ》があるそうですからね」

否定せず、それ以上は語ろうとしなかった。

町方でも、盗まれた当人が否定するのに、盗人を捜すのもおかしな話だとして、誰も咎めを受けることはなかった。しかし、その一件は「怪所盗取毛充狼」の仕業であると実《まこと》しやかに囁《ささや》かれた。茂十郎はそうした声をむしろ追い風にするように、日本橋の町を杉巴の紋付羽織で風を切って闊歩《かっぽ》していた。

＊

「寺社奉行の水野忠邦という方をご存知ですか」

茂十郎が弥三郎に問いかけた。四月の改元を経た文政元年初夏のことである。

「昨年、寺社奉行になったと聞いている。水野というと、老中の縁戚《えんせき》かな」

「ええ。遠縁だそうですが」

水野忠邦は、二十五歳。

「色白で育ちのよい若武者ぶりでございますが、その実、なかなかの野心家と見えますよ」

唐津《からつ》藩主であった水野忠邦は、三年前、奏者番《そうじゃばん》となった。更に出世をすることを望んだが、足を引っ張ったのがその所領である。唐津藩は長崎の警護のために多くの業務がある。そのため奏者番以上の出世は見込めないのが通例となっていた。

そこで忠邦は、唐津を捨てて浜松への転封を願い出た。しかしそれは同時に、長崎の港から得られる収益を捨てることとなり、およそ十万石の減収につながる。御国の家臣たちは猛反発。家老などは、忠邦を思い止《とど》まらせるために自らの腹を切った。

しかし、忠邦にとって縁戚である水野忠成が老中である今こそが、千載一遇の好機と思いを定めていたのだろう。浜松への転封を成し遂げ、見事寺社奉行となり、出世の階に足を掛けたのだ。

その水野忠邦が、茂十郎を召し出したという。

「何でも、千代田のお城の中奥《なかおく》に上様の御為の祈禱所《きとうしょ》を建てられるとか。中山法華経寺《なかやまほけきょうじ》の智泉院を招いて行うもので、三橋会所から金を献上するようにと仰せになられました」

中奥とは、大奥と表の間にある将軍の住まいである。元より先祖代々の位牌《いはい》を祀《まつ》る仏間はあるが、それに加えて祈禱所を新たに造るというのだ。

弥三郎は眉《まゆ》を寄せる。

「智泉院……とは何だ」

これまで、将軍家の菩提寺《ぼだいじ》である芝の増上寺《ぞうじょうじ》や上野の寛永寺、日光の東照宮などの造営のために、町人から御用金として金を献上したことはある。しかし中山法華経寺智泉院などというのは聞いたことがない。

「上様がご寵愛《ちょうあい》のお美代の方様と、関りがあるそうで」

「お美代の方というと、小納戸方の中野播磨守の娘だという……」

向島に三作を訪ねた際に、あまりにも見事な普請《ふしん》の屋敷があった。

昨年九月、お美代の方は三人目の姫を産んだ。もしもその子が若君であれば、上様のご寵愛ぶりからして御世継様になるのではないかとさえ噂されていたほどである。

「そのお美代の方様の実父にあたるのが、智泉院の僧、日啓《にっけい》だそうです」

「実父が、僧侶《そうりょ》だと……」

出家の身でありながら子をなすとは、破戒僧の極みであろう。しかしそのようなことをまるで恥とも思わぬらしく、日啓は派手な袈裟《けさ》で城内に出入りしているという。

「今では、上様も信奉されているとかで、大奥の女中たちも日啓の許へ代参に訪れるとか。そこには大層な美僧が待ち構えており、奥女中をおもてなしされるそうです」

「何だ、それは……」

千代田の大奥と言えば、将軍とその妻子の為の場である。弥三郎の知人の娘にも大奥づとめに上がっている者もある。聞いた話では、大層、規律に厳しい場であるというのだが、それすらも今は崩れているのかもしれない。

「大奥のことはさておき、その日啓めに金を出せと仰《おつしや》った寺社奉行様のことが知りたいと思いましてね。その御母堂様にお会いして、お話をうかがってきたのですよ」

「御母堂様といって、大名家の奥方にか」

「それが、私たちはその御母堂様にお会いしているのですよ」

茂十郎は面白そうにそう言った。

「私もかい」

「ええ。あの凮月堂《ふうげつどう》の女将《おかみ》です」

「凮月堂というと、あの……」

凮月堂は、京橋にある菓子商である。かつてはその名を「大坂屋」と言っていたのだが、松平定信が贔屓にしており、自らの雅号である「風月」から名をとって「凮月堂」と名付けたという。

その際に、

「菓子に虫がつくのはいけない」

と言って、「颪」の字を「凪」に変えさせたのが、そこの女将の恂《じゅん》だという。

二人が恂と会ったのは昨年の秋、薩摩の砂糖の一件を調べている最中のこと。恂が三橋会所を訪ねて来たことがあった。会所は旦那衆が多く出入りするが、女将がやって来るのは珍しい。紋付を着て、しゃんと立つ年増の美女は、

「会所頭取にお会いしとうございます」

と、嫋《たお》やかに言った。茂十郎と共に、居合わせた弥三郎もその恂に会った。ひどく立腹した様子であるが、その顔には作ったような愛想笑いを浮かべていた。

「まああ、名にし負う毛充狼というから、どれほどの強面《こわもて》かと思いましたら、なかなかの男ぶりで驚きました。お会いできて幸甚でございます。お伺いしたのは他でもございません。先だって当家に三橋会所の世話役という方がいらして、お前さんのところの砂糖はどこから仕入れているってしつこくお聞きになるでしょう。うちは先代から河内屋さんと決めている。そんな抜け荷の品を入れたりはしないって言うのに、役人みたいに帳簿を見せろなんておっしゃる。後ろ暗くもないからお見せしましたけどね。あまり気分の良いものではございませんので、後で塩を撒《ま》きましたよ。全く、人を見て物を言うように、きちんとおっしゃって下さいな」

さらさらさらと、流れるように啖呵《たんか》を切り、笑顔で茂十郎を睨《にら》んだ。茂十郎は暫《しば》し

黙っていたのだが、やがてふっと破顔して、

「申し訳ございませんでした」

と、頭を下げた。すると、恂は嫣然《えんぜん》と微笑《ほほえ》む。

「まあ、話の分かるお人でようございました。お前様が御自らうちにお出ましになれば、話は早うございましたね。くれぐれも会所の世話役という方々には、心得違いのないようによろしくお頼み申し上げます」

あまりの威勢に、茂十郎と並んで弥三郎もまたどういうわけかその背に向かって頭を下げて見送ってしまった。

その恂が、寺社奉行の母なのだという。

「何でも、若い時分に唐津藩の御殿様に見初《みそ》められて奥入りし、若君を産んだそうですよ」

それが跡継ぎになると決まると、その御家中から、

「お家騒動の元になるといけない」

という慣例から、恂は若君を残して屋敷を追われてしまう。

そして流石《さすが》の恂は、城を追われたからといって腐ることはなかった。降るほどある縁談のなかから実直で穏やかな男を選んで主《あるじ》に据えると、自らは女将としての手腕を

揮った。大名家の側室だったことを活《い》かして武家との繋がりを強め、今では江戸でも指折りの御用達《ごようたし》の名店にしたのだ。

「そのお悔さんに、寺社奉行様の此度のことについて、話を聞いてきましたよ」

「何と仰っていた」

「流石、あの女将は違う」

茂十郎はそう言って笑う。

凮月堂の奥の間へ通されると、茂十郎に茶を出すなり、

「中奥の祈禱所のことでございますか」

と向こうから切り出した。

祈禱所についての話は、大奥でも専《もっぱ》らの話題となっており、大奥御用に出向くと、自然と奥女中たちの口からその話がもれてきた。それによると将軍家斉は、しばしば悪夢に魘《うな》されるのだという。

「飛び起きては、家基様の亡霊が来る、と怯《おび》えておられるとか」

家基と言えば先代将軍家治の長男で、十八歳の若さで急死している。そのことが契機となって、家斉は将軍としての地位を得ることになったのだ。そのため、父である

一橋治済が我が子を将軍にするために家基を殺《あや》めたのではないかという話が、今も実しやかに囁かれている。

「その亡霊を祓《はら》うには、霊験《れいげん》あらたかな日啓様の御祈禱が良いと、お美代の方様が上様に申し上げたことが、此度のきっかけだそうです」

恂は、うんざりした調子でそう言い、

「奥女中たちの間でも下総《しもうさ》中山参りが流行《はや》り、とんだ繁盛でございますよ」

寺に「繁盛」という言葉を使うところに、恂の皮肉が滲《にじ》む。茂十郎が、

「そのための祈禱所を造るのに会所に金を出すよう、寺社奉行様からのご下命がありましたよ」

と言うと、恂は険しい顔をした。

「やはり、さようでございますか。実は私、寺社奉行様に召し出されたのですよ。杉本茂十郎とはいかなる者かと問われました」

「私のことを」

「何でも、御側《おそば》御用取次《ごようとりつぎ》の林忠英《ただふさ》殿とやらが、江戸市中の打ち出の小槌《こづち》と評されたとか」

茂十郎は思わず拳《こぶし》に力を込めた。その御側御用取次とやらに会ったことはないが、

城内でそう呼ばれていると聞くのは流石に腹立たしい。かく言う恂もまた、それには怒りを覚えたらしい。

「私も時には杉茂様のやりようは好かないこともありましたよ。でも会所に納めているのは私たちが骨身を削って稼ぎ、納めたお宝でございましょう。それをさも湧いて出たようにお上に言われるのは、余り気分の良いものではありません。だから私はそのまま、お奉行様にもお話し申し上げました」

茂十郎は、その流れるような口上を聞いているうちに、怒りを忘れて可笑《おか》しくなった。

「久方ぶりにお会いした御母堂様から、そんな物言いをされたのでは、さぞやお奉行様も驚かれたことでございましょうなあ……」

「驚いたのはこちらです。無粋な男に育ってしまっては、私の名折れでございますからね」

恂は不服そうに嘆息していた。

茂十郎からその話を聞いた弥三郎は、思わず笑みをこぼした。

「あの女将らしい言いようだ」

気風のいい凜とした女将の姿を思い出すと、その話は全て納得がいく。しかしその子であるところの水野忠邦は、流石に母に「無粋」と言われたくらいでは引っ込むことはできないだろう。

「それで、お前さんはどうする」

「ええ。既にお返事を申し上げました」

茂十郎は再び、寺社奉行の許を訪れ、

「手元不如意《ふにょい》のため」

として上納金を断った。

「嘘《うそ》ではありませんよ。昨年に引き続き、今年も新年早々に火事がありましたからね」

昨年のはじめ、新乗物町から出火し、岩代町《いわしろちょう》、元大坂町、甚左衛門町《じんざえもんちょう》などを焼く火事があった。そして今年もまた年明け早々、正月の四日に火事があった。昨年ほどの規模ではないが、それでも焼け出された町人たちが少なくない。

そのことを寺社奉行に対して言上した。

「会所で集めた金を使い焼けた商家が立ち直るまでの支援もせねばならず、何かと物入りでございまして……と申しました」

そこまで言い募ると、さすがの寺社奉行も、町人の暮らしよりもこちらに金を回せとは言えなくなった。それが忠邦という男の人となりであるのだろう。

「火事など江戸では年中のこと。言い訳になるかい」

弥三郎が問うと茂十郎は笑った。

「何も代わりを支度しなかったわけではありません」

「というと」

「勧進能《かんじんのう》ですよ」

勧進能とは、能を見せて観客から金を集め、それを寺社の再建などに使うというものである。

「これは寄進のためですからね。そこまで大興行でなくていいのです。ただ、その勧進能に際しまして、町人たちに出店をさせてもらえれば、お上の御為だけじゃない。町人たちにとっても稼ぎになります。それに江戸の人は芝居が好きですからね。能ではやや堅苦しいかもしれませんが祭気分で華やぎましょう」

商家から集めた冥加金を寄越せとお上に言われたことにただ従うのではなく、町人にとっても利得のあるものにする。そうすることで、金の面について寺社奉行に逆らうことはなく、さりとて三橋会所が打ち出の小槌ではないと思い知らせることもできる。

「流石の一手を考えたものだな……」

弥三郎が嘆息すると、茂十郎は笑った。

「金を運ぶ犬だと思われたのでは困ります。こちとら、毒牙《どくが》も爪もある毛充狼なんですからね」

ははは、と笑う。

しかし、こんな下らぬことで、お上に振り回され続けるのかと思うと、うんざりとした気分にもなる。

「上様は、何をお考えか……」

弥三郎が吐息と共にそう言うと、茂十郎は、

「何も考えておられますまい」

と、あっけらかんと言い放つ。それはとうの昔に諦めているという明るい口調であった。

＊

筋違橋《すじかいばし》門外に、簡易の能舞台が作られたのは、十一月。

開幕の前日から、勧進能の開催を知らせる触れ太鼓が町を回っていたこともあり、朝から町人たちがこの能舞台が設《しつら》えられた天幕に集まり始めていた。中には、三種の席がある。舞台に近い枡《ます》席は畳敷きされた上等席。その外側に茣蓙《ござ》を敷かれた大衆席。その後ろに高く設えられた屋根付きの席が、特等席となっていた。

今回、町会所、三橋会所が呼びかけたので、町人たちは否応《いやおう》なく割り当てを買わされたという面もある。

「いやあ……参った、参った」

と言いながらも、祭気分で集まり、それなりに楽しんでいる。

その様子を眺めていた茂十郎は、弥三郎に向かって満足そうに笑ってみせた。

「金を出すのはいただけませんが、これに乗じて儲けられるのなら、力を貸すのも吝《やぶさ》かではありません。町人たちも、顔見世興行の代わりと思えば悪くありますまい」

天幕の外側には屋台がずらりと並び、酒屋、菓子屋に、蕎麦屋《そばや》なども並ぶ。また、天幕の中には売り子が回り、既に枡席に入っている者たちに、菓子や弁当を売っている。更には記念にと、手ぬぐいや根付まで売り、そちらも盛況である。凮月堂も饅頭《まんじゅう》を売っており、その様子を女将の恂が屋根付き席から眺めていた。背筋を伸ばして座る様は、流石の凜々《りり》しさであった。

「今日はかの女将の御子である寺社奉行様も来られるからね」

弥三郎が言うと、茂十郎も、そうですね、と頷《うなず》いた。

その天幕の中を、先ほどから侍たちが忙《せわ》しなく立ち働いている。

「我ら商人は商いをするのが筋です。ただ働きは御免ですからね。禄《ろく》を貰《もら》っている連中を働かせればいいんですよ」

ここ数日の勧進能の舞台設営から、今朝の町人たちを入れる作業など全てを御徒士《おかち》たちや、近くの藩邸の中間《ちゅうげん》らが行っている。茂十郎はそれを腕組みして眺めるだけと決め込んでいた。

「ああ、お文が来た」

茂十郎はそう言って、大きく手を振った。当代大坂屋茂兵衛の一行の中にひと際華《きわ》やかな振袖《ふりそで》姿の娘がいた。十三になるというお文である。お文は茂十郎と弥三郎の側に女中と共にやって来ると、深く頭を下げる。

「おお……お文ちゃんは大きく、きれいになった」

弥三郎が言うと、お文は照れたように笑った。

「父様、お召しをありがとうございます」

その華やかな赤い振袖は、茂十郎があつらえたものであるらしい。

「似合って良かった」

茂十郎は常になく頬を緩めて、お文たちを見送った。

「これから婿《むこ》取りが悩みどころだな」

「はい。お蔭様《かげさま》でもう話はまとまっているのです。秤《はかり》問屋の三男と、年も近く気が合うらしく一安心です。私も会いましたが、気の優しい若者で。大坂屋も今では商いも安泰ですからね。私のような山師より、穏やかな気質の男が何よりです」

「お前さんがそれを言うのかい」

弥三郎がからかうと、茂十郎は自嘲《じちょう》するように笑った。

その時、殊更《ことさら》に大きな声で笑う男の姿が目に入った。色の浅黒い小太りの男で、さながら幇間《ほうかん》のような振舞いで居合わせた武家に愛想を振りまいている。

「誰だ、あれは……」

弥三郎が問うと、茂十郎は口の端《は》を持ち上げた。

「浜崎太平次ですよ」

砂糖の抜け荷の件で揉《も》めた薩摩御用商人であった。顔が広い弥三郎も、その姿を目にするのは初めてである。

「盗人に樽一つ盗まれてから、やはり江戸市中での評判は今一つのようですよ」

茂十郎はにやりと笑う。

浜崎太平次が江戸でその名を広めたのは、あの抜け荷の件からである。お蔭で仲間外商人に対して厳しい十組問屋からは蛇蝎《だかつ》のごとく嫌われている。浜崎の方でもそのことを重々承知しており、十組問屋の旦那衆の集まるところには顔を出さない。その代わりに御武家や、同じ仲間外商人とよろしくやっていて、羽振りは悪くない。

浜崎は茂十郎の姿に目を留めると、小走りでこちらに向かってやって来た。

「これはこれは杉本様。いやあ、盛況でございますなあ」

もみ手をしながら歩み寄って来る。その振舞いはどこか卑屈に見えるのだが、その体軀《たいく》や声音と相まって滑稽《こっけい》にも思える。茂十郎とは異なり、人に警戒心を抱かせない雰囲気を纏《まと》っていた。

「上様もさぞやお慶《よろこ》びでございましょう。杉本様の御志《おこころざし》である御国恩冥加を体現したような、勧進能でございます」

茂十郎は胸を張ったまま微動だにせず、冷ややかな目で見下ろす。

「私ども三橋会所は、此度の一件に金を出しておりません。お前様は、相変わらずせっせと砂糖を運んでおられるのかな」

するとその視線の先で、わざとらしく肩を竦めて怯えたようなふりをする。

「おお……これが音に聞く毛充狼の眼光でございますか。怖い怖い。私はただ、御用を賜っている鄙《ひな》の商人に過ぎません。お江戸の商人たちの頂きにおられる御方の前には手も足も出ぬ小物でございますれば……おっと、毛充狼などとご無礼を」

わざとらしくその名を口にして、慌《あわ》てて覆《おお》ってみせる。滑稽な素振りで、その実、茂十郎を揶揄《やゆ》しているのが目に見えた。茂十郎は、ふっと笑って太平次の前に立ちはだかった。

「毛充狼で結構。言い得て妙というものです。狼《おおかみ》の護符をご存知か。この関東には、秩父や多摩に狼を祀る神社がありましてな。その護符は、盗人除《よ》けになるそうな。狐狸のように狡猾《こうかつ》な盗人を遠ざけるのに、江戸には私のような狼も要るのでしょう」

「それはそれは、頼もしいことでございます。しかしまあ、毛充狼の姿かたちは何やら狼のそれとは少々、異なりますな。さながら化け物か妖《あやかし》か……」

「人は何とでも言いましょう。私はどれほど毛充狼と言われても、それが誉《ほ》め言葉に聞こえているので、如何様《いかよう》にも」

茂十郎はそこまで言うと、つぃと浜崎に背を向けて立ち去った。弥三郎もまた一つ会釈《えしゃく》をして立ち去ろうとすると、浜崎は歩み寄ってきた。

「勘定所御用達の堤弥三郎様でございましょう」

弥三郎は浜崎が己《おのれ》のことまで知っていることに驚いた。浜崎はその様子を見ながら声を潜める。

「毛充狼とお親しいのは存じ上げていますが、風向きは変わります。ご用心をば」

浜崎は、窺《うかが》うような眼を弥三郎に向けた。

「なに、風はただ流れるものです。いつまた、変わるか分かりませんよ」

弥三郎は、出来るだけ早く浜崎の傍らから離れようと大股《おおまた》で歩み去り、ふと振り返った。

見ると何処の御武家か知らないが、太平次に駆け寄り話し込んでいるのが見える。

太平次の羽振りの良さは、抜け荷によるものであるというのは今や商人のみならず武家の間でも知られている。しかし、そこに集まる金には、多くの人々が群がり始めているのだ。あの男が問屋仲間を蔑《ないがし》ろにした商いをしていても、その後ろにはお上がついている。だからこそ商人同士の作法や仕来《しきた》りも無視できるし、慇懃《いんぎん》でありながらも強気に振舞える。

「厄介な」

そう口にして弥三郎は、かつて同じことを大坂屋茂兵衛であった茂十郎に呟《つぶや》いたのを思い出す。あの浜崎がここから先の時流を作るのだろうか。そう思ってから打ち消すように首を振る。あれは世間のことなど考えていない。ただ、御用先の言いなりに動いているだけだ。

「狸《たぬき》め」

己の声に弥三郎は眉を寄せる。悪《あ》し様《ざま》に人を罵《ののし》るのは性に合わない。しかし、それほどあの男にいら立ちを覚えていた。

そしてふと首を巡らせると、天幕の陰に茂十郎の姿を見つけた。肩衣姿の武家と何やら話をしている。そしてその武家の顔を弥三郎は何処かで見たことがあった。

「……あれは三浦様の」

紀州藩江戸家老三浦長門守為積《ながとのかみためあつ》の家来ではなかったか。

茂十郎がかつて主を務めた大坂屋は、紀州藩の御用も請け負っていた。紀州の者と繋がりがあっても何らおかしなことはないのだが、何故《なぜ》か弥三郎は声をかけるのが躊躇《ためら》われた。

暫《しばら》くすると、紀州の武士はその場を立ち去り、茂十郎は天幕の陰から出てきて弥三郎に気づいた。

「ああ、兄さん」

歩み寄ってくる茂十郎に対して弥三郎は立ち去った武家の方を見やる。

「あれは、紀州の御方かな。三浦様のお屋敷でお見かけしたことがある」

「ええ。私も以前、大坂屋の折にお会いしておりましたので、ご挨拶《あいさつ》申し上げたところです。ところで、浜崎太平次はどうしました」

茂十郎は、それ以上は語らずにすぐさま浜崎へと話を変えた。

「ああ……余りお近づきになりたくないね」

「兄さんがそう言うとは珍しい。しかしまあ、己で言うのも何ですが、面白くなりました。なるほど、あれは盗人猛々《ぬすっとたけだけ》しい狐狸《こり》ですよ」

その視線の先には、集まった武家の中で、腰を低くして頭を下げて回る太平次の姿があった。

「三作さんに感謝せねば。毛充狼という名は有難い。狐狸だと言われたら、私は流石に卑屈になったかもしれないが、狼の如《ごと》き妖と言われたから、牙《きば》も爪も盗人に剝《む》くことができる。しかし、それにしても薩摩は、金を蓄えて一体どうするつもりなのか」

「天下を獲《と》るとでも思うのかい」

「さあ……しかし今、最早《もはや》そうなっているでしょう。上様がいらっしゃる限り、島津の力は弥栄《いやさか》でございましょうよ」

そこへ駕籠《かご》が到着した。ざわざわと、立ち働く役人たちが迎えに出て、弥三郎と茂十郎もそちらに出向く。駕籠からは、寺社奉行、水野忠邦が降り立った。

「あれが……」

弥三郎は、忠邦を見るのは初めてであった。

細面で上品な佇《たたず》まいだが、辺りを見回すその目には、鋭い光が宿っていた。鼻の高い横顔は、屋根付き席に座っている凧月堂の恂に似ている。

「出世の階《きざはし》をしっかりと見据えて歩んでいるのでしょうなあ……しかし、幕閣とは窮屈な。上様の御為とならば、御愛妾の方様の父親である生臭坊主《ぼうず》の世話までする羽目になるのですからね」

茂十郎は嘲《あざけ》りを込めた声で、ははは、と笑った。

やがて能管や鼓《つづみ》の音を整える「お調べ」が始まると、それまで大声でしゃべり合っていた人々が、一斉に舞台へと視線を向けた。

はじめに演じられる『翁《おきな》』は、神事としての意味合いが強い。そのため舞台が始まる前に清めの儀式が行われる。ここで騒いではならぬことを町人たちも心得ていた。

静けさの中で『翁』が演じ終えられると、ふと客席も緩み、明るい顔がそこここに見えて来る。

笑い合う声がこだまするのを見て、弥三郎も肩の力を抜いた。傍らに立つ茂十郎もまた、明るい表情で居並ぶ人々を見つめていた。

その時ふと聞き覚えのある謡《うたい》が聞こえた。

〽四海波《しかいなみ》　静かにて、国も治まる　時つ風、
枝を鳴らさぬ　み代《よ》なれや、
逢《あ》いに　相生《あいおい》の、松こそめでたかりけれ。
げにや　仰ぎても、事もおろかや　かかる代に、
住める民とて　豊かなる、
君の恵みぞ　有難き、
君の恵みぞ　有難き。

その声を聞いた時、茂十郎の顔が緊張したように見えた。会所を開いた祝いの席で樽屋与左衛門が謡った『四海波』である。舞台上では『高砂』が演じられていた。あの時の華やかな宴席の風景が弥三郎の脳裏にもありありと蘇《よみがえ》る。茂十郎はふと呟く。

「懐《なつ》かしいですね……あの頃の私は、永代橋への怒りに囚《とら》われていて、周りが見えていなかった。樽屋様の謡う様を見ても、はしゃいでいるようで甚《はなは》だ不快に思っていた。今にして思えば、あの方なりに私に力を貸してくれていたとも思えるのですが」

永代橋が落ちてから会所を立ち上げるまでひたすら孤軍奮闘し、走り回る茂十郎からしたら、町年寄たる樽屋の働きが物足りなく思われたのは仕方ないことにも思えた。

「無理もない……ただ、樽屋様なりに会所開きを祝いたかったんだろう」

弥三郎の言葉に茂十郎は黙って頷いた。

この日は能が五番演じられることになっていたが、茂十郎も弥三郎もずっと舞台を見ているわけにはいかず、呼ばれては用件をすませ、居合わせた人に挨拶をし、忙しなく時を過ごしていた。次第に夕暮れになり日が傾きかけた頃のことである。

ポンという鼓の音が、やけに澄んで響いたように聞こえた。弥三郎は舞台近くに立っており、茂十郎もその傍らにいた。

〽世を捨て人の　旅の空、
世を捨て人の　旅の空

謡の声が響き、舞台の上に旅僧の姿をしたワキ方が現れたのを見て弥三郎は背筋がぞくりとした。

「鵺《ぬえ》……か」

弥三郎の言葉に、茂十郎が、ああ、と言った。

能舞台では、旅の僧が芦屋《あしや》の浜で一夜の宿を借りようと願い出るが、それを断られ、やむなく川近くの御堂に身を寄せる。するとどこからともなく舟が流れ着き、そこから怪しげな舟人が現れる。

〽悲しきかなや身は籠鳥《ろうちょう》、
心を知れば盲亀《もうき》の浮木《ふぼく》、
ただ闇中《あんじゅう》に埋れ木の、
さらば埋れも果てずして、
亡心《ぼうしん》なにに残るらん。
浮き沈む、涙の波の　空舟《うつおぶね》、
焦《こ》がれて堪えぬ　いにしえを。
忍び果つべき　隙《ひま》ぞなき。

その舟人は、鵺という化け物がかつて都を騒がせ、帝《みかど》を悩ませたということを語る。そして、源頼政《よりまさ》という武将が帝に化け物退治を命じられる。御所の上にたれ込める雲の中を射ると、頭は猿、手足は虎、尾は蛇で、鳴く声音は鳥の鵺のような異形の化け物が落ちてきた。幾度も刃《やいば》を突き立てた後、それを舟に乗せて流した。

そう語り、供養《くよう》を求めて舟人は去る。

そして再び鼓と共に姿を現したシテは、小飛出《ことびで》の面に鮮やかな金糸を使った衣装で、異形の獣として舞う。僧はそれに経を唱えて供養をしようと試みる。

〽鵜殿《うどの》も同じ　芦の屋の、
浦曲《うらわ》の浮き洲に　流れ留《と》まって、
朽ちながら　空舟の、
月日も見えず　暗きより、
暗き道にぞ　入《い》りにける、
遥《はる》かに照らせ　山の端の、
遥かに照らせ、山の端の　月と共に、

海月《かいげつ》も　入りにけり、

海月も共に　入りにけり

シテは橋掛かりから姿を消し、『鵺』は終演する。

弥三郎は去っていく鵺の姿に、口惜《くや》しさと悲しみを覚えている己に気づく。ふと傍らを見ると、茂十郎は何も言わずにただ、鵺が下がっていった幕の方を睨んでいた。

「……面白い」

茂十郎は、口の端に笑みを浮かべた。

「鵺というのは姿かたちだけではなく、そのありようも毛充狼によく似ていますね。鵺は恐らく、その時の帝にとって都合の悪い何者かだったのでしょう」

「穿《うが》った見方をするものだね」

「ええ。でも、私を毛充狼と呼ぶ者がいるように、百年、二百年、千年前でも、同じように、時のお上にとって都合の悪い者を、鬼や妖や化け物と呼ぶ連中が……」

そして、声もなく、ふふふ、と笑う。

「お前さん、何か企《たくら》みがあるのかい」

弥三郎は思わずそう問いかけた。茂十郎はその弥三郎に首を傾《かし》げてみせた。

「企みというほどのことではございませんよ。ただ、鵺というのが一匹の獣だとするならば、毛充狼とは違う。毛充狼は最早、私一人ではございませんから」

「どういうことだ」

「私と、私が作り上げた三橋会所や、菱垣廻船積株仲間やら、そうした諸々《もろもろ》が、人の顔と、蛇の尾、狐狸の手足、狼の体が混ざった化け物になっているのです。退治できるものなら、してみればいい。化け物は殺めた者も無傷では済ませますまい。現に鵺とても亡霊になっても尚、こうして現れているではありませんか」

茂十郎は舞台を見つめたまま口の端を上げた。

その笑みには、不敵なほどの力強さと自信が感じられた。その力の源は何なのか。弥三郎はふと先ほどの紀州の家臣のことが頭をかすめたが、茂十郎に問いかけることはできず、その背を黙って見ていた。

五　牙剝《きばむ》く

その夜、弥三郎は猪牙舟《ちょきぶね》で蔵前へ向かっていた。船頭が舳先《へさき》につけた提灯《ちょうちん》の明かりが、ぼんやりと川面を照らしている。

勧進能《かんじんのう》からほどなくのことである。

昨日弥三郎は三橋会所に来た時に、一人の若者に呼び止められた。

「弥三郎様、少しよろしいでしょうか」

二十歳ほどの青年で、名を宗八郎《そうはちろう》という。茂十郎の甲斐に住まう姉の息子で、十二歳で江戸に来て蔵前の札差で小僧として奉公していたのだが、一年前から会所で働くようになり弥三郎も何かと目を掛けていた。

その宗八郎が神妙な顔で切り出したのは、会所の帳簿のことであった。

「冥加金《みょうがきん》の一部が、何冊かの大福帳を跨《また》いでいるうちに消えているのです」

それぞれの単体で算盤《そろばん》を弾《はじ》いているうちは気づかない。しかし、いくつかを通して見ると、一部の金が消えている。

「それが、百両を超えているのです」

大福帳の全《すべ》てを見ることができるのは茂十郎だけ。宗八郎は、叔父の部屋を訪ねた時に、これまで見たことのない帳簿を盗み見てしまった。以来、帳場において注意深く見ていると、金の一部が消えていることに気づいた。帳尻《ちょうじり》の合わないその額面と、叔父の部屋の帳簿に記された額面が同じではないかという疑念が浮かんだ。

「疑いたくはないのですが……」

宗八郎が満面に困惑を浮かべ、弥三郎に縋《すが》るような視線を向けた。

「分かったよ。私からそれとなく聞いてみよう」

弥三郎はそう請け負って、奥の間にいる茂十郎に問いかけた。

「金が消えているのではないかと、案じている者がいる」

そう言われた時、茂十郎はさほど驚く様子を見せなかった。暫《しばら》くの沈黙の後、

「兄さんには少し、お話ししておきたいと思っていました。明日の夜、蔵前においでください」

と言われた。

舟が蔵前に着くと、暗がりの中で提灯を掲げて立っている男がいた。利助という会所の下男である。大坂屋の時分から茂十郎の下で働いており、茂十郎に心酔している無口な男である。

「茂十郎は」

弥三郎が問うと、利助は何も言わずに蔵の一つへと促した。漆喰壁に紋が掲げられていたが、それはつい先だって潰《つぶ》れた札差の近江屋のものである。薄く開かれた扉から、中の明かりが仄《ほの》かに漏れていた。弥三郎はその中へと身を滑り込ませると、茂十郎が立っていた。

「こちらへ」

茂十郎に手招きされて傍らに寄る。茂十郎の手燭《てしょく》の明かりに照らされて見えたのは、蔵の中に堆《うずたか》く積み上げられた米俵であった。

「これは……」

ざっと見積もったところで、千両にも及ぶであろう数である。

「兄さんを、巻き込むつもりはなかったんですが」

「巻き込むとは、何やら物騒だね。私は巻き込まれるのかい」

「仕方ありません。兄さんが来てしまったんですから」

その口ぶりには幾許《いくばく》かの毒が含まれているようであった。

「それで、この俵は一体何だ。この蔵は何だ」

「そんな風に言われたら、何から答えていいのやら……」

弥三郎は何も言わずに先を促す。茂十郎は、ふむ、と小さく頷《うなず》いた。

「買い取りました」

大したことでもないと言った口ぶりである。弥三郎は目を見開いた。

これほどの米を買い占めるとなれば、それこそ内々に片付けることは難しい。しかしそれについては会所で何ら話は出なかった。

「驚くことはありません」

茂十郎は、ついと俵の一つに匕首《あいくち》で切れ目を入れると、その中のものをさらさらと手のひらに載せた。茂十郎の手のひらのそれを覗《のぞ》き込む。そこにあったのは、砂交じりのもみ殻である。

「ご覧の通り、米ではありません。これは空米《からまい》切手の張りぼてです」

ははは、と笑う。

「空米……」

空米切手とは、実際にはない米に値をつけた米切手を発行することである。本来は切手だけをやり取りするのであるが、

「形だけでも俵を詰めて、お上に何か言われた時にはこれをご覧に入れようと思いましてね」

と茂十郎はどこか晴れ晴れとした笑顔を浮かべた。

空米切手は、ご法度《はっと》ではある。しかしながらこれまでにも勘定所からの要請で、さる大藩に空米切手を切ったことはあった。しかし流石《さすが》にお上も知らぬ空米となれば、茂十郎とてご法度だ。

「一体、何処《どこ》の……」

「紀州です。兄さんもご存知でしょう。江戸家老の三浦長門守《ながとのかみ》様からの御用でして」

その言葉に、先日の勧進能でのことを思い出す。物陰で茂十郎と話していた相手は、やはり紀州の江戸家老三浦為積《ためあつ》の家臣であったのだ。

「どうして紀州が」

「一部は上納金ですね。あちらは、御用の品も樽廻船を使われていたので、それを菱垣廻船に変えて頂くように話を進めているのです。そうすることで、幾分、海路の為の上納金を減らすことができます」

紀州が樽廻船から菱垣廻船に移るということは、他藩に対しても大きな影響力を持つ。

「しかし、それだけならばさほどの額にはなるまい。空米切手まで切るのは……」

「無論、それだけではありません。紀州は今、薩摩への牽制《けんせい》のために、金がご入用だそうです。その助けになれば……と、申し出たのです」

紀州徳川といえば、言わずと知れた御三家である。しかし当主である徳川治宝《はるとみ》は嫡《ちゃく》男《なん》に恵まれなかったため、五女の豊姫に家斉公の七男、斉順《なりゆき》が婿《むこ》として養子に入った。そのことが紀州の家中で火種となっている。何せ今の将軍は、一橋治済《はるさだ》と薩摩の島津重豪《しげひで》の強い影響下にある。その将軍の子を当主とすることで、紀州もまた一橋、薩摩に牛耳られるのを厭《いと》う動きがあった。

「ともかくも、薩摩の力を弱めたい」

そうした声が紀州の家中に強まっていた。

茂十郎はその実情を知り、三浦の許《もと》を訪ねて話を持ち掛けた。

「我ら江戸商人もこのまま薩摩を野放しにしておきたくはないのです」

砂糖の件がまかり通るようになることで、次第に市場の秩序が壊れる恐れがあった。

これまで江戸において商われる品々は、大坂の問屋に集められ江戸に運ばれてきたものだ。

しかし、薩摩のやりようは産地の国が、江戸で直《じか》に売るというものである。それは確かに国元は潤《うるお》うやもしれないが、その過程で運び、卸す商人たちは全て成り立たない。

「そこに深いお考えがあるというのならばともかく、上様は身贔屓《みびいき》と、己の懐《ふところ》の御都合しかお考えではないご様子。これは由々《ゆゆ》しきことと存じます」

その席には三井八郎右衛門も同席した。米会所の一件で溝《みぞ》を深めていた茂十郎と三井ではあるが、今回は意見を同じくした。

「さすが、杉茂さんはよう見えてはりますなあ」

八郎右衛門の京言葉を聞いて、茂十郎は更に畳みかけた。

「これは最早《もはや》、商人同士の争いではありません。先の砂糖商人は薩摩の影と、その後ろにいる上様の影をちらつかせて参ります。我ら菱垣廻船積株仲間は、所詮《しょせん》は商人の集まりに過ぎません。しかしもし紀州様が後ろ盾となって下さるならば、これ以上の御味方はございません。無論、その御恩には報いる心づもりがございます」

三浦は八郎右衛門と目配せをして頷き合い、「追って沙汰《さた》する」と答えた。

後日、三浦から出された答えが、海路への謝礼としての上納金と、この空米切手であった。

茂十郎はそこまで語り、改めて手燭を掲げて蔵の中を照らす。

「それがこの蔵の中にあるのです」

薄暗がりの中、手燭の明かりを受けた茂十郎の目が爛々《らんらん》と光っているように見えた。

弥三郎はその強いまなざしからついと目を逸《そ》らし、俵を見上げる。

「そもそも、ここにつぎ込んだのはお前さんの金ではあるまい。会所で集めた金だ。それは町の為にお上に上納するということで、商人たちも納めているのだろう」

「江戸の商人の為だからです。仲間外を取り締まるのが会所の役目でもあります。しかしあの薩摩の商人のように、御国の力を後ろ盾にしている者には、流石の会所でも手を出せません。今や、毛充狼の額の四字は既に消えていますから」

茂十郎はそう言って、己の額を叩《たた》いた。確かに、老中、寺社奉行、町奉行、勘定奉行の全てが茂十郎の味方ではない。町奉行、勘定奉行の人事は大きく変わっていないが、いずれも老中の顔色を窺《うかが》わずにはいられない。

「ここで薩摩に物申せるのは何処かと考えたのです。金は刀よりも強い。しかし葵《あおい》の御紋は金より強い。葵の御紋に守られた丸十を、葵の御紋に叩いてもらう。それが唯《ゆい》一《いつ》の手ですよ」

上様の御威光の前では奉行所さえも薩摩に対して諦《あきら》めを口にした。それでも諦めることなく、己の内から焔《ほのお》を立たせながら更に進もうとしていた茂十郎の策は、ここにあったのかと思った。

「……つまり、紀州と薩摩を争わせるのか」

「争うとは、人聞きの悪い。そも商いの道を外しているのは薩摩です。それを正道に戻すのは、政《まつりごと》を司《つかさど》る葵の御紋のお役目でございましょう」

「しかし、紀州にそんなことができるのか」

「いえ、我らの後ろには紀州がいると匂《にお》わせる。それによって薩摩を威嚇《いかく》する」

そう言うと、張りぼての俵をとんと叩いた。

「これは毛充狼の持つ牙《きば》でございますよ」

弥三郎は堆く積まれる俵を見上げ、迷いなく話す茂十郎の言葉に圧《お》され、ただ息を呑《の》んだ。茂十郎は絶句する弥三郎を後目《しりめ》に俵の一つを叩く。カサカサと無粋な音がする。

「しかし……」

「事は、江戸だけの話ではございません」

尚《なお》も不服顔をする弥三郎に、茂十郎は言い募る。

「先日、久方ぶりに大坂屋に行きまして、十代目と話をしました。飛脚というのは、この日の本をあちこち走り回っておりますからね。このところよく聞こえて来るのは、農民たちの困窮ぶりです」

この頃では、同じ農家の間でも貧富の格差が大きく開き始めていた。

豊かなのは、米だけではなく、菜種や綿といった商品になる作物を作っている農家。それこそ、江戸や大坂という大都市に売ることで財力を蓄えており、ともすれば江戸の商人なぞよりも羽振りが良い。

一方で米のみを作っている農家では、なかなか生活は楽にならない。天候に左右される上に年貢《ねんぐ》も重く伸《の》し掛かる。一揆《いっき》もしばしば起きてはいるが、それでも改善されることはない。酷使された貧農は郷里を捨てて江戸に逃げ込んで来る。それらが無宿人として江戸の治安の悪化を招いてもいた。

関東ではそうした例が後を絶たず、農地が荒廃していた。それを取り締まるために、関東取締出役《でやく》という役職まで設けて取り締まったが、それは流出を止めるためのものに過ぎず、農民の暮らし向きを救うことは考えられていない。

江戸は活気に溢《あふ》れて華やいで見えるが、一方でこの国のあちこちがじわじわと困窮しているのだ。

「それなのに、愛妾《あいしょう》の父である生臭坊主《ぼうず》の祈禱所《きとうしょ》の為に金を出せとのたまう。金は、世間を動かす血と同じです。滞ればそれが瘤《こぶ》となり、届かぬところは腐れ落ちる。たとえ毛充狼と誹《そし》られようと、金を流し続けることが私が為《な》すべきことだと思えばこそ、時にお上と手を携えて力を尽くしてきたんです。しかし今、せっせと瘤を拵《こしら》えているお上には愛想が尽きました。それは最早、仰ぐべきお上じゃない」

唾棄《だき》するように言い放ち、それきり黙った。

弥三郎は、言葉に迷う。

困窮する者を救うべきは、お上である。そのお上がそれらに目を向けることをせずにいれば、早晩、いつぞやの天明のようなことにもなりかねない。あの時は未曾有《みぞう》の凶作と噴火によって引き起こされた天災であったが、此度《こたび》じわじわと国の蔵を蝕《むしば》んでいるのは、他でもない、並ぶものなき将軍家なのだ。

歯がゆさや苛立《いらだ》ちは確かにあるが、同時にその大きすぎる壁を前に弥三郎は己の足がすくむのを感じる。止まる足を持たない茂十郎は、その壁を突き破ろうと足搔《あが》いているのだ。

「……お上と近づき過ぎたんだよ、お前さん」

弥三郎は唸《うな》るように呟《つぶや》いた。

「商人には商人の領分というものがある。それを越えて力を求めれば、どうしたってお上に近づかざるを得ない。しかしそれは同時に、商人としての自由を奪われることにもつながる。だからこそこれまで江戸の御用商人たちは、お上を敬い畏《おそ》れながらも、近づき過ぎないように心がけて来た。しかしお前さんは、力を求めるあまりにその距離を誤ったんだ」

ずっと弥三郎の中に蟠《わだかま》り続けていた、茂十郎の怖さ、危うさの正体を言葉にした。

「お上は気まぐれだ。そしてその都度態度を変える。そんなことはこれまでだって幾らもあった。だから大店《おおだな》、老舗《しにせ》たちは金は出すけど口は出さず、ただ静かにお上の動静を見守ってきた。しかしお前さんは金を出し、口を出し、天下を操ろうと手を伸ばした。そうして大きな力を手にしたじゃないか。しかし、お前さんが求めたように何かが変わったかい」

茂十郎は黙ったまま弥三郎を真っすぐに見返している。弥三郎はできるだけ穏やかな口ぶりで諭すように続ける。

「ここにある空米については、既に取引を終えてしまったから仕方ない。お前さんはこれを毛充狼が持つ牙だというが、その牙はどこにある。人の顔の口についていればいいが、もしも尾の蝮《まむし》が持つ毒牙《どくが》であれば、お前さんの首筋を咬《か》むことになりかねない、恐ろしいものだよ。だからこれ以上はやめなさい。薩摩のやりように腹を立てている商人は大勢いる。物申したいというのも分かる。しかし、お上に牙剝きたい者などいない。そのお前さんの独り善がりに、お前さんを信じて金を預けた商人たちを巻き込んではいけない」

「しかし、それでは江戸の金はあぶく銭になるだけです。要らぬ祈禱所を造り、要らぬ屋敷を建て、要らぬ物を買うことに費やされ、商人はただの金づるだ。それでいいんですか」

「良くはない。しかし正しいからと言ってそれが通るわけではない」

「ならば兄さんは、生臭坊主に金を使われてもいいんですか」

「良くはない。だが、割り切れなくとも諦めるしかないこともある」

「それでは駄目なんですよ」

茂十郎は拳《こぶし》で俵を叩くと、中に詰まった砂が冷たい床にさらさらと流れ落ちる音がする。

「金をどう使うか。そこを間違えればまた人が死ぬ。天明のように、永代橋のように。

金を稼いでいるのは誰です。持っているのは誰です。商人でしょう。どうして金を無為に使うことしかできないお上を敬うことができるんです。私は、もう鐚《びた》一文、お上に渡したくはない」

頑是ない子どものように、俵を叩きながら茂十郎は声を張った。その激情を前にして弥三郎は再び声を呑み込む。

「この蔵は、私にとっての弱点かもしれません。けれどこれは同時に、お上に対する最大の牙でもある。毛充狼は紀州の力を背負い、最後の牙を剝くことが出来る」

茂十郎は燃え滾《たぎ》るような目をして弥三郎を見据えた。弥三郎はその視線に射抜かれるのを避けるように、茂十郎から目を逸らす。

茂十郎の言う通り、弥三郎もお上を敬う心も忠義も揺らぐ。あの永代橋のことを思えば怒りが沸々と湧《わ》き上がる。しかしそれでも世の絡繰《からく》りはお上を敬うように成り立っており、その只中《ただなか》に己がいるのだと思う。

「……茂十郎、驕《おご》るなと言ったはずだ。弁《わきま》えろ。それは既に、商人の領分を越えている」

知らず口調が強くなった。弥三郎の言葉に茂十郎はぐっと唇を嚙《か》み締める。やがてふっと口の端《は》を上げるだけの歪《ゆが》んだ笑いを浮かべた。

「それならば兄さん、私を切り捨てますか。それで世間は良くなりますか」

弥三郎を試すようにじっと睨《にら》む。その目じりは赤く血走っているように見えた。弥三郎は黙ったまま立ち尽くしていたが、静かに首を横に振った。

「お前さんはこれまで、御国恩冥加《ごこくおんみょうが》と唱えて冥加金を集めて来た。それを裏切るようなことをすれば、町人たちとて黙っていまい」

「御国恩冥加」

茂十郎はそう言うと、ははは、と声高に笑った。その声は蔵の中に響いた。自嘲《じちょう》を含むその声は、聞いているだけで重く弥三郎にのし掛かって来る。茂十郎は笑いを収めると、きっと弥三郎を見据えた。

「忠義《ちゅうぎ》なんざ、糞《くそ》くらえでさ」

弥三郎はその言葉を聞いて、ああ、と嘆息した。

いつぞや茂十郎は、お上が忠義に値するか否《いな》かを見極めると言っていた。そして今、はっきりと茂十郎は見極めたのだ。忠義に値しないと、答えを出してしまった。

この八月、遂《つい》に水野忠成《ただあきら》が老中首座となってから、薩摩の抜け荷のことにせよ、日《にっ》啓《けい》の祈禱所のことにせよ、凡《およ》そ、忠義に値しないと思われることばかりが聞こえてくる。

しかしそれでも、弥三郎は茂十郎ほどに強い怒りがない。弥三郎はいや、違う。お上に逆らうことで、己の身内に累《るい》が及ぶことが恐ろしい。心に宿る怯懦《きょうだ》を見抜かれているような思いがして、茂十郎に背を向けた。

「今はともかく、頭を冷やした方がいい」

茂十郎の言い分が正しいかどうかは分からない。ただ今、老中が入れ替わったばかりの不安定な時に目立った動きをすれば確実に危うい。それだけは分かる。

蔵を出ると、そこには変わらず利助が立っていた。提灯を片手に弥三郎を舟まで導く。その時、弥三郎の視界の隅で人影が動いたように思われ、そちらを見る。しかし暗がりで具《つぶさ》には見えない。

「誰かいたか」

弥三郎の問いに、利助は小さく頷いた。

「昨今、会所の周りにもおります。旦那様は、御庭番ではないかと言っております」

御庭番とは、将軍直属の隠密《おんみつ》である。それらがもし、茂十郎の動きを警戒しているとしたら、それは危うい。茂十郎はそれにはとっくに気づいていて、それでも突き進もうとしているのだろう。

「茂十郎に、またゆっくり話そうと伝えてくれ」

弥三郎はそう言うと、舟に乗り込んだ。

舟は宵闇《よいやみ》の中をゆっくりと滑って行く。人気のなくなった町のどこからともなく、犬の遠吠えが聞こえて来る。船頭が櫓《ろ》をこぐ水音を聞きながら弥三郎は目を閉じる。

「……間違っていたのか」

思わず口をついて出た言葉が、樽屋が木綿問屋の一件の時に呟いた言葉と同じだった。その根にあるのは迷いだ。茂十郎を支えて来た己は果たして正しかったのか。お上とさえ相争おうとしているあの男を信じて来たのは間違いではなかったのか。樽屋もあの時、同じような迷いの淵《ふち》に立っていたのではないかと思った。

茂十郎の力によって、三作が言う「江戸らしい江戸の商い」は失われて姿を変えつつある。

「商人は力を持たなければならない」

茂十郎が言っていたその言葉の意味も分かる。それはこれまでお上に振り回されてきたと感じていた弥三郎の耳に甘美なものに響いていた。

「こんなはずではなかった……」

ならばどうしたかったのか。弥三郎も分からない。

せめてお上が今少し、民の為を思う君子であると信じることができるのならば……

己の胸中がそう思っていることに気づく。そこには既に忠義の欠片《かけら》もなく、最早恨み言でしかない。さりとて、茂十郎のようにあからさまに逆らう意思もない。ただ、今ここを荒らすことなく、守りたいという思いがある。抗《あらが》うべきなのか。何に。お上に。茂十郎に。

そこまで思い、頭を振る。そのいずれも己の領分ではないように思われた。

舟に揺られながら空を見上げると、西に傾く上弦の月には雲がかかっていた。そして視線を動かすと、川を堂々と横切る永代橋が見えていた。弥三郎はそれを見つめてから、ゆっくりと手を合わせた。

「どうかあの男の心が安らかであるように」

この橋で亡くなった者たちへの想《おも》いの為に走ってきた茂十郎の心が、どうか凪《な》いでくれるように。そう祈ることしかできなかった。

＊

弥三郎と茂十郎は、それから互いに会所で顔を合わせても、空米については一切話題にすることはなかった。無論、会所の仕事についてのやりとりや、他愛のない話はする。しかしそこには微《かす》かな溝が生まれていた。そうして半年になろうとする文政二年四月の末。

北町奉行永田正道が急逝《きゅうせい》した。白州での裁きを終えて立ち上がった途端に昏倒《こんとう》したという。

小田切に続き、再び在職中の死であった。次いで町奉行に就いたのは、勘定奉行であった榊原忠之《さかきばらただゆき》である。

榊原忠之は五十四歳。徒士頭《かちがしら》、西ノ丸目付、小普請《こぶしん》奉行ときて三年前に勘定奉行と、着実に出世の階《きざはし》を上ってきた。勘定奉行ということもあり、三橋会所との間でもやり取りが多く、弥三郎も何度か会ったことがあった。どこか淡々とした風情《ふぜい》で、何事につけてもそつがないという印象があった。永田の急逝に、

「愈々《いよいよ》、毛充狼も崖《がけ》っぷちに追われたたな」

と囁《ささや》く声が、町だけではなく会所の中でも聞こえていた。とりわけ、予《かね》てから茂十郎に対しての評価が辛い旧閥の老舗大店の旦那《だんな》衆は、このところ会所から足が遠のいていた。

確かに茂十郎は崖っぷちに立っていた。

味方であったはずの老中首座の松平信明《のぶあきら》は死去、勝手掛老中の牧野忠精《ただきよ》は辞めた。

三奉行の長と言われる寺社奉行は、今の老中首座水野忠成の縁者である水野忠邦。そこへ来て最も近しくしていた町奉行の永田正道が逝去した。

茂十郎が言った通り、毛充狼の額に刻まれた「老、寺、町、勘」の四字の護符は全て完膚なきまでに破られた。歪《いびつ》な体を抱えた獣が、これからどうなっていくのか。しかし、今や三橋会所頭取、十組問屋頭取、町年寄次席である杉本茂十郎なくして、江戸の町を回すのは難しい。茂十郎の代わりを務められる者など今の江戸にはいない。そう考えると、茂十郎も当面は安泰なのではないかと思われた。

しかし数日後のこと。

「北町奉行榊原忠之様が、杉茂が持ち込んだ賄賂《わいろ》を蹴《け》り飛ばし、叱責《しっせき》をした」

という噂が飛び込んできた。

茂十郎は新たな奉行となった榊原に挨拶《あいさつ》に訪れた際、会所からの祝い金を持参し三方《さんぽう》に載せて恭《うやうや》しく差し出したところ、榊原は座を立ち上がるなり三方ごと蹴り飛ばした。

「この北町奉行榊原忠之を、賄賂で懐柔しようとは、不届き千万。下がれ」

その怒声は、奉行所の外にまで響いた。さすがの毛充狼もそそくさと逃げ帰ったというのだ。

「一体どういうことか」

弥三郎が茂十郎に問うと、茂十郎はふん、と鼻を鳴らした。

「ご希望の品をお持ちしなかったからですよ」

「ご希望の品とは」

「奉行所の手形です。それを寄越せとおっしゃった」

「幾らくらいあるんだ」

「上納金だけでは事足りず、会所からも相当に借りていらした。先のお奉行様もそうですし、今のお奉行様が勘定奉行の折にもお借りになっている。合わせて万を超える手形がございます」

会所が貸し付けもしているのは知っていたが、それがそこまで膨れ上がっていたとはさすがに弥三郎も知らなかった。茂十郎は冷笑めいた笑みを口元に浮かべた。

「お上こそが手元不如意《ふにょい》の極みです。それなのに資金繰りを検《あらた》めることなくこちらに献上ばかりねだられる。それでは町人が干上がってしまいますから、手形を切らせていただきました。お上への金の流れは、先の紀州の比ではありません。榊原様はそれを棄《す》てるようにこちらに迫った。それをお断りして、代わりに百両ばかりの献上金をお持ちしたのですよ。まあ、万両の手形に比べれば、百両ばかりの献上金を渡されても仕方ない。それに苛立たれて三方を蹴倒した。それをして、賄賂を断った清廉《せいれん》潔白なお奉行様と言われるとは、あちらとしても思いがけない利得というものですね」

「それならばお前さんに非はない」

「ええ。しかし事実はどうでもいい。江戸市中の方々が、この茂十郎がお奉行様に叱責されて這《ほ》う這《ほ》うの体で逃げ帰ったという御物語をこそ求めている。それは致し方ないけれど、痛恨の一事でございますね」

「榊原様は、お前さんの味方にはならないか」

「それだけではございません。旧閥の皆々様は、上手に榊原様と渡りを付けていらっしゃる」

　旧閥の大店たちにとって、飛脚定法で争い、砂糖問屋、菱垣廻船問屋の問題を解決してみせた茂十郎の存在は常に煙たいものであった。榊原が茂十郎の味方ではないと知れた途端、復権を目指すべく虎《こ》視《し》眈々《たんたん》と動き始めている。

「白木屋の大番頭が、お奉行様の御家来と柳橋辺りで茶屋遊びに興じているのを、再三再四見かけました。潮目が変わるというのは、こういうことを言うのでございましょうね。毛充狼には牙も爪もあるけれど、鱗《うろこ》や鰭《ひれ》はございません。潮目の変わる海中へと突き落とされれば、さしもの毛充狼も息絶えますか」

「おい、戯言《ざれごと》を言うものじゃない」

弥三郎が窘《たしな》めても、茂十郎は他人事《ひとごと》のような顔をしていた。

会所からの帰途、弥三郎は江戸の町を眺める。

活気に溢れ行きかう人々と、道の片隅で蹲《うずくま》るように座り込む物乞《ものご》いの姿。地方が困窮し、江戸に人々が流れ込んでいるという話は聞いていたが、最早それはこうして目に見える形となって、江戸の真ん中に現れている。

茂十郎は前々から地方の困窮についても言及し、お上が何もせずにいることに苛立っていた。

「商人は天下に資する役目を担《にな》う」

茂十郎が熱く語った言葉が頭をよぎる。天下に対して金を以《もっ》て貢献するというのなら、その金の行方にも力を及ぼすのは当然だという茂十郎の思いも分かる。その飢えるような情熱が、実際に今の江戸の豊かさの礎《いしずえ》を築いてきた。

今や政《まつりごと》そのものよりも上様のご機嫌をとるために金を費やすお上に対抗するために、紀州に金をつぎ込んだのだとしたら、それは一つの策なのではないだろうか。

茂十郎は、これまでと同じように、慣例を打ち破り新たな改革を成し遂げるのかもしれない。そんな微かな期待もあった。

しかしそれは、茂十郎と会ったわずか二日後に打ち砕かれた。

三田の弥三郎の屋敷に、会所からの遣いとして下男の利助が訪れた。

「こちらを」

差し出されたのは、笹の葉に巻かれた粽《ちまき》である。

「季節外れに見えるが」

「開けて下さいませ」

弥三郎がそれを開くと、そこからはさらさらと砂が零《こぼ》れ落ちた。その様は、いつぞやの空米の蔵を髣髴《ほうふつ》とさせた。弥三郎が目を見開いて利助を見ると静かに頭《こうべ》を垂れて言った。

「今朝、捕方が主《あるじ》を連れて参りました。己のことは案ずるなと。そして弥三郎様にも或《あ》るいは累が及ぶやもしれぬから、その際にはこの粽を持っていくようにことづかって参りました。必ず開けてもらうようにと」

弥三郎が問いかける間もなくそれだけを言い置くと、利助は慌《あわ》ただしく弥三郎の屋敷を後にした。

遂に、茂十郎が捕らわれた。何の罪科《つみとが》があるのかは知らないが、今やそんな明確な罪状などお上にとっては大事ではないのだろう。先日の話を聞く限り、茂十郎が握っているお上の手形とやらは莫大《ばくだい》な額になっている。それはお上にとって厄介であるに違いない。

「必ず開けろ……か」

手の中に残された、砂の詰まった粽の意味するところを考えながら茫然《ぼうぜん》としていると、わっと玄関先で騒ぐ声が聞こえた。

「頼もう」

声高に聞こえ、下男の庄吉が慌ただしく戻ってきた。

「旦那様、お役人が」

その声と共に庄吉の後ろから草履を脱ぎもせずに上がってきたのは、陣笠《じんがさ》を被《かぶ》り防具をつけ、十手を手にしたものものしい姿の与力と、二人の同心である。

そこへ奥から顔を出したお百合が、

「何事ですか」

と一喝した。そして役人たちの足元を見ると、きっと睨みをきかせて弥三郎を背に庇《かば》うように役人の前に立ちはだかる。

「お百合」

「旦那様。この無礼な客人は何者ですか」

冷ややかな声と共に睨まれ役人たちはやや怯《ひる》んだように見えた。弥三郎は慌てておお百合の手を引いて背に隠し、役人を見据えた。

「何用でございますか」

与力は、一つ咳《せき》ばらいをする。

「町人堤弥三郎、会所の御用金横領の罪にて捕縛する」

「……横領」

弥三郎は身に覚えのない言葉に、思わず問い返した。

「そんなはずがあるわけないでしょう」

お百合が声を張り上げる。

「女は黙れ」

「黙りませんよ。こちとら人様に貸すほどお金が余っているんでございます。何を好き好んで、余所《よそ》様の金に手を出しますか。卑《いや》しいことを言って人の亭主を連れて行こうとは、厚かましい」

怯《おび》えも震えもせず、ぴんと張った声でそう言い放つ。役人は気迫のある女の一喝に絶句して動きを止めた。凛《りん》とした横顔で隣に立つお百合を見て、この女房はいい女だと思い、このような時にそんなことを思う己がおかしく思えた。

しかしすぐに気を取り直し、お百合の肩を叩いた。

「お百合、これは何かの間違いだ」

「そうですよ。ですから……」

「お上も木偶《でく》ではなかろうから、話せば分かる」

弥三郎はそう言って、改めて役人の方へと向き直った。

「御伴《おとも》致しましょう」

「旦那様」

お百合はその袖《そで》をぐっと強く摑《つか》む。弥三郎はただ黙って頷いて、お百合の手を引き離す。そしてそのまま同心に両脇を抱えられるようにして屋敷を出た。

外に出ると、罪人用の唐丸駕籠《とうまるかご》に押し込められ運ばれていく。その間、与力も同心も一言も口を利《き》こうとしない。

弥三郎は駕籠の中で揺られながら、苛立ちと怒りが沸々と湧き上がってきた。

横領など覚えはない。これまでお上や御用の金を預かり、動かして来た。金を扱うからこそ、用心深くもなり、間違っても己の懐に入れるような真似《まね》をしたことはなかった。それを、よりにもよって横領などという、甚だ不本意な罪状によって裁かれることになれば、これまでの信頼は全て崩れてしまう。

「これは、罠《わな》だ」

はっきりと分かるが、逃れる術《すべ》がない。

やがて駕籠が止まった。そこは、伝馬町《てんまちょう》の牢《ろう》屋敷ではなく、八重洲の北町奉行所である。そして、そのまま囚人牢へと入れられた。

本来、捕らえられた罪人は、自身番屋、大番屋などで罪科について取り調べられた後に、町奉行に送られる。その手続きを一切行わず、いきなり奉行所へ送られたということは、真っ当な法に則《のっと》った裁きではないのだと気づく。そのことに弥三郎は身震いをした。

牢の中は暗く、饐《す》えた臭《にお》いがしていた。他にも捕えられた者たちがそこここに横たわっているのがぼんやり見える。

「茂十郎はいるか」

弥三郎は問いかけるが、見覚えのない顔をした男たちが、獣のように目を光らせてこちらを振り返るだけだった。どうやら茂十郎は別の牢に入っているようだ。

足元は冷たく湿っていて、腰を下ろすことも躊躇《ためら》われた。それでも立っているのが辛《つら》くなり、弥三郎はそっとその場に腰を下ろす。いつぞや、木綿問屋の旦那衆が牢に入れられたことがあったが、その時の旦那衆の気持ちが分かる。さぞや口惜《くや》しく思ったであろう。

「お前さん、何をしたんだ」

牢に入れられた男がにじり寄る。目を背けると、その男は弥三郎の着物を摑み、それに顔を擦り付けた。

「おお、いいものを着ている。こいつは持丸って奴《やつ》だな。人を食い物にして、金を稼いでいる連中だ」

かかか、と声を立てて笑う。牢の中で寝ころんでいた三人の男たちはその笑い声で、こちらを振り返り、じろりと弥三郎を見る。弥三郎はそちらを見ないように、その場で目を閉じる。

「金持ちなんざ、人殺しより質《たち》が悪い」

顔を背ける弥三郎に、歯の抜けた口で臭い息を吹きかけて、けけけ、と甲高く笑う。

「お高くとまるんじゃねえよ、ほら」

そう言って男は弥三郎の胸倉をつかみ、いきなり拳を振り上げた。ドンと鈍い音がして頰に痛みが走り、弥三郎はその場に転がった。牢の中の他の男たちも声をそろえて笑う。

「ざまあねえな」

その日は、そのまま牢の中で眠ることになった。地響きのような鼾《いびき》を聞きながら冷たい板張りの床に横になる。殴られた跡が痛み、じんじんと熱を持っているように感じられた。

いつ、何を間違えたのだろう。

やはり、茂十郎を支えてきたのが間違いだったのか。

たとえ、どれほどお上が理不尽であろうとも、商人は黙ってお上や御用先の顔色を窺い、ほどよく距離を取りながら、己の蔵を守ればいい。物心ついた時から江戸の商家で育ち、そう教えられて富を手にしてきた。そうした慣習を壊し、商人の力を増し、町も政も変えようと足掻く茂十郎の姿に、初めは弥三郎も眉《まゆ》を顰《ひそ》めていた。しかし次第にあの男のすることが痛快に思えるようになり、魅せられていった。

あるいは従来通り、お上に追従《ついしょう》していれば良かったのか。

ご愛妾の実父である生臭坊主のために、民草が汗水を垂らして稼いだ金を注《つ》ぎ込むお上は、間違っていないのか。そこに金を注ぎ込むのではなく、異を唱えてくれる紀州に金を注ぎ込むのは正しくはないのか。忠義という名の下に全てに目を瞑《つむ》り、耳を塞《ふさ》ぎ、口を閉ざしていれば良かったのか。

もう、何が正しくて何が間違っているのか。その境界が分からない。

「畜生……」

己の口から呻《うめ》くような声が漏れたことに驚く。

忠義なんざ糞くらえ。

そう言い放った茂十郎の思いが痛いほどに分かる。

ぐるぐると思いめぐらせるうち、気を失うように眠りについた。どれくらい経《た》った頃だろうか。ふと、額に冷たいものを感じ、目を覚ました。上から落ちた水滴であると気づいた。牢の片隅の小便壺《つぼ》で囚人の一人が用を足しており、その臭いに思わず吐き気を覚えてえずいた。

「無礼な野郎だな。ここには便所なんかねえ。用を足すのは、そこしかねえんだよ」

そう言って、蹴り上げられた。

一体いつまでこうしているのか……あるいは、このままここに捨て置かれるのか。

震えが身の内を駆け巡った。

その時、同心が二人、牢の前に現れた。

「堤弥三郎、参れ」

弥三郎は、同心二人に縄を掛けられて、お白州へと引っ立てられた。

これまで奉行所には何度となく足を運んだ。しかしそれはいつも町奉行に会いに行くためであり、紋付を着て奥の間に通っていたのだ。時折、縄をかけられ引っ立てられる罪人を見たことはあるが、己とは程遠いことと思っていた。

お白州で膝《ひざ》を折り、項垂《うなだ》れて座る。

そこへ町奉行榊原忠之が現れた。

弥三郎も、榊原忠之が勘定奉行であった頃に、何度か顔を合わせたことがある。五十代半ばのおっとりとした印象の役人であった。気弱さを感じさせるところもあるが、十分に賢い男である。とはいえそれは、役人という枠の中で上手《うま》く立ち廻るための賢さだ。己の頭で考えて、道を拓《ひら》く才覚ではない。

なるほど、この男にとって自ら道を切り拓いてきた茂十郎の存在はさぞや恐ろしかろうと思った。

公事場《くじば》に鎮座した榊原は、じっと弥三郎の様子を窺う。

「顔が腫《は》れておるな。囚人に殴られたか」

弥三郎が応《こた》えずにいると、同心が答えた。

「はい、殺しの咎《とが》で囚われております者に」

「それは難儀であったな、堤弥三郎」

猫なで声にも聞こえるほど、優し気な声音で語りかける。弥三郎は戸惑いながら、榊原を見上げた。すると榊原はその場を立ち、与力らが止めるのも聞かずに端近《はしぢか》にまで寄った。

「その方、何故《なにゆえ》捕えられたか分かるか」

「存じません」

弥三郎ははっきりと言った。が、顔が腫れているせいか、頭の中に声がくぐもって聞こえた。

「その方のいる三橋会所から、金が消えている。巷《ちまた》で毛充狼といわれるあの男は、これまでにも散々、冥加金の取り立てにおいて町人と揉《も》め事を起こしている。ましてや町人から集めたその冥加金で米を買っては損を出している。それとても、天下の通用たる金を失うのは不忠の極みであろう」

「何を……」

弥三郎は、榊原の言っていることに失笑した。

損を出すも何も、損を承知で米価の調整のために米を買うように命じたのは、お上である。そしてその損を補うために、商人たちから差加金《さしくわえきん》を回収しろと求めたのもお上である。それによって茂十郎が商人と揉めたのは事実ではあるが、それとても奉行所は先刻承知であったはずだ。しかもここ数年で相場は回復し、損を補って余りあるまでになっていた。

弥三郎が沈黙したままでいると、榊原は苛立ったように言葉を継いだ。

「或いは、損を出したというのは甚だ嘘《うそ》であり、消えた金はそのまま茂十郎の懐に入っているのではないか」

弥三郎は全身が粟立《あわだ》つような心地がした。

消えたわけではない。茂十郎が奉行所に融通し、それを手形として蓄えている。そのことをこの奉行は誰よりも知っているはずだ。

「さようなことはございません。それはお奉行様も重々ご存知のことかと」

弥三郎は目を見開いて榊原を見据える。その瞬間、榊原の顔から血の気が引いた。手形のことについて弥三郎は知らぬと思っていたのだろう。榊原は一つ咳ばらいをする。

「その方は存ぜぬやもしれぬ。しかし、菱垣廻船積株仲間の大株主である旦那衆は、こぞって茂十郎が私欲の為に流用したに違いないと申して居る」

弥三郎は歯噛みする。やはり旧閥の大店が、茂十郎を見限り奉行所側についている。これまで茂十郎と会所の生み出す利益を享受《きょうじゅ》していた者たちが、手のひらを返したのだ。

榊原は、己の扇でトンと床を突いた。

「本来であれば、疑わしい者は伝馬町の牢屋敷にて、白状するまで拷問《ごうもん》にかける。しかし、これまで勘定方にも尽くしてくれたその方を、さような目に遭わせるのは忍びない。そう思えばこそ、こうして奉行が自ら話を聞くことにしたのだ」

茂十郎は伝馬町の牢屋敷へ連れていかれたと示唆《しさ》しているらしい。しかし、どれほど脅されても弥三郎が知っているのは、間違っても茂十郎が金を私したことはないということだ。もしも悪事があるとすれば、茂十郎が紀州に金を流していることにある。

或いは奉行は己の手形のことは承知していても、紀州についてまでは知らないのではないか。そこまで思いめぐらせ、弥三郎は榊原の顔を見上げた。

榊原は弥三郎の視線の先で一つ咳払いをし、扇を鳴らした。

「その方の娘は、大奥御用達《ごようたし》の商家の内儀であるとか」

不意に五年前に嫁いだ下の娘のことを言われ、弥三郎は言葉を呑み込んだ。榊原は勝ち誇ったような笑みを浮かべた。

「御台《みだい》様におかれましては、寛大なお心をお持ちの方。無論、父の罪には子も連座するなどとして商いを取り上げるようなことはなさいますまい。奉行もそれは心得ておる。但《ただ》し、それにはその方も忠義を示さねばならぬ。言っている意味は分かるな」

弥三郎は、己の心臓が脈打っているのを感じた。耳の中で、鼓動が響いている。全身が揺さぶられているような心地を覚えながら、ゆっくりと呼吸をした。

己一人の話であれば、弥三郎は茂十郎を庇いたい思いもあった。しかしここで、娘や己の身内にもその咎が及ぶと示唆されて、怯んだ。

その瞬間、頭の中に茂十郎の声が響く。

「もう鐚一文、お上に渡したくはない」

空米の俵を叩きながら叫んだ姿を思い出す。その思いは分からなくない。しかし、それは所詮、茂十郎の独り善がりではないか。

トン、と榊原が扇を鳴らす音で弥三郎は顔を上げた。

「何か、杉本茂十郎が金を着服したことについて、知っているのではないか」

榊原は言いつのるが、そんな事実はない以上話すべきことは何もない。しかしふと、弥三郎の脳裏に空米の蔵が過《よぎ》る。同時に、茂十郎から届けられた粽のことを思い出した。

必ず開けるように言伝《ことづ》てられた中身は、あの空米の俵と同じだった。

また、その蔵をして茂十郎は「毛充狼の牙」だと言っていた。

お上は、あの蔵の俵の中身を見て空米切手の取引があることを知れば、その出処《でどころ》を探る。それは紀州に行きつくことになる。それを咎めることは即《すなわ》ち、お上が御三家の紀州と対立するということだ。茂十郎を追い落とそうとすればお上も無傷ではいられない。

しかし、これが暴《あば》かれた時点で、茂十郎は全《すべ》ての力を奪われる。お上に火種を放り込む御用商人なぞ、裁かれて当然だ。

弥三郎は口を開きかけ、そして引き結ぶ。

「堤弥三郎。このまま黙り込んでいれば、その方の罪科となる。流石《さすが》に役宅も奪われるであろうし、その方の親類縁者もまた不忠者を抱え、これから苦難の道を歩むことになろう。その方は何もしていない。それはこの奉行も存じておる。ただ、杉本茂十郎が握る金の行方を知りたいのだ」

猫なで声で問いかける榊原に向かい、弥三郎は背筋を伸ばした。

「畏れながら何故、会所の金が消えていると思われるのでございますか。これまでよりも、お奉行様が受け取るお金が少ないからでございますか。さすれば賄賂などいらぬと茂十郎を罵《ののし》ったという噂はむしろ逆。差し出された金が、少なかったとお怒りになられたということでございましょう」

弥三郎はここぞとばかりに声を張る。居合わせた与力、同心らは弥三郎の顔を見て、榊原を見る。怒りに顔を赤くする榊原に促され、与力が慌てて木刀を持ち、したたか弥三郎の背を打った。うっと唸りを上げて、弥三郎はその場に突っ伏した。

「お奉行様のご厚意に甘え、無礼を言うとは何事か」

与力の怒鳴る声を聞きながら、弥三郎はゆらゆらと身を持ち上げる。

悔しい。悔しい。悔しい。

忠義なんざ糞くらえ。

今なら茂十郎の思いが痛いほどによく分かる。目の前にいるこの男は、保身の為とあればこれまで尽力してきた商人であろうと、罪人として切り捨てることに何の迷いもない。

弥三郎は奥歯を嚙みしめ苦い唾《つば》を呑む。

必ず開けろ……弥三郎の脳裏で茂十郎が囁く。その扉を開けば毛充狼が飛び出して、お上に向かって牙を剝く。かつての己であれば奉行に対して平身低頭し、知らぬ存ぜぬを繰り返して切り抜けようとしたであろう。しかし今、己の内から沸々と怒りが湧き出していた。そして弥三郎はその扉に手を掛けた。

「……蔵前に、かつて近江屋という札差の持っていた蔵がございます。その蔵は、杉本茂十郎が購《あがな》ったもの。中にあるのは全て、茂十郎のものでございます。会所の者はその中身を存じません」

絞り出すようにそう言った。

額から、玉のような汗が滴《したた》り落ち、弥三郎は大きく息を吐きだした。己の身が小刻みに震えているのが分かる。

榊原はその弥三郎を見下ろして、ふっと笑った。

「縄を解いてやれ」

同心が、は、と短く返事をし、縄が解かれ弥三郎は両手を突いた。榊原は弥三郎を見下ろす。

「所詮《しょせん》、商人。会所頭取は、忠義に値せぬか。兄と慕った者に裏切られるとは、毛充狼も憐《あわ》れよのう」

ははは、と嘲笑《あざわら》うように声を上げる。

笑い声を残しながら榊原は奥へと下がる。次の罪人が引っ立てられて与力が上座に移ると、弥三郎は同心らに両脇を抱えられ、そのまま奉行所の外へと放り出された。

地面に転がり、倒れ込む。立ち上がろうとしても力が入らない。全身のあちこちが痛んだ。

弥三郎は地面に爪を立てた。そのまま拳を握り、蹲り、泣いた。

己の不甲斐なさに、口惜しさに、茂十郎への申し訳なさに。

「旦那様」

そう声がして、下男の庄吉が駆け寄ってきた。

「庄吉……何故、ここへ」

「旦那様が奉行所に連れていかれてから、ここで待ちわびておりました。ひどいお怪《け》我《が》だ」

「離れなさい。汚れてしまうから」

泥と汚物がこびりついた着物に、躊躇《ちゅうちょ》なく庄吉は寄り添う。

「そんなことは構いません。帰りましょう。お内儀《かみ》さんも心配しておられますから」

弥三郎は、庄吉に支えられながら、三田への帰路を辿《たど》った。

＊

弥三郎が三田に戻ってから十日余り経った頃、茂十郎が牢から出され、恵比寿庵に戻ったという話が聞こえて来た。五月十日のことである。

弥三郎は放免されてからその日まで方々を走り回っていた。なかでも紀州の江戸屋敷には日参し、江戸家老の三浦に面会を申し出ていた。しかし三浦は頑として会おうとはしなかった。愈々《いよいよ》、茂十郎は紀州にも見捨てられたかと思われたが、遂に紀州の江戸屋敷から奉行所に使者が走ったのが昨日のこと。そして今朝、茂十郎はこれ見よがしな唐丸駕籠で西河岸町の恵比寿庵に運ばれた。当面は「押込《おしこめ》」とされ、六月には御裁きが言い渡されることになっているという。

弥三郎はすぐに会いに出向いたが、恵比寿庵はぐるりと締め切られ、周りを役人が取り囲む物々しい有様であり、中に入ることさえできない。甥《おい》の宗八郎は朝に辛うじて会うことができたそうだが、すぐに役人に追い返された。その際に茂十郎から、

「以後は来なくていい。兄さんにもそう伝えてくれ」

と言伝てられていた。

「ひどい拷問を受けたようで、立っているのもやっと。利助に支えられてようやっと階段を上っておりました。食べるものもろくろくなかったと見え、痩《や》せ細っていました」

宗八郎は叔父の変わりようについてそう語り、弥三郎の前で泣いていた。

会所の連中は恵比寿庵には近づかない。ともすると連座させられるのではないかと、

旦那衆は口を噤《つぐ》んだ。弥三郎は何とかして茂十郎に会いたいと望んだのだが、奉行所は「談合の恐れあり」として、弥三郎が立ち入ることを禁じていた。文を送れども茂十郎からの返書はなかった。

茂十郎が恵比寿庵に戻って二日後の宵。

一艘《そう》の猪牙舟《ちょきぶね》がゆっくりと日本橋川を滑っていく。そこに乗っているのは目深《まぶか》に笠を被り、背には葛籠《つづら》を背負い、尻端折《しりっぱしょ》った着物に股引《ももひき》という物売り風体の男。弥三郎は物売りに身をやつして三橋会所に忍び込もうとしていた。

舟は会所近くで停まる。船頭に幾らか金を渡して待つように言い置くと、西河岸町の恵比寿庵の前に立ち見上げるが、しんと静まり返って音もない。裏木戸を叩くと、

「はい」

女中の怯えた声が返って来た。女中が二人この恵比寿庵の中に残されていると聞いている。

「利助さんはいるかい」

弥三郎は名乗りを上げずに尋ねた。暫《しばら》くすると、木戸の向こうから、

「どちら様で」

利助の声がした。

「弥三郎だ」

その声に、木戸が勢いよく開いた。

「弥三郎様……よくぞ」

無口で不愛想な下男であるが、この時ばかりは感極まった様子であった。

「茂十郎は」

「お二階でございます」

弥三郎は葛籠を置くと、笠もそのまま利助に案内されて二階へと上がった。

「旦那様、弥三郎様が」

利助が声を掛けると、

「兄さんが」

中から声がした。

弥三郎が襖《ふすま》を開けると、そこには脇息《きょうそく》にもたれている茂十郎の姿があった。その顔は傷だらけで、面差しは窶《やつ》れていた。体も満身創痍《そうい》といった様子で、痛みに耐えるように顔を顰《しか》めながら弥三郎の方を見やる。

「兄さん、どうして……」

弥三郎は笠を外すと、茂十郎の側《そば》ににじり寄り両手を突いて頭を下げた。

「茂十郎、済まなかった。苦し紛れにあの空米の蔵の話を……」

「いいんですよ。開けてくださいと、粽を送ったでしょう。あの数日前から捕り方の動きが怪しいと思っていたのですが、慌てていたので分かりにくくてすみません」

侠客《きょうかく》の新場小安の一派に探らせていたところ、岡っ引きの連中が前夜から捕りものに向かうという話を聞いた。それが茂十郎のみならず、三田にも動いているという。弥三郎が狙《ねら》われていると踏んだ茂十郎は、捕り方には分からぬよう文ではなく粽で知らせた。

「兄さんに何かあったのでは、私は手前を許せねえ」

「しかし、お前さん、その有様は……」

「はは……連中は人の皮を被った獣だ。笞打《むちうち》のおかげで背中は腫れ上がり、棍棒《こんぼう》で脛《すね》を叩かれて右足が言うことを聞かない」

金の行方を白状しろと言われたのなら、洗いざらいぶちまけて、榊原が借りた金の総額くらいは言おうと決めていた。更には紀州の空米のことを話すつもりもあった。しかし、牢屋敷では端《はな》から、金を着服したものとして咎めをするつもりでいるらしい。何も言わぬように、猿轡《さるぐつわ》をかませて打ちのめす。俄《にわ》かに死んでしまった体にしようとしているのだと悟った時には、愈々危ないと思った。

「そこへ来て、ようやっと釈放された。それは兄さんが町奉行に蔵の話をしてくれて、お上が私と紀州の関わりに気づいたからです」

「それだけで、解放されるものか」

もしも吟味のさなかに急死したことにしたいと思っていたというのなら、たとえ紀州との縁があったとしてもお上にとっては痛くも痒《かゆ》くもない。むしろ、厄介者を片づける好機であろう。

「私は私で、紀州に対して手を打ってあったのです」

奉行所の動きに勘づいた茂十郎は、奉行の手形の一部を紀州に渡しておいた。いざとなったらこの手形を榊原に示して欲しいと頼んでいた。

「この茂十郎が死ねば、残りの手形は全て紀州が譲り受けることになると伝えて頂きました」

奉行にしてみれば、町人の茂十郎相手ならいざとなれば力に物を言わせることができる。しかし相手が御三家紀州となれば、一役人ではどうすることもできない。下手を打てば切腹だ。

「お蔭《かげ》で榊原様は青ざめて、私をそそくさと牢から出したというわけでして」

「しかし、紀州がそこまでしてお前さんを助ける理由は」

弥三郎が問うと、茂十郎はふっと笑みを漏らした。

「こいつですよ」

そう言って示したのは、蒔絵《まきえ》の文箱《ふばこ》である。茂十郎はそれを引き寄せて蓋《ふた》を開けた。見ると、そこには薩摩の島津重豪《しげひで》の名が記された手形が束になって入っていた。

「薩摩の手形か」

茂十郎は頷《うなず》いた。

「近江屋さんの蔵と一緒に買ったんです」

札差として大店であった近江屋が潰《つぶ》れたのは、表沙汰《おもてざた》にしてはいないが薩摩の踏み倒しが原因であるという噂は耳にしたことがある。

「近江屋さんから、奉公人たちへの餞別《せんべつ》のために買って欲しいものがあるといってこの手形を見せられたんです」

その頃には既に砂糖の抜け荷が蔓延《はびこ》り始めていた。薩摩の手形はただその額面の大きさだけではなく、それ自体に意味があるものだと思った。

「あの蔵と合わせて、なかなかの散財でした。しかし今、薩摩の力が増大していることに苦い思いを抱いている紀州の方々にとって、この手形は私を助ける理由になる」

これだけの額面の手形が紀州に渡るとなると、薩摩は紀州に対して弱腰にならざるを得ない。紀州としては茂十郎を助けることで得るものがあるのだ。

しかしそれは同時に、薩摩にとってはもちろん、薩摩のもたらす砂糖によって利を得ているお上にとっても望ましくない。お上と大国薩摩を敵に回しているというのに、茂十郎は至って落ち着いている。

「今回、奉行所が言う通り、会所から金が消えているというのはあながち嘘じゃない。私腹を肥やしているとは言わないが、私の博打《ばくち》に使ったのは事実です」

「それは、危うい賭《か》けじゃないのか」

「ええ、ですから命を懸けた大博打ですよ」

茂十郎は、ははは、と笑い、痛みに顔を歪《ゆが》めて呟《つぶや》いた。

「……兄さん、鵺《ぬえ》を覚えていますか」

「ああ、能で見たあの……」

「天下を騒がし、化け物として討たれる。毛充狼はやはり、鵺に似ていますね」

いつぞやの勧進能《かんじんのう》のことを思い出し、弥三郎は口を引き結ぶ。茂十郎は弥三郎に微笑《ほほえ》みかけた。

「しかし毛充狼は、既に私一人ではない。毛充狼は私の顔をしているけれど、駆ける体は江戸の町そのもの。狐狸《こり》の手足はそれを運ぶ欲深い商人たち。そしてそれを食らおうとするお上は蝮《まむし》の尾……倒そうとすれば、諸共《もろとも》に崩れる」

老中、寺社奉行、町奉行、勘定奉行の庇護《ひご》を受け、暴れ狂う金の流れと人の動きを御してきたのは、茂十郎なのだ。その額から「老、寺、町、勘」の四つの護符が消え、人の顔に戻った時、茂十郎は捕らわれた。

「たとえ私がここで狩られたとしても、その本体は変わることなく走るでしょう。尾の蝮の毒牙に怯えながら……」

暗がりの中、異形の獣がひた走る姿が脳裏に浮かび、弥三郎はふるふると頭を振った。

「時流というのは、不意に変わることがある。お前さんはまだ、この江戸には必要だ。今は雌伏の時と肚《はら》を据え、身を守ることを考えなければ……」

その時、階下で戸を蹴破るような激しい物音がした。それに続いて女中の甲高い叫び声がする。

利助が、血相を変えて部屋に飛び込んできた。

「逃げて下さい」

「誰だ」

「分かりません。ただ、刀を持った男が二人、頭巾《ずきん》で顔を覆《おお》っていて……」

異様な風体であるということが伝わる。

「やはりおいでなすった。敵はお上か薩摩か……」

茂十郎は至極冷静である。

「茂十郎、逃げろ。立てるか」

「しかし、逃げると言っても……」

「木挽町《こびきちょう》の三浦長門守の屋敷でもいいし、三田の私の家でもいい。ともかくもここで死んではいけない。お文ちゃんのこともある。今、死んだらお前さんは、金の亡者《もうじゃ》だ、罪人だ、山師だと好き勝手に誹《そし》られるだけだ。ともかくも、時流が変わるのを待て」

そうしている間にも、階下では叫び声に混じって茶碗《ちゃわん》の割れる音、荒々しい足音が大きくなる。

茂十郎は一時の逡巡《しゅんじゅん》の後、床の間に置かれていた煤《すす》けた鼈甲《べっこう》の櫛《くし》と、小さな独楽《こま》を手に取り、それを懐《ふところ》へと入れた。それがお八尾と栄太郎の形見の品であることを、弥三郎は思い出した。

そして先ほどの薩摩の手形の入った文箱を取った。

「兄さん、これを」

茂十郎から手渡された文箱を、弥三郎は懐から出した風呂敷《ふろしき》に包んで背負い、茂十郎の腕を摑んだ。その瞬間、その細さに驚く。かつては仁王像もかくやという屈強さを持っていた茂十郎が、牢に入っている間に、ろくに食べもせず、動くこともできなかったことが分かる。

「急げ」

弥三郎は、右肩を茂十郎の傍らに寄せる。足を痛めている茂十郎は、弥三郎に寄りかかりながら部屋の外へと出た。

「旦那様、こちらへ」

利助が、階下で声を張り上げる。

弥三郎は茂十郎を支えながら階段を降りる。利助が二人を庇うように立ちはだかる。侵入者は二人である。背格好にも見覚えはない。いずれの役人か、浪人、俠客の類《たぐい》なのか。剣を構えた佇《たたず》まいは武士らしい硬さを感じる。一人が利助に斬《き》りかかり、利助は刀で応戦した。鍔迫《つばぜ》り合いをしているうちに、もう一人の男が茂十郎の方へと突っ込んできた。

抜き身をこちらに向かって突き出して、その切っ先が茂十郎の脇腹を掠《かす》める。

「茂十郎」

「掠っただけです」

茂十郎は刀を構えた頭巾の男を睨《にら》みつけ、仁王立ちしたままにやりと笑った。その視線の先で男が怯んだように見えた瞬間、弥三郎の肩を借りて片方の足を男に向かって蹴りだした。男は足を払われて、その場にどうと倒れこむ。すぐさま刀を奪うと、その切っ先を男の眉間《みけん》に突きつける。

「どこの何方が知らねえが、ここは毛充狼の巣窟《そうくつ》だ。通りすがりの盗人風情が入る場所じゃござんせん」

その声は、朗々と響く。

一体、どこにそんな力が残っているのか。痩せたかに見えたその身から、焔《ほのお》に似た闘志が立ち上っている。

利助も、茂十郎の声に押されるように己の敵に手傷を負わせると、茂十郎の側に駆け寄り、その背に庇った。

「お早く」

利助に促され、弥三郎は茂十郎を連れて裏の木戸から外へ出た。

宵闇《よいやみ》の中、茂十郎は肩で息をしている。先ほど刃の掠めたところを押さえているが、そこには次第に赤黒い染《し》みが広がっている。

「ははは、ざまあねえな」

そう言って、茂十郎は自嘲《じちょう》するように笑う。

「しかし、これまで飛脚同士やら、旦那衆同士やらの揉め事を仲裁してきた甲斐《かい》があったってもんです。いざとなったら、肚が据わるものですね」

「無茶をするな」

弥三郎は大柄な茂十郎の重みを肩に感じながら舟に向かって歩く。

「奴らの狙いはお前さんだ。ともかくも早く、ここから離れろ」

舟がもやってあったところまで来たが、船頭の男がいない。ただならぬ騒ぎの声を聞いて、その場から逃げたのかもしれない。そうしている間にも会所の方で怒鳴り声が聞こえている。

一刻の猶予《ゆうよ》もなかった。

「乗れ」

弥三郎は茂十郎を舟へと押し込むと、棹《さお》を握らせる。

「舟は漕《こ》げるな」

「若い時分に心得ていますが……兄さんは」

「いざとなったら、私が囮《おとり》になる」

弥三郎は端折っていた着物を戻す。そして、舟に文箱の入った包みを放り込むと、もやいを解いた。

「しかしそれでは兄さんが」

「ここでお前さんを助けなければ、私の矜持《きょうじ》が崩れちまう」

「矜持なんて……矜持で飯が食えますかい」

茂十郎が笑いながら呟いた言葉に、弥三郎は懐《なつ》かしさを覚える。初めて出会った料亭で茂十郎は飛脚定法を通す為に、大店《おおだな》相手に同じ言葉で啖呵《たんか》を切っていた。茂十郎もそのことを思い出したのだろう。

弥三郎は、目の前にいる手負いの獣のような茂十郎の肩を摑んだ。

「お前さんの言う通り、矜持で飯は食えないさ。そして金は刀よりも強い。更に金より葵《あおい》が強い。だが今、ここでお前さんを救えるのは、この深情けの兄さんのなけなしの矜持だ。そう証《あかし》を立てさせてもらおうじゃないか」

弥三郎の必死の声に、茂十郎の表情が次第に崩れ、涙を堪《こら》えるように唇を嚙みしめた。そして微笑んだ。それは初めて会った頃の屈託のない笑顔に見えた。

「どこでもいい。ともかく行け。生き延びろ」

茂十郎は無言で深く頷いた。弥三郎はその舟を蹴り出した。舟がゆっくりと動き始める。

川にたゆたい遠ざかる茂十郎の舟影を見て、その有様が何処《どこ》かで見たもののように思われた。

〽さらば埋れも果てずして、
亡心《ぼうしん》なにに残るらん。
浮き沈む、涙の波の　空舟《うつおぶね》、
焦《こ》がれて堪えぬ　いにしえを。
忍び果つべき　隙《ひま》ぞなき。

鵺の謡《うたい》が蘇《よみがえ》る。
あれは、討たれた鵺の亡霊が、空舟にて川を下り、己の弔いを求めて流れ着く話だ。
弥三郎は己の脳裏に浮かぶ思いを断ち切るように、強く頭を振った。そして遠ざかっていく舟影を見送ると、恵比寿庵の裏手から討手が出て来るのを見計らい、日本橋の宵闇の中を駆けだした。

終

「それが、私が杉本茂十郎を見た最後でございます」

弥三郎の声は嗄《か》れ、震えた。

天保十二年、初夏。

膝《ひざ》の上で握りしめた拳《こぶし》の皺《しわ》を見つめながら項垂《うなだ》れたままでいると、水野忠邦が固唾《かたず》を呑《の》む音がした。

「紀州が匿《かくま》ったのではないのか」

弥三郎は首を横に振る。

「分かりません」

あの夜、茂十郎を逃した後で賊は恵比寿庵から出て来た。夜陰に紛れて弥三郎は走ったが、追手はついて来なかった。翌朝、猪牙舟《ちょきぶね》は新橋の辺りに乗り捨てられていたという話を船宿の主《あるじ》から知らされた。新橋から木挽町は近い。恐らくは、三浦の屋敷に逃げ込んだのだろうと思い、弥三郎は再三にわたり問い合わせた。しかし三浦からの返答はなかなか来なかった。業を煮やして木挽町の屋敷を訪ねると、三浦は、

「さような者は来なかった」

とだけ答えた。その真偽については確かめようがなかった。

甥《おい》の宗八郎も、弥三郎と共に茂十郎を捜した。

宗八郎の母である茂十郎の姉からも、茂十郎の安否を問う文があった。つまりは、甲斐に戻ったわけでもないということは分かった。宗八郎は、叔父が言われなき罪に問われ心を痛めているということだけを返事に記し、行方が知れぬことは黙っていた。

「ここまで姿を消しおおせるとするならば、やはり、紀州の江戸屋敷にいるのではないか」

それが、弥三郎と宗八郎の出した答えであった。

また、弥三郎の屋敷の周りを役人がうろついていたことから、奉行所は弥三郎が茂十郎を匿っていると考えているようであった。そのことから、奉行所に捕らわれているわけではないことも分かった。

茂十郎の行方は分からないまま、奉行所から茂十郎の裁きを申し伝える旨《むね》が知らされた。奉行からは「必ず当人がまかり越すよう」とのお達しがあった。しかし茂十郎

の行方は杳《よう》として知れない。

「私が行こう」

弥三郎は自ら名乗りを上げ、奉行所へと赴いた。

「杉本茂十郎は如何《いかが》した」

奉行榊原忠之の声は裏返って甲高く響き、動揺が窺《うかが》えるようであった。弥三郎は伏して答えた。

「生憎《あいにく》と、身動きを取ることもままなりません。致し方なく、義兄弟とも言えるこの私が、御裁きをうかがいますことをお許し下さいませ」

居合わせた役人たちのざわめきを浴びながら、弥三郎は背筋を伸ばして榊原に向き直る。ふた月近く前にここで縄に縛られていたことが思い起こされ、身震いするような不快さがあった。榊原はあの時と同じように、扇で床を叩《たた》いて一つ咳《せき》ばらいをした。

「急度《きっと》に申しつくべきところ、宥免《ゆうめん》を以《もっ》て、御用達十組頭取、取放す」

その言葉に、再び奉行所の面々がざわめいた。一人の若い侍がついと膝《ひざ》を進めて、

「畏《おそ》れながら、手ぬるいのではございませんか。町人にあるまじき絶大な力を手にし、あまつさえ一万二百両という大金を、お上を謀《たばか》り手にしたという男への罰が立場を剝《はく》奪《だつ》するだけとは、あまりにも……」

一万二百両……と、弥三郎は口の中で呟《つぶや》く。侍が口にした額の小ささに驚いた。会所の帳簿から消えていたのは二十万両である。すると、

「よい」

榊原は声を張り、それ以上の問いを封じた。

咎《とが》めの理由は、前年の冥加金《みょうがきん》一万二百両が上納延期になったにも拘《かかわ》らず、各商人たちに返さずに三橋会所の会計の穴埋めに使ったこと。そして、会所に幕府から与えられた拝領屋敷の地代を仲間に割り戻さずに会所入用に充《あ》てたこととされた。

いずれにせよ、常であれば罪に問われるほどではない微々たる金の動きであり、明らかに強引な理由付けであった。

実際に帳簿から消えている二十万両については、この御裁きでは触れられることもなかった。これ以上の罪を問うとなれば、お上の懐《ふところ》がこれまで如何《いか》に三橋会所に頼って来たかが分かってしまう。また、その一部の金が御三家紀州に流れていることにも触れねばならない。そうなると、かつては勘定奉行として茂十郎から金を上納されていた榊原もまた無傷ではいられないし、御三家を糾弾することなどましてやできるはずもない。

本来の罪などここには何もなかった。言いがかりのような形ばかりの罪があり、そ

こに罰が科される。

「杉本茂十郎、名代堤弥三郎、これを以て裁きとする」

「しかと、承りましてございます」

弥三郎はそのまま深く頭を下げた。

その日のうちに、三橋会所は解散。杉本茂十郎は十組問屋頭取の任を解かれた。更に、茂十郎が姿を現さないことから、「闕所《けっしょ》」として、茂十郎の私財である恵比寿庵をはじめ、諸々《もろもろ》が没収されることになった。茂十郎が積み上げて来た全てがここで奪われた。

それが、文政二年六月二十五日のこと。町奉行の永田正道が亡《な》くなってからわずか二か月余り、瞬《また》く間に江戸の町の勢力図が変わった。

弥三郎は、その後も茂十郎の行方を捜した。伊勢詣《もう》でにかこつけて紀州本国まで足を延ばしたこともある。しかしそれでも、茂十郎の行方は杳として摑《つか》めないまま歳月が流れていた。

ようやくその消息について摑むことができたのは、五年目になる文政六年の年明けのこと。茂十郎の甥、宗八郎が弥三郎を訪ねて来た。

「実は、甲斐におります弟が年の瀬に参りまして、これを……」

そう言って、袱紗《ふくさ》に包んだ厚紙の短冊《たんざく》を差し出した。そこには、金箔《きんぱく》などで装飾された中に、黒い墨字で、

「妙信院泰寿栄林日昌居士《こじ》」

と書かれていた。

「これは、何だ」

「本家の菩提寺《ぼだいじ》であります法恩院より賜りました、叔父……杉本茂十郎の戒名でございます。昨年、十月に身罷《みまか》ったと……」

「いつ何処《どこ》で、何故《なにゆえ》に……」

弥三郎が気色ばむと、宗八郎は黙って首を横に振った。

「分かりません」

「葬《ほうむ》られているのか」

「何者かは存じませんが、身なりの良い方がその旨を菩提寺に伝え、遺髪を納めに参られたとのこと」

或《ある》いはそれは大坂屋の縁者であったのかと、宗八郎は十代目大坂屋茂兵衛を訪ねたが、十代目もまた、茂十郎の行方を案じていたのだという。

「……それは、本当に亡くなったのか」

弥三郎は思わずそう問いかけた。宗八郎は黙って首を横に振った。

「私も、同じように弟に問いましたた。されど、里の者たちにとっては、長年離れていたということもあり、事の次第も知らない。既に杉本茂十郎は亡くなったと受け入れている様子でした。大坂屋さんは未《いま》だに信じられないと仰《おお》せでしたが……」

弥三郎はそれから暫《しばら》くの間、江戸の市中で大柄な男を見かける度に、茂十郎ではないかと目をこらした。しかし、これまで捜して見つからなかったものがそんな風に見つかるはずもない。

歳月は流れ、弥三郎は宗八郎らと共に菱垣廻船の再建を完了した。それを機に弥三郎は菱垣廻船積株仲間からは抜け、隠居暮らしを決め込んだ。

そして茂十郎の娘であるお文は婿《むこ》を迎え、大坂屋の十一代目を継いだ。その晴れ姿を見るために、或いは茂十郎が現れるのではないかと思ったが、遂《つい》に姿を見せることはなかった。

「二十年経《た》った今も尚《なお》、私は茂十郎を捜しています。見つかるはずもない。そして、もしも生きているのならば、今の江戸は、こんな有様にはなりますまい。茂十郎という人の頭を失った毛充狼は、今や欲望のままに駆け出す化け物に成り果ててしまいました」

弥三郎は、己の目に怒りがこもるのを感じる。それでも忠邦から目を逸《そ》らそうとはせずに言葉を継いだ。

「お上はそれまで散々、茂十郎の力に頼って町を動かしてきたにも拘らず、上様の顔色を窺い、薩摩の権勢を慮《おもんぱか》り、茂十郎を失脚させた。それから二十年、ご老中をはじめ幕閣の皆々様は何をして参られたのか……江戸の為に茂十郎を越える何ができたのか」

忠邦は、弥三郎のその視線の先で苦い顔をした。

「それについては、返すべきもない……」

老中として政《まつりごと》を動かすという志を抱き、家中の反発を押し切って、唐津藩から浜松藩へ転封した忠邦は、寺社奉行となった。しかし、それでは幕閣の中では何ら力はない。

その間にも将軍家斉と、その父をはじめとした一族は湯水のごとくに金を遣う。それに対して、時の老中水野出羽守忠成《ただあきら》は、

「上様のご機嫌が良いのなら、致し方あるまい」

と言う。薩摩の島津重豪《しげひで》や、愛妾《あいしょう》お美代の方の養父である中野播磨守にもその金は

流れ、誰もそれを諫《いさ》めることさえなかった。

天保五年、忠成が死去して、忠邦はようやっと本丸老中の末席に加わった。その時にはもう、ここまでの日々で狎《な》れた幕閣たちの悪習は、覆《くつがえ》すことができぬほどに腐敗していた。将軍家斉の私欲の暴走を止める者は最早《もはや》おらず、諫める言葉を口にしようものならば、

「ここまで積み上げたもの全て、擲《なげう》つことになりかねぬ。何も言わぬが花よ」

と周囲から止められる。

幕府の内側でしか暮らしていない幕閣たちは、次第に天下など見ることもなく、己の保身のみに生きていた。

その絶望的な政の腐敗を表すのが、雑司《ぞうし》ヶ谷《や》に建立《こんりゅう》された鼠山感応寺《ねずみやまかんのうじ》であった。

「あの鼠山の威容を見て、私はつくづく己の無力を思い知った」

忠邦は、自戒を込めて呻《うめ》くように呟く。

忠邦が本丸老中になったのと同じ年、鼠山感応寺という寺の建立が始まった。その住職となったのは、あの祈禱所《きとうしょ》の一件でも中心人物であった愛妾お美代の方の実父日啓《にっけい》である。本来、徳川の菩提寺は増上寺、寛永寺と決められていた。しかしその慣例を破り、家斉は己の菩提寺とするべく絢爛《けんらん》豪華な伽藍《がらん》を持つ壮大な寺を建立したのだ。

弥三郎もまた眉《まゆ》をひそめた。

「鼠山……かの寺を見た時、私は永代橋崩落の折の豪奢《ごうしゃ》な御座船を思い出しました。腐ったお上が金を民のために遣わず、私欲に用い、民を殺す……永代橋の惨劇を再び起こさぬためにとの茂十郎の思いが空《むな》しく思われました」

絢爛豪華な感応寺は、正に将軍家斉の私欲の具現である。そしてその私欲に群がるお美代の方とその縁者である養父中野播磨守《はりまのかみ》や実父日啓。それらに媚《こび》を売り、己の地位を上げたい者たちは、こぞってその信者となった。武家はもちろん、奥女中たちもそれに倣《なら》い、中には寺に参拝しては美僧と懇《ねんご》ろになった者までいたという。また、商人たちも先を争うように寄進をし、その普請《ふしん》に助力することで、覚えめでたく御用商人になろうとしていた。

中野播磨守の腰巾着《こしぎんちゃく》よろしく付き従っている若年寄の林忠英《ただふさ》、御側御用取次《おそばごようとりつぎ》の水野忠篤《ただあつ》、小納戸《こなんど》頭取の美濃部茂育《みのべもちなる》の「三佞人《ねいじん》」らは、

「それもこれも、日啓上人《しょうにん》様の霊験《れいげん》あらたかであればこそでございます」

と日啓を褒め称《たた》えていた。

その間に、大飢饉《だいききん》が起き各地での一揆《いっき》の話が聞こえて来た。天保八年二月には、大坂で大塩平八郎が困窮する民を率いて乱を起こした。更には、それに触発されて六月

には越後で国学者生田万《いくたよろず》が立ち上がった。立て続く内乱を収めなければならないが、その政の中心であるところの将軍も幕閣も、その策を持たない。

その年、家斉は将軍の座を家慶《いえよし》に譲り、自らは大御所となった。しかし政の実権を手放そうとはせず、変わらぬ放蕩《ほうとう》ぶりを繰り返した。

忠邦は、それらを思い返す度に、苦い思いが蘇《よみがえ》る。

「お上が腐れば、民は混乱を極める。忠義とは即《すなわ》ち、腐ったお上をそのままに崇《あが》めることではない。己の命を賭《と》しても誅《ちゅう》することやもしれぬと、思い悩んだ。そしてようやっと、大御所様が身罷った」

忠邦のその言葉には、この正月の家斉死去に対して些《いささ》かの寂寥《せきりょう》も、哀悼もない。

「二十年余り腐り続けた城から、膿《うみ》を出すのも容易ではない。手始めに、中野播磨守と三佞人どもを排斥し、薩摩の力を削《そ》ぐ。感応寺とあの破戒僧は、完膚なきまでに叩きのめす。それが、私の務めと思う」

強く握られた忠邦の拳を、弥三郎は静かな眼差しで見つめ、ぐっと居住まいを正した。

「その御決意には感服申し上げ奉《たてまつ》ります。されど、そうしてお上が民をご覧にならぬ政の合間に、商いもまた変わって参りました」

この二十年、最も大きく変わったのは物の流れである。かつて物品はみな大坂を通り、問屋を介して江戸へと運ばれてきた。その間に菱垣廻船があり、その輸送を独占していたのが十組問屋、菱垣廻船積株仲間であった。商いをするにも十組を通さねばならなかったし、それによって、江戸の大商人たちが儲《もう》かる仕組みが出来上がっていた。

しかし、薩摩の砂糖を皮切りに、抜け道がまかり通るようになっていった。元は、大名貸しによって困窮する薩摩に対し、将軍家斉が認めた特例であったが、いつしかそれは薩摩の砂糖に止《とど》まらなくなった。次々に特産品の江戸での直売が始まり、それを取り締まることができなくなっていった。

産地から江戸に直送し商いをする。それは産地にとっては実入りが大きく、一見すれば良いことに思える。しかし元来、大坂の問屋を中心に広がった商いの仕組みに大打撃を与えた。江戸、大坂に品が届く前に買い占められて、大市場である江戸で品薄になることにつながった。それはそのまま物価に跳ね返ってきた。

私欲に駆られたお上が例外を認めた小さな一穴が、いつしか商いの秩序を壊し、物価が高騰《こうとう》し、町人たちは悲鳴を上げる。それを補うために米を買い米価を整える。

「まさに、そのたうち回る獣が迷走しているような有様……とでも申しましょうか。商いは道を外れ、金のみを追うようになりました」

弥三郎のその言葉に、忠邦は懐から扇を出すとトンと床を叩いた。

「商いもまた、政と同じく改革をせねばならぬ。その手始めに、菱垣廻船積株仲間をはじめ、全ての株仲間を解散しようと思う」

忠邦の言葉に、弥三郎は目を見開いた。

菱垣廻船積株仲間は、茂十郎の悲願であった。大坂よりも強く、お上にも力を及ぼすことのできる大商人を纏《まと》め上げるために尽力してきた。そして今も尚、大商人たちを纏める要《かなめ》でもある。

「何故に……と、問うてよろしいですか」

「菱垣廻船積株仲間は、大きすぎる。そしてそこに連なる商人たちの放蕩がすぎる。幕閣も引き締めると共に、町人もまた、引き締めねばならぬのだ」

確かに、茂十郎を失ってからの菱垣廻船積株仲間の大商人たちは、かつて茂十郎が願っていたものとは姿を変えている。商人としての道や矜持《きょうじ》を忘れ、お上への賄賂《わいろ》を運び、己を利することを考えている。そして夜ごと狂宴を催しては、世間に目を向けることをしない。

茂十郎がかつて、毛充狼の手足は欲深い狐狸《こり》の如《ごと》き商人たちだと言っていたのを思い出す。正に狐狸の本性が現れているのだろう。しかしそれは、己の利をもたらす者を重用し、道に外れた商人たちをのさばらせてきたお上の失政でもある。

弥三郎はふっと息を吐くように笑い、それは次第に哄笑《こうしょう》となって広間に響いた。

「変わりませんなあ……。世情の鬱憤《うっぷん》を、商人を叩くことによって政から逸らそうとなさる。世の功績はお上のお蔭《かげ》、過《あやま》ちは商人の責。使うだけ使い倒した茂十郎を切り捨てたように、此度《このたび》はまた株仲間を切り捨てる。いつまで商人はお上の犬だとお思いか……まあ、狼《おおかみ》がいない今となっては致し方ありません。ただ、菱垣廻船積株仲間を解散すれば、江戸の町は混乱するかと存じます」

「さすれば、止めよと申すのか」

「いえ、そうなさりたくば、なさればよろしいのです。どの道、同じでございます」

弥三郎は突き放したような口調で言い放ち、忠邦を睨《にら》むように見据えた。その眼光は若き日に、猿屋町の獄卒と言われたことを髣髴《ほうふつ》とさせる鋭いものであった。

「この老いぼれの言うことは、御耳汚しと存じますが、申し上げましょう。茂十郎が申した通り、毛充狼とは茂十郎が頭であった。そして、それを狙《ねら》うように毒牙《どくが》を剝《む》く尾の蝮《まむし》はお上であった。狐狸の手足は商人たち、そしてそれによって運ばれる狼の体は江戸の町……。茂十郎という頭を亡くし、欲に目のくらんだ蝮が好き放題に振舞う。

終

それによって狼の体も狐狸の手足も振り回された二十年でございましたな」

その言葉に、忠邦は何も言わずにただ唇を嚙《か》みしめ、手にした扇をぐっと強く握った。弥三郎はその忠邦の手元を見据えて更に言葉を継いだ。

「のたうつ獣も十分に異様ではございます。そこに株仲間を解散するというのは、狐狸の手足を切り刻み、百足《むかで》にするようなもの。商人たちは好き勝手にわさわさと蠢《うごめ》くことでしょう。頭を亡くし、尾の蝮がその牙《きば》で狐狸の手足を咬《か》んで百足に変える……なんとまあ歪《いびつ》な化け物か」

脳裏にその化け物を思い描いたのか、忠邦は不快げに眉を寄せる。弥三郎もまた苦笑した。

「老中様におかれましては、その歪な化け物の頭となるだけの御覚悟があるのなら……株仲間を解散すればよろしいと存じます」

「なかなか手厳しい言いようであるな」

「されどこのまま頭がなければ、手足を刻もうが、身を刻もうが同じことかと」

暫くの沈黙が続いた。外で、鳥が飛んでいく羽音が聞こえた。弥三郎はふとそちらへと目をやる。高い声で鳴くそれは、時鳥《ほととぎす》か……或いは鵺《ぬえ》であるか。

「詮無《せんな》いことでございますが、もし、茂十郎が『顕元録』に書いた通りの道を貫くことが許されたなら、今少し違う世であったやもしれません」

弥三郎は口惜《くや》しさを覚えて呟く。

お上が私欲を捨てて君子たること。それに対して商人が忠義を持って尽くす。稼いだ金を正しく遣い上納し、それをお上が民の為に費やす。そうしていたのなら、茂十郎は紀州に金を流すこともなく、お上への忠義を捨てて捕らわれることもなく、三橋会所は変わらず在ったのかもしれない。

そもそも、端《はな》から歪な毛充狼という化け物は生まれることすらなかったのだろう。

「毛充狼に……杉本茂十郎という男に会《お》うてみたかった」

忠邦は吐息するように言った。

「無論、寺社奉行として、若き日に杉本茂十郎とは会っている。だがその時は、町人の分際を弁《わきま》えぬ山師の如き商人であると、そう聞かされていた。今にして思えば、それを言っていたのは、三侫人が一人であったか……」

自嘲《じちょう》するように笑う。

初夏の日の差し込む広間には、変わらず沈香《じんこう》が漂っている。暫くの沈黙が続いた。

忠邦はふと外へと視線を投げた。その見霽《みはるか》す先にはよく晴れた空が見えた。

「今の江戸には、そこここにかの杉本茂十郎の残したものがある。橋は今なお、道の要として堂々と残り、飛脚たちの暮らしを守る定法もそのままに残っている。菱垣廻船は物の流れを支えており、会所の金はお上に献上されている。これほどまで江戸の全てを牛耳ったのが、かの戯言《ざれごと》に書かれるような歪な化け物であったのかと、疑念に思っていた。その真の姿を知りたいと思っていたのだ」

弥三郎は静かに微笑《ほほえ》みを浮かべた。

「あの男は、世に言う化け物ではございません。迷いもし、泣きもする、一人の男でありました。その才知も、義勇も人一倍あり、恐れを知らぬ様は、私のような非才の身からすれば恐ろしくもあり、眩《まぶ》しくもあった。全てが正しかったなどとは申しますまい。善悪の境界に立ちながら、されどただその奥底にあったのは、偏《ひとえ》に、この江戸の町を……町人たちの暮らしを、守りたいとの思いでございました。そのことを努々《ゆめゆめ》、疑い召されませぬよう。伏してお願い申し上げます」

弥三郎は深く深く頭を下げた。

*

夏の日差しが頭上から降り注ぐ中、弥三郎を乗せた一艘《そう》の舟がゆっくりと川を下っていく。

水野忠邦との面会から一年が過ぎた、天保十三年、八月。

かつて同じような晴れた日に、茂十郎とこうして舟に乗ったことを思い出す。もう二十年以上前のことになるのだと、改めて思い知る。

茂十郎がお上に罰せられ、行方知れずになってからというもの、旦那衆は茂十郎の名をさながら禁忌のように一切口にしなかった。ただ「毛充狼」という名だけが面白おかしく巷間《こうかん》を独り歩きし、いつしかその功績など誰も語らなくなった。

「日々はこうして、過ぎ去っていくものだね」

川の流れに揺られながら、弥三郎は誰にともなく呟いた。

長年連れ添ったお百合が世を去ったのは、一昨年のことである。今、弥三郎は娘夫婦とその子らと共に三田にて穏やかな隠居暮らしをしている。

平穏な日々を暮らしながら、江戸の町が富み栄えて行く様を見ていた。しかし、その富そのものが、あの日蔵前で見上げた空米の蔵のようにも思えた。いつ、その中身が露見して、崩れ去るか分からない儚《はかな》い夢のようである。

そして昨年の十二月には、水野忠邦が下した株仲間解散令により、茂十郎が築いた菱垣廻船積株仲間は終わりを告げた。十組問屋も崩れ去り、江戸商人たちは今、混乱の中にいる。

「茂十郎がここにいたら……」

弥三郎は幾度となくそう思った。

無論、茂十郎もまた清廉《せいれん》潔白な商人などではない。しかしあの男には、要らぬ柵《しがらみ》を解き放ち、物事を推し進める力があった。事の真偽を見極める目があった。その目を通して今の有様はどう見えるだろうと思っていた。

その時、不意に船頭がおや、と声を上げた。

「旦那、あれは何でしょうねえ」

年若い船頭が弥三郎に問いかけた。弥三郎は船頭が指さす先を見た。そこには、極彩色《いろど》に彩られた木材が、筏《いかだ》に組まれて流れて来る。

「ああ……鼠山感応寺だよ」

「鼠山ですかい。昨今、御武家の方々がよく参拝していた、あの」

「取り壊しになったのさ」

「へえ……霊験あらたかだと聞いていましたけどねえ」

船頭はそう言って、からからと笑った。

鼠山感応寺は取り壊され、その材木は川を伝って木場へと運ばれ、何処かの寺へ下げ渡されると聞いている。

日啓は、寺社奉行となった阿部正弘によって捕縛され島流しが決まっていたが、流されるより前に獄中で死亡した。また、感応寺の建立に尽力するとともに、これまで権力を私物化していたとして、中野播磨守改め中野碩翁《せきおう》は、向島の屋敷も失い、押込に処されている。その二人にとって娘であるところのお美代の方は、将軍家斉の死去と同時に落飾し、専行院となった。奥女中らと共に、二の丸にて押込となり、その力を完全に失った。

その一方で、同じく権力と富を私した島津重豪は、将軍家斉に先立つ天保四年に逝《せい》去《きょ》した。しかし薩摩は重豪の残した負債によって苦しめられ続けている。その返済のために、変わらず砂糖が江戸へと運ばれ薩摩を潤《うるお》す。それは罰せられることすらなく続いていた。江戸の商人たちはそれらに対して、不満を抱きながらも表立って逆らうことはせず、ただ、お上の顔色を窺い、距離を取りながら、己の蔵を守ることに必死である。

役人と商人を繋《つな》いでいるのは最早、忠義でも信頼でもない。金である。

茂十郎はかつて金は血のようなものだと言っていた。今、正にお上や一部の豊かな商人たちのところで金の流れが滞り、大きな瘤《こぶ》ができている。それによって貧しい人々の住まう末端に金の流れが届くことなく、世が次第に死んでいこうとしている。刀ではなく、金によって人が倒れていく。

「いざとなればね、金は刀よりも強いんですよ」

茂十郎の言葉を思い出す。

こんな風に舟に乗り、向かい合っていた時のこと。小判を川面の光に翳《かざ》し、不敵に笑っていた。

その通りだ。いざとなれば金は刀よりも遥《はる》かに強い。金は人を惑わし狂わせ、時に命すら奪う。

しかし同時に、人を救うこともできる。そう思えばこそ、茂十郎は金を集め、力を欲したのだ。己の懐のためなどではない。それこそが商人としての誇りであった。その志を継ぐ者は、今の江戸商人にはいない。

「毛充狼」は杉本茂十郎を失ったことで、頭のない歪な獣に成り果てた。それは瘤を抱え、狐狸の手足は百足になり、蝮は毒牙を剝き、走り続けていく。やがて人の面を着け替えて、これから先の百年千年と、世を迷走し続けていくのだろう。

弥三郎はふと目を閉じる。

どうしていたら良かったのかと、思い返せばきりがない。

どうしようもなくこの江戸という町が愛《いと》しく、ここに生きる人々の暮らしを守りたかった。弥三郎の中にあったのも、茂十郎や樽屋の中にあったのも、ただそれだけだった。しかし、時流に振り回され、思いに駆られて、行き違い、迷い、ぶつかった。

それが今、痛いほどに懐《なつ》かしい。

川沿いのどこからか夏祭の囃子《はやし》が聞こえ、陽気な唄声《うたごえ》が響く。樽屋が謡《うた》っていた姿が蘇る。

「いいねえ……江戸はいいねえ」

弥三郎は、その風景に嘆息する。

「さいですね」

と船頭が答えた。

やがて永代橋の堂々たる姿が見えて来た。橋の上では、涼やかな音を立てながら風鈴売りが歩き、物売りの声がする。笑いながら通り過ぎていく若い娘や子どもたち。大きな樽を積んだ荷車が、ゆっくりと通っていく。江戸の町の人の流れ、物の流れは、今なおこうして続いている。

これも鮮やかな「毛充狼」の爪痕《つめあと》だ。

その時ふと、橋の上に茂十郎の姿を見たような気がして、弥三郎は思わず立ち上がり、舟の揺れに足を取られて、座り込んだ。

「旦那、危ないですぜ」

船頭に窘《たしな》められ、弥三郎は座ったままで目を凝らす。だがその人影は既になく、忙《せわ》しなく行き交う人々の姿だけがあった。

あの日、この橋が落ち、人々が死んだ。その日の光景は、薄らぎはするが、消えることなくある。

痛みを抱えながら駆けていた茂十郎の苦悶《くもん》の顔が、濃く深く弥三郎の中に刻まれている。

弥三郎は黙って目を閉じ手を合わせる。するとその瞼《まぶた》の裏に、最後に別れたあの夜、舟の上で茂十郎が浮かべた笑顔が思い出された。屈託ないその顔は、全ての柵《しがらみ》から放たれたかのように清々《すがすが》しかった。

「メウガメウガと鳴く毛充狼……聞いたことはあるかい」

弥三郎は、ふと船頭に問いかけた。船頭は、さあ、と首を傾《かし》げた。

「御伽噺《おとぎばなし》に出て来る化け物か何かですかい」

二十年も前のことである。年若い船頭にとっては、知るはずもない遠い話なのだろう。

「江戸の町を颯爽《さっそう》と駆け抜けて、天に還《かえ》っていった……私の友だよ」

弥三郎の言葉に、船頭はさほどの関心もなさそうに、へえ、とだけ答えた。

舟は静かに滑っていく。

その弥三郎の小さな船の傍らを、極彩色に彩られた感応寺の残骸《ざんがい》たちが、永代橋の下を幾枚もの筏となって流れていった。

終

主要参考文献

伊東彌之助「杉本茂十郎の研究―菱垣廻船積株仲間の成立―」(『三田学会雑誌』第四十七巻第九・十号　一九五四・一〇)

弦間耕一「杉本茂十郎の研究―生没年について―」(『甲斐の成立と地方的展開』角川書店　一九八九)

弦間耕一「江戸町人　杉本茂十郎の信条―自著『顕元録』を中心に―」(飯田文彌編『中近世甲斐の社会と文化』岩田書院　二〇〇五)

林玲子『江戸問屋仲間の研究　幕藩体制下の都市商業資本』(御茶の水書房　一九六七)

林玲子編『日本の近世5　商人の活動』(中央公論社　一九九二)

川崎房五郎「杉本茂十郎と三橋会所」(都道府県選挙管理委員会連合会編『選挙』第三十八巻第十一号　一九八五・一一)

花咲一男「江戸政商の光と影―杉本茂十郎」(『歴史読本』第三十五巻第十一号　一九九〇・六)

寺内健太郎「江戸住吉明徳講と杉本茂十郎：砂糖問屋公認願い一件を素材として」(法政大学史学会編『法政史学』第七十八巻　二〇一二・九)

「東京市史稿　産業篇」第四十七附録、第四十八―四十九解読の手引き(東京都公文書館　二〇〇六―〇八)

巻島隆『江戸の飛脚　人と馬による情報通信史』(教育評論社　二〇一五)

高槻泰郎『大坂堂島米市場　江戸幕府vs市場経済』（講談社現代新書　二〇一八）
山室恭子『大江戸商い白書　数量分析が解き明かす商人の真実』（講談社選書メチエ　二〇一五）
山室恭子『江戸の小判ゲーム』（講談社現代新書　二〇一三）
藤田覚『水野忠邦　政治改革にかけた金権老中』（東洋経済新報社　一九九四）
岡崎哲二『江戸の市場経済　歴史制度分析からみた株仲間』（講談社選書メチエ　一九九九）
三井文庫編『史料が語る　三井のあゆみ―越後屋から三井財閥―』（三井文庫　二〇一五）
柴田実『石田梅岩』（吉川弘文館　一九六二）
石田梅岩『都鄙問答』（岩波文庫　一九三五）
岩下哲典『江戸の海外情報ネットワーク』（吉川弘文館　二〇〇六）
揖斐高『江戸の文人サロン　知識人と芸術家たち』（吉川弘文館　二〇〇九）
『珍書刊行会叢書　第3冊　街談文々集要』（珍書刊行会　一九一五―一六）
柴田光彦「勝間田茂野『勢城日記稿』について：旅程と詠歌、付引用詩歌」（『跡見学園女子大学紀要』第二十八号　一九九五・三）
中川五郎左衛門編『江戸買物独案内』（山城屋佐兵衛ほか　文政七［一八二四］）
横道萬里雄・表章校注『日本古典文学大系40　謡曲集（上）』（岩波書店　一九六〇）

解説

本郷和人

本書に解説はいらない。

時代小説の解説ならば、物語の舞台となった社会の政治・経済状況、登場する歴史的有名人の詳細、庶民の生活レベルの分析や趣味・嗜好《しこう》の紹介、職業、食べ物、人間関係のまとめなどを描くものだろう。だが本書においては、必要なものすべては本書内に活写されている。つまらぬ解説に気を取られるより、何度も本文を読みこむ。その方が本書のテーマたる「商人の生き様」が際立《きわだ》ち、胸を打つ。

本書のあつかう「とき」は江戸時代後期、「ジャンル」は商売・経済の話。実は歴史研究者の大半は数字（教科でいうと数学）が苦手なために文学部に進み、そこで歴史学に出会って研究作業に従事している。つまり政治や制度や人間関係の話はできても、数字で構成される経済はさっぱり、という人が多い。恥ずかしながら私もその一人である。

本書の鮮やかな描写から、私は様々なことを教えられた。ああこの時代の経済とはこういう仕組みだったのか、こういった理由で幕府は何もしないくせに商業活動に税をかけられたのか、逆に武断政治を旨《むね》とする「お上」が権力をふりかざして商人階級からすべてを奪い尽くす挙に出られないのか、そしてなにより、商人とは、何を考え、どんな志を抱く存在だったのか。

史料の取材や論文の読み込み、加えて現代ビジネスへの深い洞察。それらがあって、ようやく本書の叙述の前提条件は整う。いよいよ杉本茂十郎《もじゅうろう》がのっそりと巨軀《きょく》を現し、精力的に動きはじめる。本書は歴史研究（ノンフィクション）の手法を含み込み、そこから跳躍して劇的な物語（フィクション）を構築する。ゆえに本書は研究者たる私の、賢《さか》しらな解説など必要としない。

商いというのは、右から左へ品物を動かすだけで、何かを新たに作り出さない。だからつまらぬ営為である。農作物を収穫する農民、工芸品を創作する職人よりも、商いに従事する商人は社会的に劣位にあってしかるべし。「士農工商」という言葉にもうかがえるように、そうした評価は洋の東西を問わず存在する。もちろん、甚だ見当違いの認識である。飛脚の制度を補強し、菱垣廻船《ひがきかいせん》による輸送を整備した茂十郎の活躍を想起するだけで、右から左へ「運ぶ」「移す」重要性は得心できる。商人は快適、便利を生み出している。

金は刀より強い。そう茂十郎は力説する。だが、たとえばキリスト教の神は、金や富と相性が良くなさそうだ。たとえば使徒パウロは「金銭を愛することは、すべての悪の根である。(テモテへの手紙一6：10)」とする。金銭を愛することは信仰を妨げるのだ。また、富をわかりやすく語ったこのようなものもある。「それからイエスは弟子たちに言われた、『よく聞きなさい。富んでいる者が天国にはいるのは、むずかしいものである。また、あなたがたに言うが、富んでいる者が神の国にはいるよりは、らくだが針の穴を通る方が、もっとやさしい』」(マタイによる福音書19：23―24)。実際には教会は、あまたの富を蓄積していた。商取引も活発に行っていた。だが彼らは表向きは清貧を重んじ、商業を重視しない姿勢をとり続けた。

そうした風潮が変化するのは宗教改革の時期からである、との仮説をドイツの社会学者マックス・ヴェーバーは世に投げかけた。彼は論文を作成し、プロテスタント、とくにカルヴァン派のような人々が、近代資本主義の土台を形作った、と説明した。この論文は後に英語に訳され、一九三〇年『プロテスタンティズムの倫理と資本主義の精神』が出版された。プロテスタントの振る舞いや理念が世俗社会で働く多くの人々に影響を与え、その結果としてヨーロッパの資本主義が発展したとヴェーバーは述べた。

ジャン・カルヴァン（一五〇九—一五六四）は、フランス出身の神学者で、マルティン・ルターやフルドリッヒ・ツヴィングリと並び評される、宗教改革初期の指導者である。主にジュネーヴで活躍し、救済はあらかじめ神に予定されている、とする予定説を説いた。ヴェーバーの考察によれば、予定説を受容した人々は「全能の神に救われるように予《あらかじ》め定められた人間は、禁欲的に職業に励んで成功する人間のはずだ」と考え、自分が救済される人間である証しを得るために、寸暇を惜しんで多くの仕事をしようと心がけた。その結果として増えた収入も享楽《きょうらく》目的には使わず、更なる仕事のために用いた。また、すべての仕事は、真摯《しんし》に禁欲的に取り組むことにより、神の恩寵《おんちょう》を受けられると解釈した。こうした振る舞いや思考は商取引の社会的価値を向上させ、結果的に資本主義を発達させた。

こうした解釈は、たしかに説得的であると私は思う。だが有名なシェイクスピアの喜劇『ヴェニスの商人』などを参考にすると、商業への視線は、そう簡単には変化しなかったのではないか、とも思う。この作品が書かれたのは一五九四年から一五九七年のあいだ、とされるようだ。

シェイクスピアは商人であるシャイロックが、美貌の貴婦人ポーシャの屁理屈《へりくつ》に敗北する様を、「悪は滅びる」といったテイストで、すがすがしく描く。現代の私たちからすると、差別を糾弾するシャイロックの主張は、まことに理にかなっているように受け取れる。だが彼は作品中では、絶対的な悪の位置づけを与えられる。なぜか。それは彼がユダヤ人であるから。また高利貸しであるから。シャイロックの奸計《かんけい》に陥《おとし》れられるアントーニオも商人なので商業への差別はないように見えるが、金融と商業活動は切り離すことはできない。人間の心から成功した人、富裕層への強烈な妬《ねた》みが消えることはあるまい。結局のところ、商業で地位を築いている人物を、キリストの名を用いて貶《おとし》めることは、なくならなかったのではないか。

翻《ひるがえ》って、日本ではどうだったか。徒然草の第二百十七段は「大福長者」という富裕な商人の言葉を紹介している。要約する。「人はひたすら金儲《かねもう》けに徹するしかない。貧しくては生きる甲斐《かい》がないからだ。利益を得ようと思ったら、金持ちの心構えを修行しよう。その心構えは、何も難しいことではない。『世は無常だ』などと考えないことだ。しっかり金を貯めろ。これが第一のポイントだ。お金を奴隷か何かと勘違いしていたら、貧乏から逃れられないと思え。お金は、主人や神のように恐れ敬うもので、思い通りに使うものではない」。

世は無常であり、たえず流転《るてん》している。どんなに栄えてもやがて滅びるし、富んだ者は貧しくなる。『平家物語』に見られるような無常感こそは、当時のエリート共通の観念であった。だが「無常」ではなく、「常住」を心がけよう。生きていくためには金を貯め、生活の基盤を造ろう。そう呼びかける者が、吉田兼好の時代、すなわち鎌倉末期には出現しているのだ。これは驚くべきことかもしれない。

その後の室町幕府は、鎌倉幕府とは異なり、農業よりも経済活動に基盤を置いた政権であった。鎌倉時代中期に日本列島全体に浸透した貨幣経済の影響で、京都を中心とした流通網が次第に整えられた。室町幕府はこれに注目し、都市・京都の商業に課税することにより、列島全体の富から利益を得る方法を考えたのである。当然、商取引には高い評価が与えられた。金融業者である土倉・酒屋が蔑視《べっし》されることはなかった。利益を得ることは、大福長者が説くように、良き行いとされた。当時の町や村落のリーダーは「有徳人」、徳のある人から選ばれたが、それは「有得人」、利益を上げる人、とも書かれたのである。

ところが室町幕府に続く江戸幕府は、一転して商業の価値を引き下げた。農民や職人と比べると、何も作り出さない商人。この感覚が、商人からの借金に苦しむ武士社会に、都合良く分有されたのである。このときに、謂《い》われない蔑視の根拠として利用されたのが儒教であったろうと思われる。

「恒産なくして恒心なし」と孟子はいう。安定した財産なり職業をもっていないと、安定した道徳心を保つことは難しい、という意味であるから、儒教が商業や財産をひとしなみに軽く視《み》る、などということはあり得ない。だが、儒教（朱子学）を口実として用い、武士が商業を嫌ったことは認めざるを得まい。徳川吉宗や松平定信の「質素倹約」が長く「改革」として解釈され、田沼意次の積極財政は近年になってようやく再評価された。また明治維新後、海外との貿易が国を富ませる方法であることが明らかでありながら、渋沢栄一は大正年間に『論語と算盤《そろばん》』を書かねばならなかった。武士の意識がいかに頑迷であり強固だったか、分かるだろう。

　そんな時代を杉本茂十郎は生きた。彼が目指したのは、誰もが思いつく「質素倹約」などという安直なものではなく、経済システムの刷新であった。物価の安定のために、庶民の生活を守るために。妻子を亡《な》くした悲しみを糧《かて》にインフラ整備に邁進《まいしん》したように、彼は大きな目的を掲げ、その実現のために奔走した。だがそれは当然であるが、既得権益者である武士との軋轢《あつれき》を生むことになり、本気になった幕府権力が彼に戦いを挑んでくる。彼の信念、「金は刀より強い」は果たして真理か。手に汗握るドラマを堪能《たんのう》していただきたい。

（令和四年八月、東京大学史料編纂所教授）

この作品は令和二年六月新潮社より刊行された。

永井紗耶子著
大奥づとめ
―よろずおつとめ申し候―
女が働き出世する。それが私たちの職場です。文書係や衣装係など、大奥で仕事に励んだ〈奥女中ウーマン〉をはつらつと描く傑作。

三好昌子著
幽玄の絵師
―百鬼遊行絵巻―
都の四条河原では、鬼が来たりて声を喰らう――。呪い屏風に血塗れ女、京の夜を騒がす怪事件。天才絵師が解く室町ミステリー。

梓澤要著
捨ててこそ 空也
財も欲も、己さえ捨てて生きる。天皇の血筋を捨て、市井の人々のために祈った空也。波乱の生涯に仏教の核心が熱く息づく歴史小説。

梓澤要著
荒仏師 運慶
中山義秀文学賞受賞
ひたすら彫り、彫るために生きた運慶。鎌倉武士の逞しい身体から、まったく新しい時代の美を創造した天才彫刻家を描く歴史小説。

梓澤要著
方丈の孤月
―鴨長明伝―
『方丈記』はうまくいかない人生から生まれた！ 挫折の連続のなかで、世の無常を観た鴨長明の不器用だが懸命な生涯を描く。

青山文平著
伊賀の残光
旧友が殺された。伊賀衆の老武士は友の死を探る内、裏の隠密、伊賀衆再興、大火の気配を知る。老いて怯まず、江戸に澱む闇を斬る。

伊東潤著　維新と戦った男　大鳥圭介

われ、薩長主導の明治に恭順せず――。江戸から五稜郭まで戦い抜いた異色の幕臣大鳥圭介の戦いを通して、時代の大転換を描く。

伊東潤著　城をひとつ　―戦国北条奇略伝―

城をひとつ、お取りすればよろしいか――。城攻めの軍師ここにあり！　謎めいた謀将一族を歴史小説の名手が初めて描き出す傑作。

葉室麟著　橘花抄

己の信じる道に殉ずる男、光を失いながらも一途に生きる女。お家騒動に翻弄されながら守り抜いたものは。清新清冽な本格時代小説。

近衛龍春著　九十三歳の関ヶ原　―弓大将大島光義―

かくも天晴れな老将が実在した！　信長、秀吉、家康に弓の腕を認められ、九十七歳で没するまで生涯現役を貫いた男を描く歴史小説。

近衛龍春著　忍びたちの本能寺

本能寺の変の真相を探れ。特命をおびた甲賀忍者たちが探索を開始した。浮上する驚愕の密約とは。歴史の闇を照らしだす書き下ろし。

今村翔吾著　八本目の槍　吉川英治文学新人賞受賞

直木賞作家が描く新・石田三成！　賤ケ岳七本槍だけが知っていた真の姿とは。歴史時代小説の正統を継ぐ作家による渾身の傑作。

伊与原新著

月まで三キロ

新田次郎文学賞受賞

わたしもまだ、やり直せるだろうか——。まだならない人生を月や雪が温かく照らし出す。科学の知が背中を押してくれる感涙の6編。

城山三郎著

指揮官たちの特攻
—幸福は花びらのごとく—

神風特攻隊の第一号に選ばれた関行男大尉、玉音放送後に沖縄へ出撃した中津留達雄大尉。二人の同期生を軸に描いた戦争の哀切。

城山三郎著

そうか、もう君はいないのか

作家が最後に書き遺していたもの——それは、亡き妻との夫婦の絆の物語だった。若き日の出会いからその別れまで、感涙の回想手記。

佐々木譲著

警官の血
（上・下）

初代・清二の断ち切られた志。二代・民雄を蝕み続けた任務。そして、三代・和也が拓く新たな道。ミステリ史に輝く、大河警察小説。

佐々木譲著

ストックホルムの密使
（上・下）

一九四五年七月、日本を救う極秘情報を携えて、二人の密使がストックホルムから放たれた……。〈第二次大戦秘話三部作〉完結編。

佐々木譲著

エトロフ発緊急電

日米開戦前夜、日本海軍機動部隊が集結し、激烈な諜報戦を展開していた択捉島に潜入したスパイ、ケニー・サイトウが見たものは。

佐々木　譲著
ベルリン飛行指令

開戦前夜の一九四〇年、三国同盟を楯に取り、新戦闘機の機体移送を求めるドイツ。厳重な包囲網の下、飛べ、零戦。ベルリンを目指せ！

有吉佐和子著
華岡青洲の妻
女流文学賞受賞

世界最初の麻酔による外科手術――人体実験に進んで身を捧げる嫁姑のすさまじい愛の葛藤……江戸時代の世界的外科医の生涯を描く。

有吉佐和子著
紀ノ川

小さな流れを呑みこんで大きな川となる紀ノ川に託して、明治・大正・昭和の三代にわたる女の系譜を、和歌山の素封家を舞台に辿る。

帚木蓬生著
白い夏の墓標

アメリカ留学中の細菌学者の死の謎は真夏のパリから残雪のピレネーへ、そして二十数年前の仙台へ遡る……抒情と戦慄のサスペンス。

帚木蓬生著
三たびの海峡
吉川英治文学新人賞受賞

三たびに亙って〝海峡〟を越えた男の生涯と、日韓近代史の深部に埋もれていた悲劇を誠実に重ねて描く。山本賞作家の長編小説。

帚木蓬生著
閉鎖病棟
山本周五郎賞受賞

精神科病棟で発生した殺人事件。隠されたその動機とは。優しさに溢れた感動の結末――。現役精神科医が描く、病院内部の人間模様。

帚木蓬生著
蛍の航跡
―軍医たちの黙示録―
日本医療小説大賞受賞
シベリア、ビルマ、ニューギニア。戦、飢餓、病に斃れゆく兵士たち。医師は極限の地で自らの意味を問う。ライフ・ワーク完結篇。

帚木蓬生著
悲素（上・下）
本物の医学の力で犯罪をあぶりだす。九大医学部の専門医たちが暴いた戦慄の闇。小説でしか描けない和歌山毒カレー事件の真相。

帚木蓬生著
守教（上・下）
吉川英治文学賞・中山義秀文学賞受賞
人間には命より大切なものがあるとです――。農民たちの視線で、崇高な史実を描き切る。信仰とは、救いとは。涙こみあげる歴史巨編。

新田次郎著
縦走路
冬の八ヶ岳を舞台に、四人の登山家の男女をめぐる恋愛感情のもつれと、自然と対峙する人間の緊迫したドラマを描く山岳長編小説。

新田次郎著
強力伝・孤島
直木賞受賞
直木賞受賞の処女作「強力伝」ほか、「八甲田山」「凍傷」「おとし穴」「山犬物語」など、山岳小説に新風を開いた著者の初期の代表作。

新田次郎著
蒼氷・神々の岩壁
富士山頂の苛烈な自然を背景に、若い気象観測所員達の友情と死を描く「蒼氷」。谷川岳衝立岩に挑む男達を描く「神々の岩壁」など。

商《あきな》う狼《おおかみ》
江戸商人 杉本茂十郎
新潮文庫 な－107－2

令和四年十月一日発行

著者 永《なが》井《い》紗《さ》耶《や》子《こ》
発行者 佐藤隆信
発行所 株式会社 新潮社
郵便番号 一六二―八七一一
東京都新宿区矢来町七一
電話 編集部(〇三)三二六六―五四四〇
読者係(〇三)三二六六―五一一一
https://www.shinchosha.co.jp

価格はカバーに表示してあります。

乱丁・落丁本は、ご面倒ですが小社読者係宛ご送付ください。送料小社負担にてお取替えいたします。

印刷・株式会社光邦 製本・株式会社植木製本所

ISBN978-4-10-102882-8 C0193